W0181380

© 2020, Septime Verlag, Wien
Alle Rechte vorbehalten.

Lektorat: Alf Mayer
Umschlag und Satz: Jürgen Schütz
Umschlagbild: © Karl Burkhard Timm
Druck und Bindung: Buch Theiss GmbH
Printed in Austria

ISBN: 978-3-902711-87-8
www.septime-verlag.at
www.facebook.com/septimeverlag | www.twitter.com/septimeverlag

Ute Cohen

POOR DOGS

Roman

I

GLANZ DES HIMMELS

»It's me, Sweetheart! It's me!« Eva schreckte hoch und fasste sich an die Schläfen, um das Pochen in ihrem Kopf zu besänftigen. André drehte sich im Halbschlaf auf die Seite. Sie berührte seine Schulter: »Hörst du nicht, André? Wer ist das?« Er zuckte zusammen, rieb sich die Augen und setzte sich auf. Die Stimme, nun ungeduldiger, schriller: »It's me, Sweetheart! It's me!« Mit einem Satz sprang er zur Tür, rief Eva zu: »Es ist nicht, wonach es aussieht.«

Schon stand sie vor ihr, ihre Tasche krampfhaft an sich pressend. Blond gelocktes, schulterlanges Haar, ein Muttermal, das sie wie eine Ostversion von Marylin Monroe erscheinen ließ. Kleidergröße vierunddreißig, höchstens sechsunddreißig. Schmaler Nasenrücken, die Augen puppenhaft, aufgeregt von einem Fuß auf den anderen trippelnd. »Do you know that you're sleeping with my boyfriend?«, fauchte sie Eva an. Eva zog die Decke vor der Brust zusammen. Wie in einem amerikanischen Film, dachte sie und antwortete reflexhaft, als ob sie den Plot bereits im Voraus kenne: »No, hmm, I didn't!« Welcher Boyfriend? André? Was hatte er mit dieser Blonden zu tun?

André versuchte, die Frau sanft, aber mit Nachdruck aus dem Zimmer zu drängen. Die jedoch stand da wie angewurzelt. André wurde nervös, packte sie am Nacken, schüttelte sie, bis sie erschrocken aus dem Zimmer wich. André hinterher.

Eva rieb sich die Augen, die Stirn, versuchte, die Lage zu begreifen. Ein stechender Schmerz. Übelkeit stieg in ihr hoch.

Sie versuchte ihren Blick zu fokussieren, einen klaren Kopf zu bekommen. Auf dem Plüschsessel lag der Seidenschal, den gestern noch der Wind ihren Schultern fast entrissen und in den Kanal hineingeweht hätte, wenn er ihn nicht aufgefangen und wieder zärtlich um ihre Schultern gelegt hätte. Auf der Brücke, nach der Ballettaufführung im Nederlands Dans Theater. Sie kniff die Augen zusammen und fixierte den Schal. Seidenes Tuch, weiß, bedruckt mit schwarzen Jakobsmuscheln und Austern, in deren fleischigem Innern sie eine Perle zu erkennen glaubte. Sie rümpfte die Nase. Der säuerliche Geruch nach sich zersetzendem Eiweiß drang unter süßlichem Moschus hervor. Zuckerwasser, Rosenblüten.

Warum waren sie nun wieder im Raum? Die Blonde versuchte, sich dem Bett zu nähern, stolperte über Evas am Boden verstreute Kleider, stützte sich am Sessel ab. André reckte die Hände in die Luft, unsicher, ob er zuerst Eva oder die Andere beschwichtigen sollte.

Zu ihrer eigenen Überraschung war Eva die Ruhe selbst. Die Szene erschien ihr derart absurd, dass sie nicht einmal wütend oder hysterisch reagieren konnte. Business-Modus. Kühl schlug sie vor: »Wir machen jetzt ein Meeting.« Schlagartig waren André und die Blonde still, verharrten reglos auf der Stelle. »André, reservierst du uns bitte einen Besprechungsraum?« Er starrte Eva an, ungläubig, ihrem Ton nicht trauend. Einen Augenblick lang war ihr fast nach Lachen zumute, dann aber fühlte sie sich erneut wie abgeschottet von der bizarren Situation, so dass sie sachlich fortfuhr: »Ich mache mich frisch, und dann treffen wir uns. In fünfzehn Minuten.« Hatte sie das wirklich gesagt? »Lass es mich erklären!«, flehte er und legte die Handflächen zu einer bittenden Geste zusammen. Eva, schwankend zwischen Tränen und Achselzucken, erhob sich, die Bettdecke an ihren Leib gepresst. André machte einen ungelenken Versuch, ihr übers Haar zu streichen. Sie duckte sich weg. »Fass mich nicht an!«, versetzte sie, nun doch unbeherrscht, und warf die Decke von sich. »Fünfzehn Minuten!« Die Tür zum Badezimmer fiel ins Schloss.

André blickte auf seine Uhr. Der Zeiger drehte sich unaufhaltsam. Ihn erstaunte, dass sie dieses Treffen zu dritt vorgeschlagen hatte. Diese Bestimmtheit schien nicht zu ihr zu passen. Sie vermochte sich ja nicht einmal zwischen zwei Gerichten auf einer Speisekarte zu entscheiden. Ihre Unsicherheit kam ihm in den Sinn, ihr fast kindlicher Gesichtsausdruck, wenn sie Worte in sein Ohr flüsterte, deren Sinn er nicht verstand. Nicht, dass er sie nicht hörte, akustisch zumindest nahm er sie wahr, eher, weil sie rauschten, ihm das Gefühl gaben, dass er einfach nur ihren Körper spüren konnte, ohne reden zu müssen.

Die Blonde. Dana. Wie hatte sie ihn nur in diese Situation bringen können? Und jetzt, wie sie ihn ansah! Dass sie sich, nach dem, was vorgefallen war, wie selbstverständlich nah zu ihm setzte und Anstalten machte, ihre Hand auf seinen Oberschenkel zu legen. Er wollte sie zurückweisen, als Eva schon den Raum betrat. Sie hatte Lippenstift aufgelegt, roséfarben, mit diesem für einen Franzosen befremdlichen Perlmuttschimmer. Unter der Bluse, die sie lässig, für seinen Geschmack etwas zu lässig in den schmalen dunkelblauen Rock gesteckt hatte, meinte er ihre Brustwarzen erkennen zu können. Vielleicht war es aber auch nur die Naht des Büstenhalters. Sie nahm Platz, räusperte sich, dankte fürs Erscheinen und analysierte die Situation, als handle es sich um eine geschäftliche Angelegenheit: »Dana, richtig? Sie waren also in Andrés Wohnung? Entdeckten die Buchungsbestätigung für ein Doppelzimmer in einem Hotel in Amsterdam und beschlossen, sofort dorthin zu fahren.« *Situation.* Es machte ihn scharf, wie sie mit rauer Stimme und präzisen Handbewegungen die Lage veranschaulichte. Unruhig rutschte er auf dem Stuhl hin und her. Es wäre nicht das erste Mal, dass ihm sein Schwanz einen Strich durch die Rechnung machte. »Der Concierge teilte Ihnen die Zimmernummer mit und Sie begaben sich geradewegs zu Ihrem – nun, wie soll man ihn nennen?«, sie hob die Augenbrauen und ermunterte André mit einem Lächeln zu einer Antwort, fuhr dann aber selbst fort, »Verlobten?«. Sie betonte jede Silbe. »Den weiteren Verlauf der Dinge kennen wir ja.« *Complication.* Wie kaltschnäuzig sie doch war! »Ich schlage vor, wir denken alle über eine einvernehmliche Lösung nach.« *Solution.* Worauf legte sie es an? Zu Dana hatte er noch gesagt: »Lass mich das machen. Ich werde das schon regeln. Bloß keine Hysterie!«, und die Blonde hatte sich gefügt. Die Aussicht, mit ihm zurückzureisen nach Paris, nachdem er das Problem geklärt hätte, erleichterte die Sache für ihr Empfinden ungemein. Ihre Finger, er spürte sie noch auf seinem Nacken, zitterten leicht, als sie die Tischkante berührten. André war gelinde irritiert. Die beiden Frauen, blond und tschechisch, dunkel und deutsch, musterten sich mit unverhohlener Geringschätzung. Durch Evas Wangen pulsierte aufgeregt das Blut, während Dana kreidebleich, die ohnehin schmalen Lippen fest aufeinander gepresst, bewegungslos dasaß und wartete. Wie zwei Kätzchen versuchte er sie zu beruhigen, mit einem hingehauchten »Schhh«. Eva insistierte. Klarheit, das sei alles, was sie interessiere. Was nahm sie sich eigentlich heraus? Drei-, nein viermal hatten sie sich getroffen. Einmal in Düsseldorf, einmal in Brüssel, in Paris und jetzt hier in Amsterdam. Sie reizte ihn. Der diaphanen Zartheit der Tschechin war er fast schon überdrüssig geworden. Und sie, Eva, war so anders als die Absolventinnen der Business Schools, mit denen er sich sonst umgab. Verletzlich und tough zugleich war sie. Dennoch stimmte die Baseline: Tits 'n Ass und die nötige Portion Brain noch dazu. Mit dem Kugelschreiber hakte Eva einen Punkt nach dem anderen auf ihrer Liste ab. »Hotel The Grand« stand auf dem Notizblock, und der dazugehörige Stift wirkte edler als er eigentlich war. »Wann genau haben Sie André zum ersten Mal gesehen? Wie lange dauert die Beziehung schon? Wie lange und wie oft haben Sie sich in den letzten vier Wochen getroffen?« Die Fragerei artete zu einer Inquisition aus. Einerseits war André abgestoßen von Evas harter, diktatorischer Vorgehensweise, andererseits zog ihn ihr so überzeugend zur Schau getragenes Selbstbewusstsein auch an. Danas Untertänigkeit könnte ihn in absehbarer Zeit langweilen, Evas Widerspenstigkeit würde zu einer wahren Herausforderung und damit einen Triumph seines Willens bedeuten.

Er ließ die monotone, allmählich in enerviertem Ton fortgesetzte Befragung Danas an sich vorbeiziehen, dachte vielmehr daran, wie er McCrowley seine ungewöhnlich hohe Spesenabrechnung glaubwürdig vermitteln könnte. Die Firma fasste ihre Mitarbeiter nicht mit Glacéhandschuhen an, wenn es um Ausgaben ging. Nicht umsonst hatte sich McCrowley unter die Top 3 der internationalen Unternehmensberatungen hochgearbeitet. Es wäre ja geradezu lächerlich, wenn »The Firm«, wie man sie auch nannte, beim Kunden radikal Kosten kürzte und die eigenen Leute Narrenfreiheit genössen. Er konnte sich ein Grinsen nicht verkneifen. Wein trinken und Wasser predigen? Es kam eben darauf an, wie man die Chose verkaufte. Wie würde er beispielsweise die zwei Flaschen Champagner abrechnen? Warum hatte er ausgerechnet Billecart-Salmon bestellt? Veuve Clicquot hätte vollkommen genügt. Eva hatte doch nach eigenem Bekunden nie zuvor Champagner getrunken.

»Pardon?« Jetzt band sie ihn doch noch in dieses unsägliche Verhör mit ein. Am besten mit einer Umkehrung kontern. »Chérie«, er wandte sich Eva zu, »ich dachte, du würdest mich verlassen, würdest zurückkehren zu deinem Freund …«, sagte er, und seine dunklen Augen wurden feucht. Als hätte er Dana deshalb angeboten, in Paris in seiner Wohnung zu übernachten.

Jetzt schweifte sie auch noch ab, begann von ihrem Freund Jens, diesem langweiligen Informatiker, zu schwärmen, seiner Treue, seiner Herzensgüte.

Konnte sie die Chose nicht etwas schneller durchziehen? Er fuhr sich mit den Fingern durchs Haar. Ein neues Haargel müsste er sich besorgen, unbedingt. Seines roch streng und bändigte die dunklen Locken kaum. Am besten kurz schneiden. Ganz kurz. Dann sähe er aus wie ein Südfranzose, weniger arabisch, weniger jüdisch.

»Die Sache ist doch ganz einfach«, sagte Eva schließlich betont lässig. »Wen liebst du, André«, sie legte eine kurze Pause ein, gekonnte Dramaturgie, »sie oder mich?«

Er ließ seinen Blick zu Dana hinüber wandern, schenkte ihr exakt so viel Mitgefühl, wie es die Situation erforderte. »Dich, Eva«, und bekräftigend, »dich liebe ich!«

Die Wirkung blieb nicht aus. »Nun«, sagte Eva und erhob sich, »dann hätten wir ja alles geklärt. Dana, Sie können gehen. Danke für das Gespräch!«

Mit geschlossenen Augen tastete sie nach dem Glas. Erst als sie es geleert hatte und ihr Körper noch tiefer in die Kissen sank, Mattigkeit und Betäubung sich in Angst, Angst in Mut und Mut in Gleichgültigkeit verwandelten, sah sie ihn an. Er saß auf dem scheußlich altrosafarbenen Sessel, die Hand den Seidenschal umklammernd, seine Mimik wie ausgelöscht.

»Gib mir noch Champagner!«, sagte sie und streckte ihm das Glas entgegen. Er zögerte einen Moment, vielleicht aus Sorge, dass sie sich aufs Bett übergeben könnte, ein Gedanke, der gar nicht abwegig war. »Weißt du«, sagte sie, »du kotzt mich an!« Sie erwartete eine Regung, einen Aufschrei der Empörung. Er rührte sich jedoch nicht, schwieg nur und reichte ihr das Glas. Sie leerte es in einem Zug »Wenn ich daran denke, dass ich Jens mit dir betrüge, ihn belüge, dann könnte ich mich selbst ohrfeigen.« Das Glas entglitt ihr, als sie sich zur Seite drehte, ihm in die Augen blickte. Sie schluchzte, vergrub ihr Gesicht im Kissen, fixierte ihn, nachdem sie sich gesammelt hatte, voll Bitterkeit. »Ich kann mit dir nicht mehr reden«, sagte sie, und die Silben stolperten über ihre Lippen. Sie musterte ihn, mehr in Gedanken ... Was fand sie nur an ihm? Seine Ohren waren von einer geradezu abnormen Größe, die Stirn schmal, wie bei einem Neandertaler über den Brauen zur Schädeldecke abfallend. Lange, seidige Wimpern, ja. Fast mädchenhaft, bläulich umschattet. Die Nase etwas zu breit und der Mund gewölbt, zum Küssen wie geschaffen. Dabei küsste er nicht mal besonders gut. Der Speichel sammelte sich, floss zusammen, quoll heraus aus dieser weichen Grotte, aus der seine Zunge hervorstieß, um undeutliche, unsinnige Manöver in ihrem Munde zu vollziehen. Sie bemitleidete ihn ein wenig, wie er so dasaß in seinen Boxershorts, Motiv »Ball spielende Hündchen«, oder waren es Seelöwen? Die Beine, schwarz behaart wie sein Rücken, krumm, die Beine, nach außen gewölbt. O-Beine. O und X zugleich. Als Kind hatte sie sich einen Spaß daraus gemacht, Buchstaben aus Körpern zu formen. Einmal hatte sie ein Alphabet aufgemalt nur aus Leibern, die sich wanden, bogen, krümmten. Es erleichterte sie, ihn auf diese Weise wahrnehmen zu können, abstrahiert, als Buchstaben, schwarz auf weiß.

Nach einer Weile des Schweigens fragte er sie, was er tun könne, er müsse etwas tun, er dürfe sie nicht verlieren. Wie kitschig, dachte sie, und hätte doch am liebsten die Arme um ihn geschlungen, ihn erlöst von diesem Leiden, das sie ihm auferlegte. »573862«, sagte sie, »nein, »...26. Ruf sie einfach an. Meine beste Freundin. Sie soll mit dir reden.« Galle, Magensäure. Ein Schwall, der urplötzlich die Speiseröhre hochschoss, sich von ihren reflexhaft vor den Mund gehaltenen Händen nicht bremsen ließ, bis sie das Badezimmer erreichte. Jedes einzelne Wort, jeden Blick dieser tschechischen Katze spie sie aus, und er, er war herbeigeeilt, hielt ihren Kopf und flüsterte besänftigend: »Chérie, ma chérie d'amour. Tout va bien!« Eh, oui! Tout va bien.

Pathetisch hatte sie geklungen, als sie ihm mit nur scheinbar fester Stimme diesen Entschluss mitgeteilt hatte. Es werde die letzte Nacht sein, die allerletzte Nacht, die er mit ihr verbrächte. Morgen wäre alles vorbei. Er würde sie in den Zug setzen, sie winke ihm dann Adieu. Das hatte sie tatsächlich gesagt mit diesem melancholischen Schmelz, den er bei süddeutschen oder österreichischen Frauen schon öfter bemerkt hatte. Er versuchte sich zu erinnern, wie oft sie miteinander geschlafen hatten, hier in Amsterdam. Achtmal? Zehnmal? Seine Hand berührte ihr Knie. Wie zufällig, als wolle er die Decke hochziehen, bewegte er seine Finger in ihre Richtung. Sie tat so, als bemerkte sie es nicht. Vielleicht sollte er noch einen Schritt weitergehen? Was, wenn sie einfach nur stillhielte? Ihr Körper würde sich behutsam an ihn drängen, Millimeter um Millimeter. Als sich ihre Lippen berührten, kurzschlussartig, zuckte sie zurück, schüttelte den Kopf, energischer, als es notwendig gewesen wäre und wandte ihm den Rücken zu.

Oder war es eine Aufforderung? Sie hatte diese Grübchen über den Pobacken, die ihn schon immer rasend gemacht hatten bei Frauen ihrer Art, die nicht genug bekommen konnten, und sie reagierte auf den Druck seiner Daumen, die er genau im Zentrum dieser fast kreisrunden Vertiefungen positionierte, bis sie ihm den Hintern entgegenreckte und er sofort, nur ganz kurz befeuchtete er den Daumen mit Speichel, in sie eindrang.

So hätte es sein können.

Morgen müsste er wieder zurück nach Paris, und sie würde in den Zug steigen, ihre pathetische Adieu-Geste inszenieren, und vielleicht würden sie sich dann anrufen, sicher jedoch wiedersehen am nächsten Wochenende, irgendwo zwischen Düsseldorf und Paris.

Sie schlief. Der Atem wurde gleichmäßiger, ein wenig röchelnd. Er dachte an seine Polypen, die Krümmung der Nasenscheidewand und daran, dass er morgen wieder in Paris sein würde. Bei Dana.

Rosen. Rote Rosen. Die Rezeptionistin am Empfangsdesk der Unternehmungsberatung an der Königsallee sah sie augenzwinkernd an. »Kaum ist sie ein paar Wochen da, schon schickt man ihr Rosen!«, hatte sie wohl anmerken wollen, vielleicht aber auch einfach nur: »Bitch!« Sicher vermutete sie, dass sie sich einen Senior Vice President schnappen wollte. »Sei vorsichtig«, sagte sie immerhin. Schließlich gehe es bei McCrowley nicht zu wie bei KBC, der Konkurrenz in Brüssel, wo sich jede halbwegs passable Sekretärin nach vier Wochen *hard work, brain work, fun* bereits den Verlobungsring an den Finger stecken ließe. Bei McCrowley käme es auf Leistung an. »Du wirst hier schuften, bis dir das Blut unter den Nägeln hervorspritzt«, hatte Eva gleich am ersten Tag von ihrer Chefin zu hören bekommen. Sie nahm die Rosen, dunkle, voll erblühte, einen intensiven Duft verströmende Rosen, und begab sich in den ersten Stock. Es war ihr peinlich, in der Teamküche eine Vase zu holen und Helene, ihrer Chefin, von ihrem Wochenende in Amsterdam erzählen zu müssen. Doch es war unvermeidbar. Viel zu schnell hatten sie sich vertrauensvoll Beziehungsgeschichten erzählt. Und sie musste es loswerden! Regelrecht übel wurde ihr, sobald sie den Rosenduft einatmete. Zu sehr erinnerte er sie an Danas Parfum. Sicher hatte André es ihr geschenkt. »Was ist denn passiert?«, fragte Helene und schloss, den Verstoß gegen die Open Door Policy nur widerwillig in Kauf nehmend, die Tür. Ihr dicker, pyramidaler Körper senkte sich auf den Eames-Chair, wodurch der wuchtige Hals noch unförmiger wirkte. Ihre helle Stimme bildete einen merkwürdigen Kontrast zu dieser fleischigen Masse, ebenso ihre Knöchel, die zart und verletzlich aus den schwarzen Pumps ragten, dazu die schmalen, langgestreckten Waden, die Evas Beine im Vergleich fast plump und derb wirken ließen. Wie dieser wogende, den Sessel flutende Körper von diesen Elfenfüßen getragen werden konnte, war Eva ein Rätsel. Helene tippte ungeduldig mit dem Zeigefinger auf den Schreibtisch, denn das Proposal musste mittags fertig sein, und Helene hielt sich an Deadlines, bedingungslos. Eva räusperte sich: »Dabei hat alles so gut angefangen!« Schon wurde sie vom Klingeln des Telefons unterbrochen. Zweimal, dreimal höchstens, dann würde Helene auf jeden Fall den Hörer abnehmen. McCrowley-Policy! »Arno, hallo! Na, klar! In zwei Stunden hast du das Doc auf dem Tisch«, flötete sie. Wenigstens ihre Stimme gereichte Helene zum Vorteil. Mit ihrem schmeichelnden Timbre wusste sie die Männer zu betören. Sie rollte mit den Augen und drehte nervös an ihrem Ring. Immer noch trug sie ihren Ehering, obwohl sie bereits seit etlichen Jahren geschieden und sehr stolz darauf war, wie sie ihre beiden Söhne mit Kinderfrau und Auberginenschnitzel allein großzog, Kinder und Karriere unter einen Hut brachte. Hinter vorgehaltener Hand flüsterte sie Eva zu: »Dauert nicht lange!« Im Grunde müsste Eva ihr misstrauen. Helene hatte sie als Joker gewählt, gedachte sie als Trumpf einzusetzen gegenüber ihrer bösartigen, vor Eifer und Karrieresucht schier berstenden Kollegin Simone, die ihr immer mehr die Vorzugsstellung in der Chefetage streitig zu machen drohte. »So, jetzt aber, schieß los«, sagte sie, lehnte sich auf dem Bürostuhl zurück und schlug die Beine übereinander. »Ein Drama, ich könnte heulen!«, hätte Eva ausrufen mögen. Immerhin hatte sich auch Helene ihr gegenüber schon Blößen gegeben. Etwa von diesem Freitagmorgen erzählt, an dem sie neben Boris aufgewacht war. Als er sie erblickte, hatte er sich umgedreht und auf den taubenblauen Teppichboden übergeben. Dann war er aufgestanden und gegangen. Helene tat Eva leid. Die typische Alleinerziehende mit der verzweifelten Sehnsucht, doch noch einen abzubekommen.

Eva begann zu erzählen. »Und dann«, sie näherte sich der Pointe, »habe ich sie zu einem Meeting einberufen.«

Helene blickte sie an, das anfängliche Erstaunen wich einer Art Stolz. »Du wirst sehen«, sagte sie, »einmal in einer Beratung, immer in einer Beratung«, und es klang fast wie eine Drohung.

Der dritte Strauß, und Eva hatte sich immer noch nicht gemeldet. Kein Dankeschön, kein »Fahr zur Hölle, du Kretin!« André bilanzierte seine Investition und fragte sich, ob er die Rosen als Werbeausgaben geltend machen könne. Es war ihm unmöglich, die Erinnerung an ihre Hüften aus seinem Gedächtnis zu bannen. Nicht ihren Anblick, es war eine taktile

Erinnerung. Nicht der Geruch. Die Haut, die Haptik, diese glatte und doch feste Oberfläche, über die seine Hände glitten, an der er sich nicht genug reiben und ja, ergötzen konnte. Er öffnete ein weiteres Spreadsheet und verglich die Daten des letzten Monats mit dem Vorjahr. Dana lag auf seinem Bett und bat in ihrem inzwischen annähernd perfekten Französisch um ein Croissant und ein »Paris-Brest«-Brandtörtchen. »Paris-Brest« zum Frühstück! Sie hatte zugenommen, die Hüften waren runder geworden, weicher. Das wollte jedoch nicht zum Rest ihres Körpers passen, den kleinen, unscheinbaren Brüsten mit den hellen Warzen, zart rosarote Zuckerperlen.

Er war im Zwiespalt, fragte sich, was er nun unternehmen solle. Vielleicht eine Karte schreiben? Einen Brief? Eine Mail wäre zu gewöhnlich.

Auf dem Weg zum Bäcker kam er an einem Kiosk vorbei und kaufte eine Postkarte. Schwarzweiß. Das Seine-Ufer. Ein Pärchen, eng umschlungen auf einer Bank.

Er dachte nach über einen möglichen Text. Hatte sie ihm nicht erzählt, dass sie Balzac liebte? Ihm kam nur *Vater Goriot* in den Sinn. *„Geld ist Leben. Vermögen bedeutet alles."* Weshalb sie diesen alten Moralisten so schätzte, war ihm schleierhaft. Die Pariser Gesellschaft, ein einziger Narrenhaufen, ein schwarzes Loch, das jeden verschlang, der die Spielregeln nicht beherrschte. Dieser armselige Eugène, schlimmer noch als Goriot. Unaufhörlich versuchte er, sich verbrecherischer Machenschaften zu erwehren, nicht hineingezogen zu werden in Intrigen und Skandale. Vergeblich, die Dinge nahmen ihren Lauf! Er war nicht klug genug. Balzac blendete seine Figuren mit diesen lächerlichen katholischen Werten. Vaterliebe. Exzessiv und dumm. Als er klein war, hatte der Vater ihm Zola in die Hand gedrückt, damit er nicht allzu naiv in die Fänge der Frauenwelt geriete. Kapitalismuskritik hatte natürlich auch eine Rolle gespielt. Jean, der Vater, war ein glühender Verfechter des Mitterandschen Sozialismus. Der Name des Täufers, Jean, sollte hinwegtäuschen über den jüdischen Ursprung, Anpassung, die perfekte Assimilation vorspiegeln. Als André sich nach dem Abitur und dem Ingenieursstudium für eine Karriere als Wirtschaftsprüfer entschied und dem Erzfeind in die Arme lief, saß er tagelang in seinem Ohrensessel und hörte Bach, die Goldberg-Variationen. Die Entscheidung des Sohnes empfand er als Schmach. Was hätte er darum gegeben, dass sein Sohn, sein einziger Sohn, die Aufnahmeprüfung für die École polytechnique doch geschafft hätte! Zwei Punkte, nur zwei Punkte hatten ihm gefehlt. Pauvre André!

Warum sie ausgerechnet dieses Einzimmerapartment gewählt hatte, konnte sie sich selbst nicht erklären. Ja, es lag mitten in der Düsseldorfer Altstadt, fünf Minuten vom Office entfernt. Office! Sie hatte sich diesen amerikanischen Jargon inzwischen so zu eigen gemacht, dass ihr, sobald eine passabel gekleidete Frau den Flur entlangging, ein *gorgeous* mit drei Ausrufezeichen entschlüpfte. Kreuzspinnen kletterten im Tross die Dachluke hoch. Direkt über dem alten Futon, den sie für zu viel Geld Helenes Schwester abgekauft hatte. Zu spät! Jetzt erwachte sie jeden Morgen auf dem durchgelegenen Ding und ertrug den leicht modrigen Geruch, der den zusammengepressten Stofflagen entwich. Helene hatte es bestimmt gewusst. Nun, Blut ist dicker als Wasser. Schwamm drüber! Sie war eben nur ein Junior Consultant für Public Relations bei McCrowley. Ein *bloody beginner*, der erst einmal auf die Schnauze fallen musste, bevor er McCrowleys Sprungbrett erklömme. Es gehörte zum guten Ton in dieser Firma, irischen Straßenköter-Slang ins Geschäftsleben einfließen zu lassen. *Go with the flow!* Helene machte da keine Ausnahme. »Du musst dir das erst mal verdienen«, versäumte sie nie zu sagen – meist, wenn dieser Dr. Hehlmann an ihr vorbeimarschierte, mit dem Feuilleton der Frankfurter Allgemeinen unterm Arm. Hehlmann war wie Eva Stipendiat in einer Begabtenstiftung gewesen und hielt sich folglich für etwas Besseres. Dabei hatte auch Helene promoviert und stammte zudem aus einer Industriellenfamilie. Niemand war für diesen Job besser qualifiziert als sie: Business und Beckett! Sobald der Zeiger auf zehn Uhr vorgerückt war, suchte Eva nach einem Vorwand, um sich Helenes Blick zu entziehen. Neid, Missgunst, Überlegenheit gegenüber diesem Emporkömmling, der, zur rechten Zeit am rechten Ort, über sein Schicksal frei entscheiden konnte. Ein Schloss hatte er sich gekauft, irgendwo bei Anger, sich ein Privatmuseum eingerichtet mit all den chinesischen Kunstwerken, die er auf seinem Asienfeldzug abgestaubt hatte. Eigentlich war ihr Helenes Abneigung Hehlmann gegenüber ganz sympathisch. Eva selbst ertrug es manchmal nur schwer, den ganzen Tag von karrieresüchtigen Betriebswirten umgeben zu sein, die MTV *crap* für den größten kulturellen Beitrag ihrer Gegenwart hielten. *Beavis and Butthead! Give me a break!* Obwohl Hehlmann von einem anderen Schlage war. Schließlich hatte er Betriebswirtschaft und Komparatistik studiert, oder waren es Jura und Musikwissenschaften? Immerhin war er es, der Eva ausgewählt hatte aus all den Bewerbungen, die täglich auf seinen Schreibtisch flatterten.

Als Eva den Briefkasten öffnete, fiel die Karte heraus. Poststempel Paris, ein Pärchen am Ufer der Seine. Der Blick der beiden in Richtung der Boulangerie Alsacienne.

Rhabarberkuchen mit Baiserhäubchen hatte Eva dort verschlungen und er Mirabellentörtchen. Anschließend waren sie zurückgeschlendert in die kleine Wohnung am Quai de la Rapée unter den grauen Dächern von Paris.

Und nun? *Chagrin d'amour* und so weiter und natürlich *Pour la vie* mit einem ganz langgezogenen i.

Er wendete die Karte hin und her und fragte sich, wie er sie zu deuten hätte. John Giorno. *Whatever window is your pleasure.* Mon Dieu! Eva! Warum immer diese kryptischen Nachrichten, dieses verquaste Geschwafel? *Whatever window is your pleasure? Bullshit!* Er versuchte, das Motiv zu entschlüsseln. *Everyone is a complete disappointment* stand in blauen und gelben Druckbuchstaben auf schwarzem Grund. Am oberen Kartenrand collagiert Evas Kopf. Ihre Augen lächelten verschmitzt. Ein Versuch, das bissige Zitat abzumildern mit Ironie?

Die Sache mit dem Champagner hatte er gerade noch einmal zurechtgebogen. Dieses ganze Gerede von Tagessätzen, billen, billen, billen, und dann störten ein paar Flaschen auf der Rechnung! Wie gut, dass in Amsterdam eine Kollegin dabei gewesen war. Immerhin durfte er als Teamleader auch ihr Timesheet ausfüllen und die Spesenrechnungen schreiben. Sie würde sich für den Champagner rechtfertigen müssen. Rausfliegen würde sie sowieso. *Hire and fire! Up or out!* So war es nun mal. Er musste einfach besser aufpassen.

Wenigstens war Dana wieder in Prag oder auf irgendeinem Audit-Job in Estland. Die Sache wurde langsam brenzlig. Zu Silvester hatte sie ihn ihrer Sippschaft als Verlobten vorgestellt, während dieser abstoßende fette Karpfen in der Badewanne vor sich hindümpelte. Skål, Cin oder was auch immer mit Becherovka! Ihm war es peinlich, sie mit seinen

Business-School-Freunden bekannt zu machen. Fast alle hatten Frauen aus Unternehmer-, zumindest jedoch Diplomatenfamilien, binational, japanisch-englisch, schwedisch-schweizerisch. Eine tschechische Herkunft hatte kein Renommee. Eine deutsche wäre definitiv besser. Außerdem hatte Eva einen Doktortitel. Er checkte noch einmal seine Emails. Immer noch keine Nachricht. Ob die Karte doch einen Schlussstrich bedeutete? Worte bewegten sie offenbar mehr als Blumen. Er beschloss, ihr einen Brief zu schreiben und wenn das nichts nützte, müsste er die Familie involvieren. Ein Anruf von seiner Schwester oder gar seiner Mutter würde sie garantiert erweichen. Es war mehr als ein Spiel. Er musste sie haben! Sie war perfekt für ihn. Und was gab es Prestigeträchtigeres als die französisch-deutsche Freundschaft samt jüdisch-christlicher Versöhnung? Eine Bayerin! War die bayerische Flagge nicht auch hellblau und weiß? Die Bayern, ein semitischer Stamm! Er nahm den Montblanc-Füller, parfümierte das handgeschöpfte Papier mit »Land« von Lacoste und begann zu schreiben.

Die Familie wurde eingespannt. Mutter und Schwester unisono: Der Sohn, der Bruder leide grenzenlos. Nach all den Irrungen und Wirrungen habe er endlich die Eine, die Wahre, *the one and only* gefunden. Eva solle sich nicht täuschen lassen von dahergelaufenen Frauen, die André nichts, aber auch gar nichts bedeuteten. Die Nachrichten auf ihrem Anrufbeantworter häuften sich. Der tägliche Rosenstrauß aus Paris rührte inzwischen selbst die gestrenge Office-Managerin. Sobald Eva das Foyer betrat, überreichte sie ihr mit einem Augenzwinkern die Blumen. Wahrscheinlich war sie froh darüber, dass sich durch das absehbare Ausscheiden eines Top-Pferdchens ihre Chancen, einen Vice President, einen Konfidenten zu ergattern, mutmaßlich erhöhten. Sie würde das Pferdchen bestärken in dieser Histoire d'amour. Es ist schließlich einfacher, den Gegner durch Schmeichelei schachmatt zu setzen, als Ränke zu schmieden.

Der Brief war von einem schmelzenden Pathos, einer Romantik, einer Sehnsucht, wie sie wohl nur ein Franzose zu Papier bringen konnte. Damals, als sie mit der Mutter per Bus nach Paris gereist waren für 99 DM, hatte sie sich geschworen, einen Franzosen zu heiraten. *Ganz Paris träumt von der Liebe*, hatte sie mit ihren zehn Jahren gesungen, *denn dort ist sie ja zuhaus*. Andererseits wollte sie mit sechs den Hippie heiraten, den sie im Münchner *Tatort* gesehen hatte. Später natürlich Alain Delon und Marlon Brando. Die Wahl fiel ihr schwer, weshalb sie sich für Al Pacino entschied. Ein Mafioso! Das Wort klang mindestens so verführerisch wie Stracciatella. Die Liebe jedoch! Die wahre, einzige Liebe konnte nur ein Franzose schenken. La vie en rose! Der Duft! Das Papier duftete nach diesem Lacoste-Parfum, das sie bereits während des New Consultants-Meetings in den Bann gezogen hatte. Sie sog ihn auf, begierig, hungrig nach jedem einzelnen Molekül, und schon war sie wieder da, die Erinnerung an den Abend, als sie nicht mit in sein Hotel gegangen war, und er um sie warb. Wie eine Katze hatte sie sich gefühlt, die majestätisch auf einem Fenstersims thronte und die schmeichelnden Kater kritisch beäugte, abwies und sich schließlich entschied. Sie hatte ihn gewählt. Seitdem galt sie als vergeben. Die Aufmerksamkeit der Berater hatte sich inzwischen auf andere *absolute beginners* gerichtet. Der Turnover war hoch, neue Trophäen immer in Reichweite. André war so anders, so feinfühlig. Rimbaud. Ihr Lieblingsgedicht hatte er mit schwarzer Tinte auf das Büttenpapier gemalt:

›Dein tiefstes Ohr, rotschimmernd: Sternenträne rann.
Vom Nacken hin zur Lende: Rollen, weiß – Unendlichkeit
Die Purpurbrust, umperlt: vom Meer im falben Kleid.
Fürstliche Flanke: Schwarzblut strömte hier – der Mann.‹

Nur dieses eine Gedicht, allein für sie, ›Chérie d'Amour.‹

Verschmelzung aller Sinne. Romantische Verzweiflung. Sie durfte ihn nicht im Stich lassen, den Erträumten, Ersehnten, schwarz blutend zurücklassen an ihren Lenden. Lächerlich? Am liebsten würde sie die Proposals in die Ecke schmeißen und zu ihm fahren, nach Paris. Sofort.

Helene lehnte sich schmunzelnd zurück. »Das ist jetzt aber nicht dein Ernst, oder? Der Typ betrügt dich von Anfang an und du würdest hier am liebsten alle Zelte abbrechen und Rhabarbertörtchen futtern?« Sie schien fast gekränkt von Evas Naivität, zweifelte sicher an ihrer Vernunft und befürchtete bereits Konsequenzen für ihre eigene Karriere bei McCrowley. Warum sollte Eva Helenes Gerede auch nur eine Sekunde lang ernst nehmen? Einer Frau, die sich auffressen ließ von ihrem Job, die sich täglich grämte über ihren Verflossenen und jeden Berater auf Managerniveau als potenziellen Liebhaber und Ehekandidaten in Betracht zog. Ausgerechnet sie! Andererseits war McCrowley erzkonservativ. Affären unter Beratern wurden misstrauisch beäugt. Bloß nicht gegen die Firmenregeln verstoßen, hieß die Devise. Zugleich sollten alle »politically correct« sein; »pc« war der neue Kampfbegriff. Den Mund wollte man sich nicht verbieten lassen, den superliberalen Jungunternehmern aber auch Honig ums Maul schmieren. Sei eine Bitch, aber lass dich nicht dabei erwischen, und vor allem nimm diese Dreckswörter nicht in den Mund, lautete die Grundregel. Das wiederum passte perfekt zu: Ficken oder gefickt werden.

»Ist dir eigentlich klar, dass er Jude ist? Levy! Na, klingelt es bei dir?« Helene schüttelte den Kopf, »Und dann auch noch Levy-Solal! Ein sephardischer Jude! Die verlorenen Stämme des israelischen Nordreichs. Weißt du, was eine Frau für die bedeutet?« Zu spät, die Arbeit am Proposal vorzuschützen! Wieder wollte Helene ihr aus Missgunst alles madig machen. Am liebsten wäre sie aus dem Zimmer gestürmt, zum Flughafen geeilt. Stattdessen blieb sie sitzen und ließ den Sermon über sich ergehen. »Du gibst deinen Job auf, bekommst mindestens drei Kinder und fristest ein Dasein als Madame Levy-Solal, während er für McCrowley um die Welt jettet und dich bei der nächstbesten Gelegenheit für eine Sekretärin verlässt.«

Ihr fiel das französische Wort für Gummi nicht ein. Auf die Idee, Präservativ zu sagen, kam sie nicht einmal. »Capotes anglaises«, sagte André, und sie lachte über die französisch-englische Feindschaft, die sich sogar durch die Betten zöge, lachte, während er sich den Pariser über seinen jüdischen Schwanz streifte. In diesem Moment scherte sich Eva einen feuchten Kehricht um das Gerede über ungeschützten Geschlechtsverkehr, rollte den Gummi mit der Zunge von seinem Glied und spuckte ihn auf den Boden. Sie leckte ihn, bis sein Sperma ihr vom Kinn in den Ausschnitt tropfte. ›Rollen, weiß – Unendlichkeit‹ sagte sie und rieb sich an ihm, bis er wieder hart wurde und in sie eindrang.

Irgendwann gingen sie dann in die Brasserie L'Européen an der Gare de Lyon. Als sie die Zitrone auf die zitternden Austern träufelte, bemerkte sie Blut an einem ihrer Finger. Verstohlen leckte sie es ab. Scham – sie war provinzieller, als er dachte – verwandelte sich in unverhohlene Lust. Rosa Speichel floss auf die Auster, die sie gierig und verspielt zugleich ihre

Kehle hinuntergleiten ließ. Eine Katze, die die Maus lebendig verzehrte, das zappelnde, dann in Agonie verkrampfte Tier verkostete. Das Salz auf ihren Lippen verriet den Tod. Bataille, dachte er. Das Auge, das sich Simone in die Vagina schob, Austernlippen, die sie öffnete und verschlang. Die Dunkle mit den schwarzen Strümpfen, die Helle mit dem weißen Band, dem nackten, zarten Arsch. Er fragte sich, ob Eva nicht vielleicht sogar Vergnügen daran gefunden hätte, Batailles Marcelle, oder vielmehr Dana, beim Pissen zuzusehen. Ihn selbst hatte Batailles Geschwätz über Urin und Eiweiß noch nie erregt. Zwei Ärsche jedoch, die Zunge im einen, den Schwanz im andern – dazu würde er nicht nein sagen. Eva hatte zwar einen süßen Arsch, war aber wohl doch zu prüde für Spiele zu dritt. Sie war von einem Absolutheitsanspruch besessen, die Idee der Treue war ihr heilig. Sakral waren für Bataille nur der Tod und die Lust. Der Gedanke tobte durch Andrés Kopf, und als sie von der Toilette zurückkam, den Champagner verzückt in einem Zuge leerte, wiederholte er noch einmal dieses Wort. Amour! Und irgendwie verfestigte sich bei ihm der Gedanke über die Liebe, an etwas, das einzig und wie ›Nur du allein‹ klang.

Eva fühlte die Angst in sich hochsteigen. Todesschergin. Junior Death Assistant. Sie musste Jens alles gestehen, endlich klar Schiff machen!

Frankfurt Hauptbahnhof. Hartmann – nenn' mich Michael, hatte er sie angewiesen – hatte den Zug verlassen. Das Proposal, an dem er seit Monaten arbeitete, befand sich in einer dunklen Schutzhülle. Am Wochenende würde sie das Chaos in Form bringen. Er hatte sich gnadenlos im Pyramidal-Prinzip verheddert, der simpelsten Textstrukturierung, die man sich vorstellen konnte. *Gorgeous*, diese Methode, *easy-going bullshit*, der McCrowleys Markenzeichen werden sollte. Hartmann war den Tränen nahe gewesen, als er ihr sein Scheitern anvertraute. Warum sie überhaupt bei McCrowley gelandet sei, anstatt sich weiter mit den Dekonstruktivisten zu befassen, hatte er wissen wollen, während sie bereits einen ersten Blick auf sein Pyramidal-Chaos geworfen hatte. »Ach, du«, hatte sie gesagt und schnell noch »Michael« hinzugefügt, »ich habe zwei Seiten.« »Sag ich doch«, so er, »morgen stehst du mit Handschellen am Straßenrand und entführst einen Vice President auf einen total verrückten *road trip*.« Sie hatte gelacht und an André gedacht, der ihr Glück gewünscht und Ratschläge samt Lügengeschichten für die nächsten Wochen mit auf den Weg gegeben hatte.

Lügengeschichten. Das Wort schlich sich in ihre Gedanken, tückisch. »Sag deinem Freund, du fährst ins Elsass mit einer Freundin«, hatte André ihr empfohlen. »Pass auf, wenn du in der Flughafentoilette telefonierst! Die Durchsagen kommen unerwartet, sie könnten am Telefon im Hintergrund zu hören sein. Sag, du müssest nach Brüssel wegen eines Public-Private-Projekts! Und sag vor allem nichts über uns.« Kurzes Überlegen. »War da nicht diese Studentin, die bei dir ein Seminar besuchte? Vielleicht kann sie deinen Freund, nein: deinen Ex«, süffisantes Lächeln, »ja ein wenig ablenken. Er wird sich daran gewöhnen.« Sie fragte sich nicht, woher ihm diese Schliche vertraut waren, ihr war aber klar, dass sie seinen Einflüsterungen folgen würde.

Und nun saß sie im Zug, um ihren Gang nach Canossa zu absolvieren, ihr Mea culpa abzulegen – oder um doch nur ein Verschleppungsmanöver zu initiieren? Was, wenn er mit ihr schlafen wollte? Sicher würde er das wollen. Sie hatten sich seit vier Wochen nicht gesehen.

Als Jens sie am Bahnhof abholte, riss er sie voller Leiden-schaft in seine Arme. Sein Blick war offen, voller Liebe. Er drückte sie an sein Herz, sah ihr tief in die Augen, als wolle er sagen: »Jetzt bist du zu Hause.« In dem Moment, da sie die Lippen zum Geständnis öffnen wollte, legte er die Hand auf ihren Mund.

Zuhause, oder was auch immer dieser Ort für sie sein mochte, begann er sie zu küssen. Sie schloss die Augen und wartete, dass sich irgendetwas in ihr regte. Sie legte sich aufs Bett, er sich zu ihr, doch sie verfolgte das Geschehen wie aus der Ferne. Bewegungen, die sie erinnerten an ein Gefühl, an eine Melodie: *Black coffee in bed* von Squeeze. Als er kam, das Lied in ihrem Kopf war längst zu Ende, floss das Weiß aus ihr heraus wie Tränen.

Er, irritiert, für einen Augenblick entsetzt, versuchte sie zu trösten, schob es auf den Überschwang der Gefühle, tupfte ihr die Wangen ab mit einem Taschentuch, das nach Sperma roch. Das Bett befleckt mit seinem Samen, süß und herb, geschmol-zenes Lakritz. Das Tuch so nah, der Mandelkern lebendige Furcht. Die Tränen ein Strom und dann die Worte, ihr Ge-ständnis, unabwendbar, nicht mehr zurückzunehmen. Keine Wiedergutmachung.

»Ich wollte dich heiraten«, sagte er, »eine Familie mit dir gründen!«, und sprach selbstvergessen ein paar Namen vor sich hin: Caspar, Carla, Friederike – erstickt in Wut und Ent-täuschung. *Sie,* das waren jetzt André und Eva.

Als sie am Bahnhof saß, allein, der Gestank des Aschenbe-chers überlagerte den süßlichen Geruch, der sich hartnäckig in ihrer Nasenhöhle festgesetzt hatte, pochte das Echo seiner Worte schmerzlich in ihrem Hirn. Eine Ehe! Der Gedanke, geboren im Pilzrausch auf Koh Samui, als er dem Wahnsinn nah auf einem Felsen saß und nur sie in der Ferne seine Rettung zu sein schien. Und dann die Geschichte mit dem Verlobungsring, fast schon in Vergessenheit geraten. Eine Krawatte hatte er sich um den Hals gebunden, war auf die Knie gegangen vor ihr. Nackt, eine Feldblume in der Hand, gepflückt am Wegesrand. Die blaue Blume. Auf der Straße vor dem Haus zwei Polizisten: Ausweiskontrolle! Er im Bademantel, barfuß, auf dem Weg zum Kaugummiautomaten. Einen Verlobungsring habe er dort ziehen wollen für seine Freundin, hatte er zur Antwort gegeben und sie hatten ihn laufen lassen, damit er heil und unverzüglich zu ihr zurückkäme.

André versuchte, sich seine Verärgerung nicht anmerken zu lassen. Dass sie ihrem Freund nun doch alles gebeichtet und die Beziehung beendet hatte, versetzte auch André in einen Entscheidungs- und Handlungszwang. Mit Dana hatte er geschlafen, während Eva bei Jens in Nürnberg war. Wie konnte er sicher sein, dass Eva bei ihm bliebe? Sieben Jahre waren es mit Jens gewesen. Leichtlebig war sie eher nicht, aber kann man sich bei einer Frau je sicher sein? Dana war sein Back-up, falls ihm die erste Wahl entglitte. Sein intimes Portfolio. Dass man sich nicht auf ein Objekt allein verlassen kann, immer mehrere Targets anvisieren soll, wurde ihm bereits im New Consultants-Briefing eingetrichtert. Dana war gut vernetzt, und Karriere ließe sich in den osteuropäischen Büros garantiert schneller machen als in Paris mit all den verknöcherten Enarchen und Polytechnikern. Nach oben buckeln, nach unten treten. *Le phénomène du petit chef.* In den neuen Büros im Osten hatten sie mehr Ahnung von der »New Economy« als in Paris oder Düsseldorf. Der Westen drohte auszutrocknen, hielt immer noch an »Made in Germany« fest. Es ging nicht mehr um Waren und Güterknappheit, sondern um Dienstleistungen und deren universelle Verfügbarkeit. McCrowley musste zur Keimzelle dieser neuen Wirtschaft werden, um nicht auf der Strecke zu bleiben. Ficken oder gefickt werden!

Bei den Amerikanern bekam zumindest jeder seine Chance, und die Kippa war im Zweifel eher förderlich. Er nannte sich jetzt offiziell nur noch Levy, ließ den Zweitnamen Solal fort, seit er beim letzten Firmen-Meeting die Anerkennung der Goldblums und Rosenzweigs verspürt hatte. Sein Vater hatte sich von seinen jüdischen Wurzeln distanziert, aus Respekt vor dem heiligen Laizismus, aus Angst vor mangelnder Assimilation. Einmal Jude, immer Jude, rief er seinem Sohn immer wieder mahnend in Erinnerung.

Mit Eva in Cabourg, am Meer. Hast du sie wiedergesehen, hätte sie fragen können. Sie hatte jedoch geschwiegen. Zu fragen war ihr nicht einmal in den Sinn gekommen. Sie vertraute ihm, und er hätte ihr ohnehin nicht von diesem lächerlichen Intermezzo erzählt. Was hätte er auch sagen sollen? Chérie d'amour, aber nein, sie hat mich in Wirklichkeit gar nicht gereizt. Einen Moment lang hat sie mich erregt. Ich konnte nicht anders. Es war rein mechanisch.

Sie genoss es sichtlich, auf der Mauer der Uferpromenade zu sitzen, mit vom Wind zerzaustem Haar. »Liberté!«, rief sie überschwänglich, der Lächerlichkeit ihres Pathos nicht gewahr. Eine deutsche Marianne, er verschaffte ihr Zutritt ins Paradies aus weiten Stränden, Macarons und Grand Hotels.

Die Nacht wurde zum Tag, der Tag zur Nacht! Sie spielten. Er den Masseur, sie die verheiratete Kundin, die sich von ihrem tyrannischen Ehemann erholen musste und sich profane Genüsse wie Cocktails an der Bar erlaubte. Sie spielte so überzeugend, dass er sich fragte, ob sie, Eva, noch Eva war. Er war sich immer und überall treu, ungeachtet der Gefahr, sich im Nirgendwo zu verlieren.

»Sex ist Körperhygiene«, hatte ihm früh die Mutter erklärt. »Schau dir Jacqui an«, so der Vater, »warum betrügt er seine Frau? Wenn sie ständig über Kopfschmerzen klagt, verdient sie es nicht anders! Wenn der Mann bekommt, was er will, dann sucht er auch nicht außer Haus. Punkt.« Eva war zweifellos die richtige Wahl. Sie würde sich dem Notwendigen nicht verweigern.

»Ich!« Augenblicklich hatte sie die Hand gehoben, als gefragt wurde, wer für ein Projekt nach Russland gehen wolle. Ihr Vater hatte ihr von Kindesbeinen an seine Russlandbegeisterung vermittelt. Braunäuglein vergötterte sie, Prinz Ivan machte sie mit den Klängen der Harfe vertraut, und etliche Matrjoschkas bevölkerten ihr Elternhaus. Franz Möllers, der Senior VP, schwärmte von den Sonnenuntergängen überm Dnjepr und den abenteuerlichen Helikopterflügen samt Privatpilot. »In drei Tagen geht es los«, frohlockte Möllers, erleichtert, dass er endlich auch hinter Tscheljabinsk einen Haken machen konnte. Einen Moment lang glaubte sie, im Blick der anderen Berater Mitleid, zumindest jedoch Herablassung erkennen zu können. Wer außer ihr hatte schon Lust, jenseits des Urals mittelständischen russischen Unternehmen die Grundlagen des Marketings beizubringen? »Ja bist du denn des Wahnsinns?«, fragte Helene sie mit kaum beherrschter Stimme und schloss die Tür. »Franz Möllers! Der lässt doch nichts, aber auch gar nichts anbrennen.« Sie schüttelte den Kopf und hub zu ihrer Standard-Litanei über *die* Männer an: »Solange du *totally committed* bist und dich opferst, Tag und Nacht für sie schuftest, erkennen sie dich an, wirst du für gleichwertig erachtet. Sobald du jedoch auf ihre Komplimente eingehst, bist du einfach nur noch eine Frau und dann –«, sagte sie und schnippte ein geknülltes Blatt Papier in den Korb, »hast du verloren.«

Vermutlich gönnte sie ihr nicht die Chance, McCrowleys Karriereleiter schneller zu erklimmen, als es ihr selbst vergönnt gewesen war. Solange Eva Helene nützlich war als kreative Quelle, als Ideengeberin, wobei sie selbst die Kontrolle über die hierarchische Struktur wahrte, zeigte sie freundschaftliche Gefühle. Jetzt aber, da Eva aus ihrem Herrschaftskreis auszubrechen drohte, wandelte sich Sympathie in kaum verhohlene Ablehnung.

Eva wünschte, sie könnte den desillusionierenden Blick auf die Wirklichkeit verscheuchen. Eine Schutzpatronin hätte sie in diesem Haifischbecken gut gebrauchen können. Aber wollte sie bleiben und sich totbeißen lassen? Der Riss in ihrem Inneren machte sich erneut bemerkbar, ließ sie einen Moment lang zögern. Der entscheidende Augenblick, den Helene witterte wie ein Hai die Blutspur seiner Beute. »Wenn du versagst«, warnte sie, »dann hast du dir hier deinen Weg verbaut.« Genüsslich, Evas Verunsicherung befriedigte sie ungemein, lehnte sie sich zurück und nippte an einem ihrer Softdrinks, Beweis ihrer Amerikanophilie, daneben auf dem Dauerehrenplatz ihr Bullshit-Stempel.

Und jetzt noch die Challenge, dachte Eva. Das ist eben eine Herausforderung, die du annehmen oder lassen kannst. Feiglinge haben hier ohnehin nichts zu suchen. »Sieh's als Challenge«, sagte Helene.

Als Eva im Flieger nach Moskau saß, zusammen mit drei anderen Beratern, die jeweils der Hauptstadt, Jekaterinburg und Sankt Petersburg zugeteilt worden waren, trank sie ein Glas

Champagner und fühlte sich im süßen Taumel unendlicher Möglichkeiten. McCrowley war nur der Bühnenhintergrund, auf den sie die rauschhaften Bilder ihrer Zukunft projizierte. Nach einer Zwischenstation in Moskau würde sie nach Tscheljabinsk fliegen und endlich teilhaben an diesem großartigen Umbruch, in dem sich Russland seit der Perestroika befand. Sie würde ihrem Vater beweisen, dass der Untergang der Sowjetunion nicht gleichbedeutend war mit der Vernichtung der Intelligenzija, der Agonie von Kunst und Kultur. Bereichern würde sie ihr Russland, das im Erzkapitalismus erworbene Wissen zum Wohle der Erben Bakunins und Dostojewskis einsetzen! Ein Bindeglied würde sie sein zwischen Ost und West, Zeugin einer sagenhaften, neuartigen, unblutigen Kulturrevolution unter der Fahne McCrowleys. Hier oben, freischwebend über den Wolken, den Kopf im Himmel. *„Jener unfassbare Glanz des Himmels."* Bataille. Die Euphorie, mit der sie über die Zukunft Russlands und ihre Rolle dabei sinnierte, kam ihr kein bisschen übertrieben vor. Im Halbschlaf tauchte auch die Balalaika auf, das Kosakenkostüm mit derben Winterstiefeln und der ins Gesicht gemalte Schnauzer. *Kalinka, Kalinka, Kalinka moya, V sadu yagoda malinka, malinka moya!* Himbeeren, so süß und fremd dort drüben im Kiefernwald, wo Ivan der Prinzessin ewige Liebe schwört.

Als die Stewardess ihr auf die Schulter tippte und darum bat, den Sitz aufzurichten und das Tablett einzuklappen, wich die träumerische Beseeltheit einem nüchternen Funktionsmodus, wie er für die nächste Zeit gefordert sein würde.

Hatte sie wirklich geglaubt, auserwählt zu sein, nur, weil sie diese russischen Märchen kannte? Es zeugte von einer himmelschreienden Naivität, dass sie tatsächlich glaubte, McCrowleys

Russlandmission wäre der erste Schritt zu einer fulminanten Karriere. Schlussendlich würde sie doch ihrer biologischen Bestimmung folgen. Man denke nur an ihren Blick, als die Mutter ihr die Fotos von ihm als Kind gezeigt hatte. Seufzen und Gezwitscher hatten überhaupt kein Ende genommen. Süß! Niedlich! Knuddelig! Innerhalb von wenigen Minuten hatte sich ihr Sprachregister für Säuglinge und Kleinkinder dem Umfang eines Global Sourcing-White Papers angeglichen. Andrés Mutter hatte sie fragend, ein wenig eifersüchtig angeblickt, besorgt um ihren Sohn, wie damals: Als kleiner Junge hatte er ein Marokkanerkind aus der Nachbarschaft zum Spielen in die Wohnung mitnehmen wollen. Kopfschüttelnd stand sie an der Tür, das Kind mit Herablassung musternd, bis er den Jungen wortlos zum Aufzug begleitet hatte und dafür von ihr mit einer Umarmung und einer Wolke aus »L‹Air du Temps« und Desinfektionsmittel belohnt wurde.

Sie nannte die kleine deutsche Eva »ma Grande« und zeigte ihr die Kelly-Tasche, die ihr der Ehemann zum vierzigsten Geburtstag geschenkt hatte. Hermès. Krokodilleder. In den sechziger Jahren war Andrés Mutter eine Schönheit gewesen. Jean hatte es kaum gewagt, sie anzusprechen vor dem Kosmetiksalon, in dem sie als Aushilfe arbeitete. Er, der sephardische Jude, immer auf der Hut, immer auf Assimilation, auf peinlichste Anpassung bedacht; sie eine Ostfranzösin, die es nach Kriegsgefangenschaft und Tod des Vaters in die Pariser Vorstadt verschlagen hatte. Ihre Schönheit hatte sie nur einmal verschwendet, als sie einen Nichtsnutz von Hotelportier aus jugendlicher Schwärmerei geheiratet, schon bald aber wieder verlassen hatte. Als Jean um ihre Hand anhielt, gab es kein langes Zögern. Lieber einen Beamten als einen mittellosen Schwerenöter! Dass er Jude war, nahm sie zähneknirschend in Kauf. Immerhin vergötterte Jean seine Mimi, die grünäugige Katze, die, sie wurde es nicht müde zu betonen, Stéphane Audran damals verblüffend ähnlich sah. Die Haare, nun, sie hatte sie rot gefärbt, aber wer konnte schon mit Gewissheit sagen, dass das bei Audran nicht ebenso der Fall war? Jean liebte diese Frau, deren Kirschmund niemals nein sagte. Dass der Lippenstift ein wenig zu grell und der Lidstrich eine Spur zu lang war, duldete er großmütig als Ausdruck weiblicher Eitelkeit. Den diskreten Charme der Bourgeoisie hatte sie sich schließlich in geduldiger Nachahmung und natürlicher Mimesis erworben. Die Doppelbödigkeit einer Chabrol-Figur verkörperte sie mühelos, mit Vergnügen sogar, da Jean ihre weibliche Koketterie mit Champagner und Parfum belohnte. Es kitzelte ihre Nerven, ohne nennenswertes Risiko Ränke zu schmieden und Strippen mit dem Ziel ihres gemeinsamen gesellschaftlichen Aufstiegs zu ziehen. Die Gefahr, ihrer mangelnden Bildung wegen geschmäht zu werden, war gering. Sie war ein Schmuckstück, das schweigend, kirschmundlächelnd, mit den Katzenwimpern klimperte und darauf bedacht war, ihren blassen Teint zu hüten. Die erste Ehe ein Makel? Sie hatte sie so schnell vergessen wie die Kleider der letzten Saison. Und überhaupt! Audran hatte den schneidigen Trintignant schließlich auch für Chabrol verlassen. Für Jean ist sie sogar über ihren Schatten gesprungen und zum jüdischen Glauben übergetreten. Schnell hatten sie einen Rabbi gefunden, der auch geschiedene Katholikinnen als Konvertiten akzeptierte. Wie stolz Jean war, als sie aus dem Sohar rezitierte und den Buchstaben Aleph lobpries: »Denn es hat das Aleph zwei Arme und den Körper in der Mitte, und alles ist nur ein Geheimnis.« Behütend hatte er sie in seine Arme geschlossen, »Shosanna« geflüstert, meine Seerose, denn es war ihre Lieblingsblume und jetzt auch ihr hebräischer Name. Irgendwann jedoch, im Banne ihrer katzenhaften Zärtlichkeiten, verblasste Shosanna und er taufte sie Mimi.

»Miláček?« fragte Dana. Wie er diese Sprache hasste! Selbst »Schatz« klang weicher als dieses hölzerne Tschechisch. »Ich komme gleich!« sagte er, schloss vorsichtig die Tür, griff zum Hörer und wählte die Nummer. Punkt neunzehn Uhr hatte sie gesagt, 23 Uhr in Tscheljabinsk.

Isoliert. Nur Felder, Wiesen, Wälder. Auf dem Weg vom Flughafen zum Hotel bewunderte Eva das Blau des Sees, sah sich bereits am Ufer sitzen mit Palmeny und Borschtsch. »Radioaktiv«, sagte der Taxifahrer und fuhr schweigend weiter.

Das Hotel, ein ehemaliges Sanatorium, war ein sozialistischer Betonklotz, unachtsam hingeworfen in eine weite, gelbe Landschaft. Eine Landschaft, in der einstige Kolchosbauern diffuse Träume in die Erde pflanzten. Rosig? Rosa. Rosa Luxemburg, für Eva gleichzeitig *La vie en rose*. Umverteilung kannte sie bereits aus ihrer Kindheit: »Schau mal, Papa, hier! So funktioniert der Kommunismus!« Mit rotem Filzstift hatte sie eine Art Diagramm auf die Rückseite eines chinesischen Kalenderblatts gemalt, und einen Pfeil, der die gerechtere Verteilung der Güter bedeuten sollte. »Und jetzt geh ich ins Gasthaus und zeig es diesen Kapitalisten!« Im Gasthaus hatte sie dann doch der Mut verlassen. Mit roten Wangen, beschämt von der eigenen Verzagtheit, war sie zurückgekommen in das nach Motoröl, Schmierfett und Bücherstaub riechende Wohnzimmer. »Im Dunkeln, im Geheimen ...« Mit verschwörerischer Miene hatte sie der Vater getröstet und Lenins Porträt auf dem Schreibtisch andächtig geradegerückt. Mit Kopfhörern hatte er sie vor den Satellit 2000 gesetzt und Kurzwelle eingestellt.

Der Kofferträger führte sie grau getünchte, mit Neonröhren ausgeleuchtete Gänge entlang, bis sie zu einem Zimmer gelangten, das einen Blick auf dunkle Tannen gewährte, die sie hier nicht erwartet hätte. Himbeersträucher? Sie musste selbst lachen über ihr Klischeebild, stellte den Koffer in eine Ecke und zog ein Buch mit dem Titel *Draw Flowcharts Easily* aus der Tasche. Der Unterschied zwischen ihren kommunistischen Kinderzeichnungen und amerikanischen Dekomplexifizierungstechniken war geringfügig. Linien- und Säulendiagramme. Markenbereinigung und stalinistische Säuberungsaktionen. Morgen würde sie vor dutzenden russischer Mittelstandsunternehmer den Kick-off für das Marketing-Seminar durchführen. Sie war nervös, stellte schließlich nur ein Ersatz für die klassischen Betriebswirte und Absolventen privater Business Schools, die ausgeschwärmten in die Sheratons und Kempinskis in Moskau und Sankt Petersburg. Es war Evas Chance, und sie würde das rote Kostüm tragen, das Jens ihr für ihren Karrierestart bei McCrowley geschenkt hatte. »Damit du mich nicht vergisst«, hatte er gesagt und sie fest in die Arme genommen. Verräterin! An ihrer Unterlippe nagend, konzentrierte sie sich auf den Schmerz, der die Last des Betrugs, die Pein der Moral ein wenig milderte.

Als Wim van der Straaten, der Projektmanager, an ihre Tür klopfte, hätte sie ihn am liebsten umarmt. »Ja, natürlich, gern!« Das Satellitentelefon würde sie sehr gern nutzen, sie müsse unbedingt einen Kollegen in Paris anrufen. Wim, ein schlitzohriger, abgehalfterter Holländer, den McCrowley und die Europäische Union in Gegenden abbeorderte, in denen kein Hund begraben sein wollte, glaubte ihr kein Wort, freute sich jedoch über ihren Überschwang. Lachend hielt er das Satellitentelefon in Händen und übergab es ihr: »Gestatten:

Master of the Phone!« Er war ihr einziger Kontakt hier in dieser Ödnis an diesem riesenhaften See, in dem sich keine einzige Birke spiegelte.

»Der Karatschaj-See. Nicht einmal Blaualgen überleben in diesem Gewässer.« Er warf einen raschen Blick auf seine Uhr und lud sie zum Abendessen ein: »Du wirst sehen: Kaviar, Wodka, Balalaikaspieler! Nur die allerhöchsten Sowjets speisten dort. Nastrovje!«

Als Andrés Stimme endlich in der Leitung knisterte, war sie ihm so nah, als sei sie bei ihm in Paris. Nicht tausende von Kilometern zwischen ihnen, nur Laute, Töne, Zwitschern, Schmeicheln, Küsse. Einzig und allein das Gefühl, beschützt zu sein, geborgen im Klang seiner Stimme. Dass jemand jenseits des Urals »Miláček« flüstern könnte, kam ihr nicht in den Sinn.

Erledigt. Dana war zurück in Tschechien. Weggeschickt. *I foras, mulier.* Geh fort, Frau! Warum sollte er es nicht machen wie die alten Römer oder diese hinterfotzigen Araber, die auch auch nur dreimal »Ich verstoße dich« sagen mussten, um sich ihrer Weiber zu entledigen? Nicht alles, was diese Wüstenhurensöhne verzapften, musste unweigerlich schlecht sein. Es war schließlich Danas Problem, dass sie sich nicht bescheiden, nicht teilen konnte. Die Szene nach dem Telefonat mit Eva war der Tropfen, der das Fass zum Überlaufen brachte. Stand sie doch tatsächlich hinter der Tür und belauschte das Gespräch! Gerade noch rechtzeitig konnte er eine schlechte Verbindung vorschützen, ohne dass Eva misstrauisch geworden wäre. Dana verhielt sich hinterhältig wie eine KGB-Spionin. Ihr Kontrollzwang trug neurotische Züge. Wie konnte sie sich nur einbilden, dass er sein Leben mit ihr zubringen würde, sich jeden Tag ihren misstrauischen Blicken, den bohrenden Fragen, den endlosen Vorwürfen aussetzen würde? Eva hingegen war, privat zumindest, mild, hingebungsvoll, verehrte ihn, ließ sich von ihm einführen in das Pariser Savoir-vivre, bewunderte ihn, wenn er ihr ein paar Excel-Tricks beibrachte, beizubringen versuchte. Mon Dieu, technisches Geschick war gewiss nicht einer ihrer Vorzüge! Dana mochte zwar von den französischen Poststrukturalisten nicht die geringste Ahnung haben, aber Wirtschaftsprüfung und Microsoft Office genossen bei ihr den gleichen Stellenwert wie bei Eva Satzanalyse und Racine. Über kurz oder lang würde Eva sich ohnehin dem Familienleben widmen.

Achtmal mehr Radioaktivität hatte sich im Karatschaj-See angesammelt, als beim Super-GAU in Tschernobyl freigesetzt worden war. Als er ihr dies während des letzten Telefonats mitgeteilt hatte, schwieg sie kurz, erzählte ihm von Kahlköpfigen, deren missgebildete Föten die Formaldehydgläser der Nuklearforscher füllten. Flüssiger radioaktiver Abfall, direkt in die Tetscha gepumpt. Fast zweihundertfünfzig Kilometer verseuchten Flusses. Strahlungsopfer, deren verändertes Erbgut über Generationen weitergegeben wurde. Krebs. Die Erkrankungswahrscheinlichkeit viermal so hoch wie im restlichen Russland, und Eva mittendrin. Andrés Vater hatte ihm geraten, ihr einen Geigerzähler mitzugeben, sobald sie zurück wäre, falls er wirklich Kinder haben wolle mit ihr. Geigerzähler. Er musste ihr erst einmal erklären, wie ein Kontaminationsprüfgerät funktionierte, wie Gammastrahlen detektiert wurden. Sie lachte und erzählte ihm eine Donald Duck-Geschichte, in der Donald Tick, Trick und Track dank kleiner Urankügelchen auf den Mützen mit seinem Geigerzähler aufspürte. Sie nahm die ganze Sache nicht ernst. Erst als er ihr von einem Geheimdokument erzählte, das sein Vater als Leiter des Kernforschungszentrums in Lyon in Auftrag gegeben hatte, wurde sie hellhörig. Dass er die Auswertungsergebnisse ein wenig dramatisierte, war nur zu ihrem Wohle. Es war seine Wahrheit, die sie retten würde.

Drei Dutzend russische Gesichter erwartungsvoll auf Eva gerichtet. Marketing als Wunderwasser, Heilmittel für krankende Mittelständler, die sich nichts sehnlicher wünschten, als in die Geheimnisse westlicher Erfolgsstrategien eingeweiht zu werden. Rote Flecken verbreiteten sich auf ihrer Haut, unkontrollierbar trotz im Business-Modus erstarrter Mimik. Drei Gesichtsausdrücke genügten, um die Grundlagen amerikanischer Geschäftstaktiken zu vermitteln: Begeisterung, Selbstvertrauen und Empathie. Kurz bevor sie nach Russland aufgebrochen waren, hatten alle Berater noch an einem Crash-Kursus in Trainingstechniken und Körpersprache teilgenommen. Selbstvertrauen als Trainingseinheit hatte den geringsten Zeitaufwand erfordert. Schlechter bestellt war es um Empathie und Begeisterung, die eine schauspielerische Herausforderung für die meisten Berater bedeutete. Folgerichtig hatte man Eva für Kick-off und Motivation ausgewählt. Als Geisteswissenschaftlerin war sie zuständig für die zwischenmenschlichen Aspekte, die sogenannten Soft Skills, denen im Vergleich zu den Hard Skills eine eher unbedeutende Rolle zukam. Wenn es um Portfolio-Modelle ging, spulten die meisten Berater einen Automatismus ab, der Poor Dogs, Stars, Cash Cows und Question Marks immer wieder neu in der Matrix positionierte. Es war ihnen ein Leichtes, unproduktive »Poor Dogs« auszusortieren und für die Zukunft aufgehender »Stars« zu opfern. Da McCrowley im Ranking der Unternehmensberater allerdings immer mehr abzusinken drohte, musste man schließlich doch auf Teamfähigkeit und Kreativität setzen, die man in Psychospielen zu aktivieren versuchte. »So, und jetzt bauen wir einen Turm«, hatte die Trainerin gesagt und den Berater-Teams Bauklötzchen zugeteilt, die sie für den Bau eines Turmes benutzen sollten. »Free choice«, hatte sie sie angespornt und zugleich »Aber begründen!« ermahnend hinzugefügt. Manche zeigten sich amüsiert, waren überzeugt, die trickreiche Aufgabe zu durchschauen, andere hatten demonstrativ ihre Teamfähigkeit unter Beweis gestellt, indem sie die Köpfe zusammensteckten, einen Leader erkoren und eine Strategie entwickelten. Die Psychologin hatte sich mit wohlwollendem Lächeln von Team zu Team begeben, manchmal fragend die Augenbrauen hochgezogen oder dezent applaudiert. Bauklötze türmten sich zu Wolkenkratzern, Symbolen der Hybris ihrer Konstrukteure, oder verwandelten sich in Bastionen des Mammons. Sie alle beobachteten jeden Schritt ihrer Artgenossen mit Argusaugen, ängstlich einen Eintrag in die Karriereakte befürchtend. Eva hatte ihr Team überzeugt, einen futuristischen Turm zu erschaffen, ein architektonisches Wunderwerk, eine babylonische Utopie, die die Verbindung zwischen Ost und West symbolisieren sollte. Während die anderen den Maximen ›Hoch hinaus‹ oder ›Stabil und beständig‹ gehorchten, hatte Evas Team eine Vision. Die Trainerin war begeistert: »Eine Vision, endlich eine Vision! Das ist wie Bill Gates' ›Information at your finger tips‹. Bravo, Eva! Solche Querdenker brauchen wir in Russland.«

Und nun der Sprung ins kalte Wasser. Motivationstraining mit russischen Mittelständlern, die von Kick-off & Co. noch keine Ahnung hatten. Selbstvertrauen, Begeisterung und Empathie! Eva legte das erste Slide auf den Projektor. In diesem sowjetischen Universitätsgebäude, dessen Stehtoiletten eine widerliche Mischung aus Fäkalien, Blut und Urin ausdünsteten. Konzentriere dich! Das Bild von der dreckverspritzten Toilette mit den abgeplatzten Kacheln überlagerte die gezeigten Diagramme und Motivationsbildchen, die ihr plötzlich albern, wenn nicht zynisch, vorkamen. Abbildungen von seiltanzenden Elefanten und Dagobert Duck mit Dollarzeichen in den Augen. Lenins Kopf unter der Guillotine einzubauen, hatten sie Möllers in letzter Minute noch ausreden können. Mit Unverständnis und kindlichem Groll hatte er auf die Kastration seiner entfesselten Kreativität reagiert. Wie üblich hatte er die Zurückweisung mit einem amerikanischen Standardspruch à la *No risk, no fun* quittiert.

Zwei Dolmetscherinnen übersetzten Evas Vortrag vom Englischen ins Russische. Parallel aufgebaute Projektoren zeigten englische und russische Folien, während Eva in nicht einmal gespielt mitreißendem Tonfall und begeisternder Gestik die Zuhörer für das postkommunistisch-präkapitalistische Abenteuer zu gewinnen versuchte. KKK nannte Möllers ihre Mission, die von der Europäischen Union immerhin mit einem sechsstelligen Betrag gefördert wurde. KKK wie PPP. Kapitalistisch-kommunistische Kollaboration wie Public Private Partnership. Möllers war hingerissen von seiner Alliteration und ließ sich auch von sanft vorgetragenen Widersprüchen nicht irritieren. Okay, KKK, obwohl es natürlich schon von »Kinder, Küche, Kirche« besetzt war. »Na und«, hatte er auf ihren Einwand hin entgegnet, »auf zu neuen Horizonten! Wir leisten hier Pionierarbeit, und ein bisschen kommunistisches Erbe gehört nun einmal dazu.« Einmal in Fahrt gekommen, konnte er sich nicht mehr bremsen. Seine Verachtung vor dem Klassenfeind brach aus ihm heraus: »864.000 sag ich nur! Achthundertvierundsechzigtausend von den Sowjets verschleppte Frauen und Kinder! Russische Zwangsarbeiter in Deutschland? Die sollen mal vor ihrer eigenen Haustür kehren! Na, das übernehmen jetzt wir! Okaaaay, keine politischen Statements, Guys! Was zählt ist: Billing! Billing! Billing!«

»Es kann sein, dass einer es irgendwann satt hat, jedes Jahr ein neues Auto zu kaufen und folglich damit aufhört, aber er wird nie aufhören, Bunker zu bauen, um seine Kinder zu schützen.« Eine perfekte Verkaufsmasche. Erwerben oder sterben – neuer Slogan. Philip K. Dick hatte recht. Obwohl er eine Horrorvision der amerikanischen Gesellschaft zeichnete, Schreckensszenarien aus McCarthy und Technologiewahn amalgamierte, dachte er wie ein Patriot. Das Herz der amerikanischen Gesellschaft war die Familie. Ihre Bedürfnisse bestimmten den Markt und an oberster Stelle, noch über dem Konsum stand nicht Vergnügen, sondern Sicherheit. McCrowley wollte das einfach nicht erkennen, alles drehte sich um die Eroberung neuer Märkte, Diversifizierung, Kostensenkung. Produktentwicklung endlich von menschlichen Urinstinkten abzuleiten, war für McCrowley nicht denkbar. Andrés Idee war genial. Er würde sich hüten, auch nur ein einziges Wort darüber zu verlieren. *Top Secret!* Irgendeine miese Ratte würde sie ihm sonst entreißen und auf seinem Geistesblitz ein Billion-Dollar-Business aufbauen. Es war eine Vision, wie sie ihm Buche stand. Höhere Effizienz, permanente Verfügbarkeit der Dinge stellten kein Novum dar. Wirklich neuartig wäre die Verlagerung vom Äußeren ins Innere, die Herrschaft des Zerebralen über die Außenwelt. Endlich würde der Mensch wieder lernen, seine geistigen Kapazitäten zu nutzen, seine Sinnesorgane zu schärfen in einer Welt, die sich in seinem Gehirn als eine ganz neue darstellte, genährt mit täglichem, sekündlichem Input, der zu immer neuen synaptischen Verbindungen führte. Daten, Daten, immer nur Daten – um Entwicklungen vorzubestimmen? Hatten die Futurologen der Zwanziger Jahre vielleicht den Börsencrash vorausgesehen, den Holocaust? Nostradamus war da zuverlässiger, von Asimov und Lem ganz zu schweigen. Sie mussten sich wappnen, Schutzhüllen, Kokons für eine neue Generation entwickeln, in die sie sich zurückziehen würden, isoliert von der realen Welt. Ganz für sich, mit einer Durchreiche für das Essen. Nein, keine Durchreiche, einen eigenen Replikator, der Pasta nach Bedarf, Steak und Schokolade produzierte wie in *Star Trek*. Besser als Pillen und Konzentrate. Zusätzlich elektrische Muskelstimulation. Ein autarkes System, geschützt durch ein noch zu erfindendes Material, wind- und wetterfest, luftdurchlässig. Völlig unabhängig. Kein Kampf um Freiheit, keine Eindringlinge. Er würde Eva bitten, für sein Produkt einen griffigen Namen zu finden. Dann würde er McCrowley einen Vertrag vorlegen, der es in sich hätte. Fünf Prozent aller Erlöse nur für ihn. Eine Vision für das neue Jahrtausend musste her, geboren in der letzten Dekade des zwanzigsten Jahrhunderts, gezeugt von ihm, André!

Lächerlich, dass er die ganze Arbeit machte für diese VPs und nur in der Business Class durch die Welt jetten sollte, während sie es sich in der Concorde bequem machten. Laetitia Casta! Wäre es nicht ein geiles Gefühl, im Jet neben einer solchen Klassefrau aufzuwachen?

Ob Eva ihn vermisste? Sie schien es sich ja gutgehen zu lassen. Der russische Kollege aus dem Moskau-Office füllte sogar ihre Time-Sheets aus samt Spesenrechnungen. Beim letzten Telefonat klang sie fast euphorisch. Die Seminare seien so aufregend, die Kollegen so hilfsbereit, die Dolmetscherin habe sie sogar zu sich nach Hause zum Essen eingeladen. Kohl, was sonst. Eine russische Variante der Krautwickel ihrer Mutter. Sie fühlte sich beinahe heimisch. Was, wenn sie tatsächlich ein paar Monate dort bliebe, vielleicht sogar in ein russisches Office wechselte? Schließlich hatte sie sich mit Wörterbüchern und Grammatiken eingedeckt, und ihr Vater befeuerte diesen Russlandwahn noch mit seiner altkommunistischen Nostalgie. Sollte er sie besser vergessen, als Option von seiner Liste streichen? Um Himmels willen! Verrückte Idee. Er liebte sie doch. Sie passte zu ihm, als zukünftige Ehefrau. Den Beschluss, sie zu ehelichen, hatte er längst gefasst. Sie hatte zwar noch keinen Schimmer von seinem Plan, er aber hatte sich alles bereits bis ins kleinste Detail ausgedacht. Ein Heiratsantrag, ein Fest im großen Stil, ganz Paris würde ihn feiern. Er musste freilich schnell handeln. Das ›window of opportunity‹ stand jetzt weit offen, bald, ahnte er, würde es sich schließen, wenn er es nicht nutzte. Erzählte sie ihm von all den Verehrern, um ihn eifersüchtig zu machen? Allerdings konnte er sich kaum vorstellen, dass sie tatsächlich Interesse hatte an einem dieser Lackaffen. Umzingelt war sie in Russland von den germanischen Eroberern, deutschen Versionen der Pariser McCrowleys. Blond, blauäugig, Seitenscheitel, breite, flächige Gesichter. Schwer zu glauben, dass sie ihm treu war! Verdammt, wie schwer es ihm erst fiel, auf Sex zu verzichten! Er legte sich aufs Bett und stellte sich vor, wie eine wolfsäugige Sibirierin mit pechschwarzem Haar die Beine spreizte. Keine fünf Minuten und er fühlte sich erleichtert. Er fischte sich ein Kleenex vom Nachttischchen und tupfte sich den Schwanz trocken. Auf Dauer würde er sich damit nicht bescheiden können. Eva in Russland und Dana endgültig zurück in Tschechien. Höchste Zeit, die Dinge aufs Gleis zu setzen!

»Nutzenmaximierung«, sagte van der Straaten. So lautete das Schlüsselwort eines Manifestes, das er hier in diesem poststalinistischen Speisesaal proklamierte. Wahrscheinlich war der Raum immer noch verwanzt. Eine Wanze im Blumentopf mit dem Gummibaum? Oder im Feuerdrachen-Topf, aus dem sich eine weiße Orchidee emporreckte? »Nastrovje!«, rief van der Straaten, bemüht, seiner Stimme eine möglichst dunkle, maskuline Färbung zu verleihen. Männlichkeit gleich Wodka gleich Russisch. Fehlte nur noch, dass er als Ausdruck sozio-kultureller Verbundenheit die Gläser auf dem Boden zerschmetterte. Ein Alt-68er, der sich im Hardcore-Kapitalismus übte! Spätestens beim dritten Wodka identifizierte er sich vollends mit seiner Mission, der Verbreitung kapitalistischen Know-hows im retardierten Russland. Jedes ausgesprochene Wort half ihm, den Firnis zu stärken, den er über seine ursprüngliche Sozialträumer-Natur gestrichen hatte. Menschliche Interaktion müsse wie der Markt organisiert werden, Wettbewerb und Kostenkontrolle tägliches Handeln regieren. Gewinnsteigerung. Return on Investment statt Mehrwert à la Marx! Ein bitteres Lachen stieg in ihm auf. »Noch einen Wodka, bitte!« Der Kellner verzog keine Miene, als er das Glas ein weiteres Mal füllte. Van der Straaten leerte das Glas, räusperte sich und fragte: »Kannst du dir vorstellen, wie sich das auswirkt? Im Privatleben? Ich meine ... im Bett? Sex und Gewinnmaximierung?« Es dauerte eine Weile, bis er es wagte, das Wort auszusprechen, schließlich arbeiteten sie in einer amerikanischen Firma und politisch korrektes Handeln genoss gerade eine Hochzeit. Sexuelle Belästigung konnte er sich auf gar keinen Fall erlauben. Würde derlei ruchbar, wäre das ein Schandfleck in seiner Akte, ein Stigma, das ihn seine ganze elende Restkarriere, ach was, den Beginn seiner eigentlichen Karriere – endlich Spesen! Wodka! Kaviar! Scheiß auf

Rot-Grün! – kosten konnte. Sollte er es dennoch wagen? »Das ist doch ganz einfach«, sagte er, »multiple Orgasmen.« Die Silben ließ er lüstern auf seiner Zunge zergehen. Er rückte näher an sie heran und legte ihr die Hand auf den Arm – wenigstens war es nicht das Knie. Evas bis dahin stereotypes Lächeln entgleiste. Schlagartig ernüchtert, zog van der Straaten seinen Arm zurück und befand, der Vertiefung ihrer Beziehung bis hierhin Genüge getan zu haben. Pc war die Pest! Noch einen Ausrutscher konnte er sich nicht erlauben.

Im Taxi, sie mussten sich mit einer Marschrutka, einem Sammeltaxi, zufriedengeben, lehnte er seinen Kopf an die Scheibe und zitierte Dostojewski: *Geld ist natürlich eine despotische Macht, zu gleicher Zeit aber ist es der größte Gleichmacher, und darin liegt seine hauptsächliche Macht.* Er überlegte einen Augenblick, »Geld macht alle Ungleichheiten gleich.« Die Scheibe lief an und Eva war sich nicht sicher, ob es sich um das physikalische Phänomen der Kondensation handelte oder ob sich der Geist des russischen Dichters bemerkbar machen wollte. Sie hoffte nur, dass sie nicht selbst eines Tages wehmütig und wodkaselig Derrida oder Thomas Bernhard in die russische oder amerikanische Nacht flüstern würde – bald machte das ohnehin keinen Unterschied mehr.

Jetzt aber war vordringlich, dass sie sich dieses betrunkenen Holländers entledigte und ihm zuvor noch zehn Minuten auf dem Satellitentelefon abhandelte. Sie vermisste André.

Van der Straaten druckste ein wenig herum, raunte eine Warnung vor überhöhten Spesen, Telefonkosten, lächerlichem Süßholzraspeln, drückte ihr schließlich aber doch das sperrige, schlammbraune Gerät in die Hand. »Frankreich, ach! Hüte dich vor den Franzosen!«, grummelte er, hob den Zeigefinger und ließ die Tür ins Schloss fallen.

»Oh, ma chérie d'amour«, die Laute klangen klarer, heller, göttlicher, als es das Gerät erlaubte.

Science Fiction. Seine Vision von der autarken Einheit, der große Wurf, der einen wirtschaftlichen Quantensprung bewirken und ihn zum Vice President befördern würde. Ein treffender Name musste her, er wäre das Sahnehäubchen, ›la cerise sur le gâteau‹. Er überschlug sich mit mehr oder weniger geglückten Redewendungen. Mit Branding kannte sie sich aus, ihr fiele doch bestimmt was ein, wie er sein Baby – bébé, es klang französisch – am besten an den Mann bringen könnte. Und schon hatte sie es, dieses Wort, das ihn beglückte, das er vor seinem inneren Auge schon in königsblauen Lettern auf elfenbeinernem Grund prangen sah: *K-OSMOS*. Durchlässig, lebendig, mächtig und autark. Er konstruierte eine Linie zu Jules Verne, der Straßenbahnen und Bankautomaten vorausgesehen hatte, sah sich als Erben Freuds und der frühen Futurologen. Die wahren Bedürfnisse des Menschen habe er erkannt, endlich bekäme McCrowley eine Chance, über das Schmalspur-Konsum-Psychomarketing hinauszuwachsen durch eine Vision, ein leuchtendes, starkes Bild der Zukunft. »Aber André«, wandte sie ein, »wer kümmert sich denn um diese armen, einsamen ›Eizeller‹? Sie müssen doch irgendwie versorgt, am Leben gehalten werden?« Darauf er, ungeduldig: »Verstehst du denn nicht? Totale Autarkie! Man muss natürlich Schritt für Schritt vorgehen.« Es war sicher Spaß, ein Gedankenexperiment, dachte sie und spielte das Spiel, bis es ihr selbst realistisch schien. »Das funktioniert doch nur bei freiwilliger Unterwerfung, in einer selbstgewählten Diktatur, wenn jeder sich reduziert auf ein in der virtuellen Welt agierendes Wesen«, warf sie ein. »Diktatur, Diktatur«, äffte er sie nach. »Na und? Dann gibt es eben einen neuen Stalinismus, einen soften Neo-Stalinismus«, fügte er hinzu, »dagegen hättest du doch am allerwenigsten etwas einzuwenden«. Es klang nicht bissig, auch nicht amüsiert, war einfach eine Feststellung, extrapoliert aus dem, was er für unbedingte Russlandliebe hielt. Einen Moment lang schwiegen sie beide. »Meine kleine Revoluzzerin, meine Sowjetbraut«, säuselte er und schickte ihr sehnsüchtige Küsse, Liebesschmeicheleien durch die Leitung. Eva presste ihr Ohr an das glühende Metall des Hörers, die Hand zwischen den Beinen. Knistern im abendlichen Stahlblau Tscheljabinsks.

Dreimal pro Woche Sex war eine goldene Regel. Unabdingbar für die Körperhygiene. Es gab Grundkonstanten des Zwischenmenschlichen, die ihren Sinn hatten. So wie man eben siebzigmal am Tag einem Baby den Rücken streicheln sollte, damit es sich normal entwickelte. Wenn Eva tatsächlich noch mehrere Wochen in Russland bliebe, würde sich das nachteilig auf Andrés Gesundheit auswirken. Ja, gut, man mochte es für lächerlich halten, aber Zahlen und Strukturen bedeuteten Bojen im von Fallstricken durchzogenen Alltag. Schließlich war nicht einmal mehr auf die Jewish Connection Verlass. Bei Silverstone & Rosenberg, wo er sich seine Sporen als Consultant verdient hatte, hatte ihm ausgerechnet Nussbaum einen Strich durch die Rechnung gemacht. Wahrscheinlich war er ihm nicht fein genug, diesem versnobten Aschkenasi, der sich für etwas Besseres hielt. In New York wäre das sicherlich anders! Als er beim letzten interkontinentalen Treffen eine Kippa trug, brachte ihm das zwanzig Visitenkarten ein, die er sorgfältig in seiner Yves-Saint-Laurent-Brieftasche verstaute. Die Brieftasche. Wieder erinnerte er sich an diese unliebsame Episode seiner Vergangenheit: Aurélie hatte sie ihm geschenkt zur Verlobung, und dann hatte sie ihn betrogen und verlassen. Mit einem Zahnarzt, verheiratet, zwei Kinder! Die Formalien hatten sie immer noch nicht geregelt. Auf den Verlobungsring würde er auf keinen Fall verzichten. Es gab nicht den geringsten Zweifel am rechtlichen Tatbestand. Aurélies Verhalten war schuldhaft, und sie hatte das Verlöbnis gebrochen. Es war das Mindeste, dass sie ihm die Verlobungsgeschenke zurückgäbe. Tausende hatte er bezahlt für den Ring mit den lupenreinen Diamanten im Baguette-Schliff und zwei Saphiren, auf die sie bestanden hatte wegen ihrer azurblauen Augen. Eine verwöhnte Göre, eitel dazu! Wie die Mutter würde sie wahrscheinlich als Mätresse eines erzkatholischen Lokalpolitikers enden. Verlogene Brut! Das YSL-Portemonnaie würde er ohnehin behalten. Es war ja ein Gebrauchsgegenstand, nicht ein Symbol ewiger Liebe wie dieser Ring. Vielleicht würde sie ihm auch die Baccarat-Ohrringe und das transparente Kristallherz zurückgeben? Der Schmuck wäre ein passables Geschenk für Eva. Sie musste es ja nicht erfahren, dass er ursprünglich seiner Ex-Verlobten zugedacht war. Außerdem: Secondhand war Secondhand, Eva war es schließlich ein Vergnügen, die Flohmärkte nach Preziosen abzusuchen, die aus anderer Leute Leben stammten. Aurélie, eine schlechte Partie wäre sie nicht gewesen! Nachts auf dem Motorboot in Golfe-Juan mit wippenden Brüsten, rauchig stöhnend. Allerdings hatte sie sich auch nicht gescheut, ihm seine mindere Herkunft vorzuhalten: »Tja, du kannst mir das nicht bieten! Selbst zum Vögeln müssen wir auf das Boot meiner Eltern gehen.« Immerhin hatte sie sein Potenzial gesehen: Bester seines Jahrgangs, ein Freund ihres Bruders und selbst bei adligen Kommilitonen gern gesehen. Aurélies Vater wäre wahrscheinlich froh darüber gewesen, endlich jemanden in der Familie zu haben, der sich auf Betriebswirtschaft verstand. Seiner Steuerberaterpraxis hätte es garantiert nicht geschadet, wenn ein Jude die Zügel mit in der Hand gehalten hätte. Eine vielversprechende Allianz hätte das werden können. Eine blonde Pharmazeutin aus dem Elsass, die Familie fest verankert in Politik und Geld, und André, dessen Intelligenz allein eine profitable Mitgift bedeutet hätte. Und dann hatte sie alles kaputt gemacht! Die Sache in Puerto Rico war ihr ganz recht geschehen. Unangenehm war sie ihm gewiss nicht, die Erinnerung an das subtropische Abenteuer. Eine Mulattin, auf deren Haut der Schweiß perlte, deren Arsch unter seinen Händen wogte. Natürlich wollte die Schlampe sein Geld und eine Aufenthaltsgenehmigung im gelobten Land Frankreich, aber was scherte ihn die absurde Hoffnung einer berechnenden Insulanerin. *Salope!* Von wegen armes Mädchen, das jeden Tag die verkrusteten Teller in einer Hinterhofkaschemme spülen musste! Wie auch immer! Vergnügt hatten sie sich allemal, damals in der Karibik. Sein Kollege, ein schwarzer Jude aus Haiti, hatte sich auf das Hintertürchen kapriziert. Ob er denn wisse, hatte er gefragt, dass Puerto Rico das Paradies der Gays sei. Er selbst sei zwar absolut straight, aber die aufregendsten Erfahrungen habe er mit einer arabischen Prinzessin gemacht, die er immer anal gefickt habe wegen des Jungfernhäutchens. In Puerto Rico sei anal ganz normal, irgendwie müssten die Mädels schließlich im Spiel bleiben. Nur mit Trippern müsse er wirklich vorsichtig sein. Niemals ohne Präser! Darüber hatte sich Aurélie nun überhaupt keine Gedanken machen müssen. Auf Hygiene und Sicherheit war André peinlich bedacht. Sex war auch nichts anderes als Körperpflege mit einem mal mehr, mal weniger brauchbaren Mittel. Aurélie hatte nicht die schlechtesten Karten in diesem Spiel. Ihr Busen war wohlgeformt und ihre Taille lag perfekt in seinen Händen, auch wenn der Po etwas üppiger hätte sein können. Wenn er die Unterschiede zwischen seinen Frauen bedachte, konnte er nicht leugnen, dass Eva trotz aller Gemeinsamkeiten eine Sonderrolle zukam. Sie hatte den schönsten Arsch und war schon nach kurzer Zeit, von wenigen intellektuellen Aufmüpfigkeiten abgesehen, gehorsam. Wenn sie ihre Periode hatte, verweigerte sie sich nicht, nachdem er sie freilich beruhigt hatte bezüglich Unreinheit und Judentum. In vorauseilendem Gehorsam und typisch deutscher Übervorsicht hatte sie sich natürlich gleich geübt im Respektieren fremder Gepflogenheiten. Ein ganzes Kapitel in Mischna und Talmud hatte sie gelesen! Fehlte nur noch, dass sie zum Judentum konvertierte und sich strenger als diese jüdischen Patriarchinnen verhielte, die freiwillig die sexuelle Enthaltsamkeit auf vierzehn Tage verlängerten, um bloß nicht ihren ehelichen Pflichten nachkommen zu müssen. Wofür war sie denn sonst da, diese eheliche Gemeinschaft, wenn nicht zur sexuellen Grundversorgung und Aufzucht der Nachkommen? Evas übertriebenes Interesse am Judentum würde sich schon noch legen mit der Zeit. Inzwischen würde er sich über seinen Vater das für den Job und die jüdischen Vice Presidents nötige religiöse Grundwissen aneignen. Das hätte den zusätzlichen positiven Effekt, dass der Vater zumindest die nächste Generation nicht für das Judentum verloren glaubte. Eine seltsam paradoxe Haltung, da er selbst mit Entschiedenheit gegen jede Fanatisierung eintrat. Gott ist tot, das hatte dieser Nietzsche ganz zu Recht behauptet. Der beste Maßstab war immer noch das Selbst: »Das kann ich nicht tun.« Hannah Arendt hatte es als Erste erkannt, und Andrés Vater, dessen Cousin vom Afrika-Corps in Tunesien erschossen wurde, hatte es ein Leben lang beherzigt. Wozu bedurfte es da wohl religiöser Vorschriften? Weltverbesserer brauchte es schon gleich gar nicht. Jean war noch vom aussterbenden Schlage der Idealisten, nach Mitterrand war es aus mit dem Sozialismus. McDonald's und McCrowley gehörte die Zukunft.

Feuriger Kreisel, brennender Ring, glühende Kohlen. Zerfetzte Zellen, die am Himmel vorbeizogen, sich zusammenrotteten, über eine Steppe galoppierten, auseinanderstieben. Die böse Stiefmutter. Warum verzieh sie ihr? Aschenputtel. Linke Wange, rechte Wange. Zähne. Auge um Auge. Sie zitterte. Ihr Blick wanderte über die Haut des Unterarmes, die sich zusammenzog vor Kälte, Hitze. Die Empfindungen verschwammen, verklebten. Die Zunge lallte Konzentration vergeblich, erstarrte, sich auflösen wollend in diesem Fiebertraum. Der Bauch zurückgelassen, kalt und schreiend. Die Hände – waren es ihre Hände? – rieben den Körper. Etwas Warmes, Wogendes auf ihrem Bauch. »Nimm!« Wolkig fern. Zwei Tabletten. »Schlucken!« Die Speiseröhre eng, zu eng für die Kapseln, der Mund staubig, die Kieferknochen knirschend. Kosakenwolle, blau.

Zuckend begann sie sich zu krümmen. Der Schmerz kroch hinunter in den Unterbauch, die Blase, biss sich fest, ätzend in der Harnröhre. Ein Bullterrier. Jens. Sie und Jens in der Wohnung seiner Schwester. Auf dem Bett zwei Bullterrier, bereit zum Sprung. Er schloss die Tür. »Weißt du, dass er sich festbeißt, nur mit einem Stock an der richtigen Stelle des Gebisses sein Opfer freigibt?« Sie lachte, ängstlich-albern, lachte schrill im Fieberwahn. »Olga!«, sie vernahm ihre eigene Stimme, »er schoss auf mich zu! Gerade eben.« »Schhh!«, beruhigend geflüstert. Eine Hand bedeckte sanft ihre Stirn. Der Hund, der wütende Bullterrier flog durch die Luft, ein Geschoss, und biss sich fest in ihrer Hand. »Olga, schau: meine Hand«, sagte sie. »Es ist nichts! Nichts!«, flüsterte Olga, Evas Blick jedoch erschien ihr leblos und bleich, er röntgte förmlich alle Schichten, von der Epidermis bis tief hinein ins Fleisch, in das sich des Köters Zähne eingegraben zu haben schienen. Frisch gerissen, grausam schön und Schreck einflößend. Messbares körperliches Leid. Datierbar. Kronos reitet vorbei auf einem Feuerball. *eXistenZ*. Filmsequenz. Zähne, vergraben im chinesischen Essen. Eine Pistole zusammengebaut. Mechanisch. Zähne abgefeuert. Wurfgeschosse. Der Bauch, ein Lodern. Unbekanntes Fressen, Nagen, Wiederkäuen.

»Flieg nach Hause!«, sagte Olga, »Du musst zum Arzt. In Deutschland.«

Number Crunching. Er fühlte sich wie im ersten Jahr an der École des Mines. Es war Routine, ein Spiel mit Zahlen in einer vertrauten Welt. Jede Ziffer hatte ihren Platz, wurde nicht einfach weggepustet von einer VP-Entscheidung über neue Strategien. Strategien und Taktiken. Viele kleine taktische Manöver ergaben eine Strategie, oder war es nicht vielmehr so, dass eine Strategie heruntergebrochen werden sollte, aufgelöst in Taktiken? Bottom-up und Top-down. Sie trafen sich in der Mitte. Während er der Devise »Sammeln und Bauen« folgte, ersann sie eine Grundidee, die sie logisch auflöste in Unterbegriffe. Sie subsumierte im juristischen Sinne, während er Zahlen bis in feinste Verästelungen sprießen, organisch gedeihen ließ. Auf seinen Spreadsheets rankten sich Schlingpflanzen, die aus einer sterilen Ödnis erwuchsen, einem Procter & Gamble verseuchten Grund, den er mit dem Humus seiner Kreativität bedeckte. »Verirrst du dich nicht in deinem Zahlengewucher?«, hatte sie gefragt, starr ihr Schema abgearbeitet, »Ich weiß, es ist trivial«, hinzugefügt und war bei einer Idee gelandet, für die er im nächsten Meeting ein Schulterklopfen zweier VPs empfangen würde. Seine Gabe für Mathematik sprengte den Rahmen der bis ins letzte Glied mechanisch durchstrukturierten Unternehmensberatung, simpel wie der Abakus, den sein Vater aus Tunesien mitgebracht und an die nächste Generation weitergegeben hatte, wie es die Tradition verlangte. Jede Kugel eine Zahl. Jeder Mensch ein Stellenwert und eine Zahl. Sein Wert stieg mit seinem Standing, das er verbessern musste durch permanente Beobachtung der anderen, der Mitstreiter und Konkurrenten. Wertschöpfung lautete das Prinzip, und das galt auch für sein Privatleben. Sein Vater hatte den Boden bereitet, nun lag es an ihm, diese selbstgenügsamen französischen Katholiken in Reih und Glied zu halten, das Spiel nach seinen eigenen Spielregeln zu spielen.

Dass Eva nun fiebrig in Düsseldorf im Krankenhaus lag – morgen würde man sie ohnehin entlassen – brachte Vor- und Nachteile mit sich. *As usual!* Endlich zöge man sie ab aus diesem verseuchten radiumblauen Tscheljabinsk und seiner degenerierten Mutanten. Das Risiko, ihr Erbgut könnte verändert, beeinträchtigt werden, stellte einen erheblichen Störfaktor in Andrés Zukunftsplanung dar. Die Tatsache, dass sie erkrankt war, brachte zwar Unannehmlichkeiten und Planänderungen mit sich, ließ sich jedoch definitiv leichter handhaben als ein verlängerter Aufenthalt im kontaminierten Niemandsland. Zu klären blieben allerdings die genauen Umstände ihrer Erkrankung. Eine Parasitose aufgrund mangelnder hygienischer Bedingungen oder ...? Vielleicht hatte sie mit diesem abgehalfterten Holländer eine Liaison begonnen. Immerhin hatten sie sich wochenlang nicht gesehen, und er konnte sich kaum vorstellen, dass sie während der ganzen Zeit abstinent blieb. Andererseits ermöglichte ihm diese Auszeit, endlich die leidige Angelegenheit mit Dana abzuschließen. Er konnte von Glück sagen, dass er sich keine Chlamydien eingefangen hatte wie damals mit Aurélie, dieser Schlampe, die ihre Schulzeit im katholischen Mädcheninternat nicht genug zur Schau tragen konnte. Ja, ja, Frank Zappa hatte Recht, *There's nothing like a Catholic girl … when they learn to blow*, denn das konnte sie wirklich.

Erst einmal war die Sache mit Eva abzuklären. Wahrscheinlich würde sie seinen Vorschlag auf »Schonzeit« sogar zu schätzen wissen. Während ihrer letzten Treffen hatte sie Andeutungen gemacht, dass Sex in ihren Beziehungen bisher immer vorrangig gewesen sei, sie jetzt zum ersten Mal das Gefühl habe, wirklich und wahrhaftig geliebt zu werden. Wenn er ihr romantisches Bedürfnis stillte, gewönne er ihr Vertrauen und käme seinem Ziel damit ein Stückchen näher.

Die Zahlen auf seinem Sheet begannen sich zu ordnen, bildeten nun ein klares Gerüst, an dem er sich entlanghangeln konnte. Vielleicht sollte er doch verzichten auf mathematische Poesie und stattdessen seine verbalen Verführungskünste perfektionieren?

Im Eimer neben dem Bett, dem muffigen Futon der Jugendfreundin Helenes, eine milchig-trübe Flüssigkeit. Schlieren hatten sich zu einem Schwarm aus Zeichen verbunden, die auf Dechiffrierung warteten. Eva starrte hinein in ihre Ausscheidungen, versuchte darin zu lesen wie im Kaffeesatz der alten Russin, die sie auf dem Jahrmarkt in Düsseldorf in ihrem Zelt aufgesucht hatte. »Er ist nicht der letzte. Ein Prinz, dunkel, in einer glänzenden Rüstung. Der weiße Ritter wird besiegt. Kinder und …« In Schweigen hatte die Alte sich gehüllt, als Eva ihr erwartungsvoll in die sibirischen Wolfsaugen starrte. Sprach dann: »Spiel, mein Kind, spiel«, und bot die Hand für Geld und Zuversicht. Sie fühlte das Verlangen, den Finger in den Schleim hineinzutauchen, hinab bis auf den Grund, den sie klar und kühl erhoffte. Bakterien würden sich um ihre Finger scharen, sie umzingeln, die Fingerkuppen erklimmen und an den Nägeln empor recken, um ihr die Nachricht entgegen zu schreien: »Bald ist es vorbei!«. Der Arzt im Düsseldorfer Klinikum hatte ihr ein Breitband-Vermizid verschrieben. »Wurmeier unbekannter Herkunft in der Blase. Nie gesehen. Drei Tabletten pro Tag vor den Mahlzeiten, sieben Tage lang. Wir schicken den Befund zur weiteren Abklärung in ein Speziallabor.« Dann ließ er sie gehen mit der schrecklichen Vorstellung, dass sich in ihrem Unterleib Würmer aus Eiern schälten, die ihre Blase, ihren Leib zerfräßen. Hatten sie sie ausgespült, vernichtet, ihrer parasitären Existenz beraubt? Die Flüssigkeit roch nach Fäulnis, nicht schweflig wie ein schlecht verdautes Ei, auch nicht bitter nach vergorenen Speiseresten. Es war ein süßlicher Geruch, ein Duft nach Verderbnis und doch verlockend. Abgestandene, bald geronnene Milch, die, noch geschützt von einer Haut aus Zeichen, stagnierte in diesem Gefäß, bald jedoch in der Kanalisation landete, hinabgespült und gereinigt würde und schließlich wieder durch den Wasserhahn flösse und durch ihre Kehle rönne. Keine Übelkeit, nur Gedankenspiralen über den Kreislauf dieser niemals werdenden Würmer. »Unterzeichnen Sie auf gar keinen Fall einen Verzicht auf Schadensersatzforderungen«, hatte ihr der Arzt geraten. »Man weiß nie. Die Würmer, die Überlebenden, nisten sich manchmal ein in Leber, Gehirn ... Auch Gelenke können betroffen sein.«

Exit! Exitus! Hinausgespült! Ein Ei. Sie stellte sich vor, wie Simone, Batailles Simone, die Stierhoden in sich hineinschob,

Marcelles Urin über die weißen Schenkel lief und das Auge weich und geliert zerfloss in diesem Eimer. Jens hatte sie einmal gefragt, ob sie *Die Geschichte des Auges* kenne und Blaise Pascal. Warum verschmolzen die beiden, Bataille, Pascal, in ihrer Erinnerung zu einer säuerlichen Brühe, die sie ekelte und – *le revers de la médaille* – faszinierte. Das Auge, seziert musste es werden auf Zelluloid, damit es seinen magischen Bann verlöre. Bataille, Pascal, Squeeze. *Tempted by the fruit of another, tempted but the truth is discovered ...* Sex. Sünde. Jens. Wenn sie ihr nicht nachgegeben hätte, der Triebhaftigkeit, den Sündenfall nicht wiederholt hätte, Jens in Treue verbunden geblieben wäre, hätte sich das Karussell der Zeichenschwärme anders gedreht, und sie läge nicht auf diesem Futon, allein unter dieser Dachluke neben einem Eimer voller Leichen.

Als sie hinunterblickte auf die Straße, stand er plötzlich da, André, ein Lächeln auf den Lippen. Sein Duft wehte hoch zu ihr, war schneller unter dem Dach, bei ihr im Bett als er selbst. Die Tür geöffnet, weit, mit beiden Armen umfasste er sie, wiegte sie wie ein Baby, sanft, mild und väterlich, bettete sie und kochte Tee, rauchig-dunklen Lapsang Souchong. Damit vertrieb er die Gespenster aus dem Raum. Auf dem kleinen Klapptisch richtete er ein Käse-Assortiment von Androuet an, dazu gekühlten Champagner, Canard-Duchêne, Auberginenpüree und Lammhackbällchen mit orientalischen Gewürzen, während sie sich im Badezimmer Chamade zwischen die Beine und in den Nacken sprühte.

Ihre Lust und der Champagner vermengten sich mit dem Vermizid zu einem Amalgam, das sie in einen heilsamen Rausch hinübertrug.

Der Camembert lag rechts neben dem Reblochon. In der Mitte des oberen Kühlschrankfachs befand sich die Thunfischpastete, die Andrés Mutter am Vortag zubereitet und vorbeigebracht hatte. Er zog die Frischhaltefolie über dem Teller mit gegrillter Hähnchenbrust glatt und reinigte das untere Fach, auf dessen Glasboden sich Kondensatflecken gebildet hatten. Im Badezimmer zog er die ausrangierte Zahnbürste aus dem Becher mit diversen Utensilien, schob das dank Tesafilm wasserdichte Etikett mit der Aufschrift »Wasserhahnbürste« etwa einen Zentimeter nach unten und begann das feinmaschige Metallsieb zu reinigen. Vorsichtig entfernte er die Kalkspuren, spülte das Becken aus und stellte die Bürste zurück in den Behälter. Anschließend setzte er die Fugendüse auf den Staubsauger und begann, Ecken und Holzleisten des Wohnzimmers abzusaugen. Seine Haltung, gekrümmt auf allen vieren, erinnerte ihn an seine Mutter, die sich, um den Rückenschmerz, der sie seit Jahren peinigte, zu ertragen, ein Taillenkorsett umschnallte. Sie führte dieses Prozedere – Seufzen, Erstarren der Mimik, aufkeimende Leere – zweimal wöchentlich durch. Nach getaner Arbeit setzte sie sich in den beigefarbenen Polstersessel und las einen Liebesroman, den sie beim Zeitungshändler zusammen mit *Le Monde* für Jean zu besorgen pflegte. Weniger aus Leselust, Neugier auf die Fortsetzung, auf neue Folgen einer adlig-bürgerlichen Liaison, deren Happy End in endlosen Loopings verzögert wurde, als vielmehr aus Gewohnheit. Ihren Tagesablauf vollzog sie in notorischem Gleichmaß, unerschütterlich, verständnislos gegenüber Regungen, die eine Abweichung vom gewohnten Empfinden bedeuteten. Andrés Atem beschleunigte sich, seine Bewegungen wurden hektischer beim Gedanken an seine Mutter. Hitchcock. Er war sich nicht sicher, ob er seine Mutter konserviert in einen Sessel setzen würde, als ewiges Mahnmal, als Präparat der Mutterliebe. Zum einen Ohr hinein, zum anderen hinaus, sagte er sich, wenn sie ihre Litaneien abspulte über Deutschland und Frauen, die André nur fesseln, für immer binden wollten. Nicht wählerisch genug sein dürfe er, und hüten vor der Deutschen solle er sich ohnehin. Ja, vielleicht wäre sie folgsam, die Deutschen hätten das Obrigkeitsdenken, die Unterwürfigkeit bereits in die Wiege gelegt bekommen und in den seltenen Ausnahmefällen trüge die Schule ihr Übriges zu Folgsamkeit ohne Fehl und Tadel bei. Aber gliche das ihr Elternhaus, die ärmlichen Verhältnisse aus? Jean sei die erste Generation, die es geschafft habe, die nächste müsse Geld und Ruhm mehren und nicht andere noch aus der Gosse ziehen. Ihres Sohnes Widerspruch quittierte sie mit hochgezogener Augenbraue und einem Schokoladenkuchen, dem er nach all den Jahren – seit mindestens achtzehn Jahren einmal die Woche = 936 bittersüße Trümpfe von Maman – immer noch nicht widerstehen konnte. Die Mutter auf dem Sessel, gebannt. Jede Woche drückte er ihr die Fortsetzung von *Verschmähte Liebe* in die bläulichen Hände, während sie ihr Gesicht bepuderte und sich mit »L'Air du Temps« besprühte. Als das Telefon klingelte, zog er den Stecker des Staubsaugers und antwortete ruhig, beinah schon zärtlich: »Ja, gern. Den Felsen-Gruyère von Noblet. Du bist ein Schatz, Maman.« *Merde!* Sie zu verdammen, auszuweiden und gesäubert mit weit geöffneten Augen in den Sessel zu verbannen, bis Feuchtigkeit und Pilze sie zernagten und dem Zerfall preisgeben würden, war eine kaum erstrebenswerte Lösung. Lösung wofür? Statt sich wie seine Schwester in Psychopharmaka und Endlostherapien zu flüchten, in pubertärer Ketzerei die Mutter für das eigene Versagen verantwortlich zu machen, optierte er für das Prinzip

Selektion. Und ja, er musste auf der Hut sein, er war der Erbe, der Prinz, des Vaters Rache und der Mutter Hoffnung. Ihr Verzicht – Astronautin, Kosmonautin, Raumfahrerin, das hatte sie werden wollen! – musste belohnt werden. Morgen am Flughafen würde er ihr das Hermès-Carré kaufen, das sie sich schon so lange gewünscht hatte, weil es perfekt zu ihrer Tasche passte, und für Eva den Schal mit rotem Leoparden auf weißem Grund. »Chéri, mon fils, du musst die Frauen verwöhnen, dann kannst du alles von ihnen haben«, hatte sie ihm ins Ohr geflüstert, als er ihr von Aurélie, ihrem Steuerberatervater, dem Boot und der Wohnung in Golfe-Juan erzählt hatte. Verwöhnen mit Geschmeide und Seide. Fingerspitzen auf der Haut spielten im Handbuch der Verführung nur eine untergeordnete Rolle, da die Frau ein Wesen sei, das sich wehrte oder fügte, wobei es dem Manne gegeben sei, die Widerspenstige zu zähmen. Mittels Schmeicheleien, Wortgirlanden, Lautgespinsten gelte es sie zu fangen. Je früher er das begreife, desto schneller gelänge er ans Ziel. »So, und jetzt kauf' deiner Maman einen Strauß Pfingstrosen!«, hatte sie ihm gesagt und mit einem Kuss auf die Straße geschickt.

Die Ameisenkönigin thronte sicher im Hinterhof neben den aufgeschichteten Ziegeln und wies in herrischem Ton ihre Kohorten an, sich in Bewegung zu setzen. Aufgeregt formierten sie sich zu Versorgungstrupps, die den Fortbestand der Art garantieren sollten. Eine noble Aufgabe, eine verantwortungsvolle Aufgabe, die sie mit Verzicht und eiserner Disziplin bis zur Selbstopferung ausführten. Die Königin aber wartete, ließ reifen, war sich selbst genug, ließ sich Nahrung darbieten, füttern mit dem Drüsensekret ihrer Arbeiterinnen. Nicht ein einziger Klagelaut, kein Ach und kein Weh drangen aus ihrem

Mund hervor. Sie wartete, bis sich die Ovarien vergrößerten, sie ausfüllten, bereit waren, ihre Bestimmung zu erfüllen. Die Flügelmuskeln, die einst machtvoll ihren Thorax auskleideten, verkümmerten. Ihre Speiseröhre dehnte sich aus, bereitete sich vor, die Nahrung zu empfangen, die Brut zu suchen, wie eingeschrieben in die Gene. Kein Traum vom Fliegen, der sie befreite von der Sprengung ihres Körpers, dem Schwinden ihrer Flügel. Schon knisterte es im starren Skelett, der Oesophagus entfaltete sich, Ovarien schwollen an.

Eva lauschte hinaus in den Hof. Der Panzer, rissig, splitternd, eine Karkasse, ausgezehrt und hohl.

Ungeduldig wischte sie die Insekten vom Klapptisch, zögerte, Tod oder Leben, entschied sich für die Auslöschung der Vorhut. Die nachfolgende Kolonne entkam diesem Schicksal. Auf zerknittertes Zeitungspapier gesetzt, in den mit Blei gefüllten Tälern gefangen, umherirrend, ohne Dank für die unerwartete Rettung, bestand zumindest Aussicht, zu entkommen. Im Mülleimer, noch nicht erstickt in einer grünen Plastiktüte, bestünde die Chance auf einen Schlupfwinkel, die Möglichkeit, sich einen Weg zu bahnen hinaus in die Freiheit. Unsinn! Zurück zur Königin kröchen sie, die sich suhlte in Macht und oralen Genüssen, nichts ahnend noch vom Schicksal, das ihren anschwellenden Körper ereilte. Der Kopf durchwuchert von Organen, Eischläuchen, die sich hindurchwanden bis zum nahenden Ende.

Der Camembert zerfloss auf dunklen Panzern. Die Fühler der Insekten, überschwemmt mit käsiger Masse, zuckten ein letztes Mal auf. Sie steckte den Camembert zusammen mit der leeren Champagnerflasche in den Mülleimer. Die Anschaffung eines Kühlschrankes lohnte sich vielleicht doch. Wer weiß, wie lange sie in diesem Apartment würde verharren müssen. Vielleicht sollte sie den Makler noch einmal kontaktieren und die möblierte Wohnung in Oberkassel besichtigen, obschon ihr der Vermieter zuwider war, noch mehr seine Frau. Eine Düsseldorfer Blondine, Friseur auf der Kö, Jil Sander-Kostüme in Rosé und Hellblau, Aigner-Krokogürtel und Raffzähne, die sich in die trockenen Lippen bohrten. Ihr Gatte ein Apotheker, dessen schlammgrüne Anzughose auf dem Formaldehyd ausdünstenden Laminatboden schleifte. Lautlos bewegte er sich durch die Räumlichkeiten, einen kurzen, übelriechenden Atem ausstoßend, den Pfefferminzbonbons – mit Zucker bestreute moosgrüne Geleekügelchen – nur notdürftig überdeckten. Er schielte zu Eva herüber und einen Moment lang glaubte sie Geifer aus seinem Mund fließen zu sehen. Helene, die Eva begleitete, beendete das Gespräch mit einem kurzen geschäftsmäßigen »Danke! Wir denken darüber nach und melden uns morgen.« Lachend liefen sie zum Wagen, froh, dem speicheltriefenden Alten und seiner Xanthippe entronnen zu sein. Dennoch schien ihr die nussbaumfurnierte Souterrainwohnung im Vergleich zu Kreuzspinnen und Ameisenkolonnen in brütender Hitze die bessere Wahl.

Seit einer Woche war sie wieder zurück in der Firma. Der Empfang war liebenswürdig gewesen. Der Projektverantwortliche für Russland hatte ihr sogar eine Schachtel belgischer Pralinen von der Office Managerin auf den Schreibtisch legen lassen. Als sich die ersten Willkommensgratulanten wieder zerstreut hatten, bedachte Helene Eva mit einem süffisanten Lächeln, das aus politischen Korrektheitsgründen und Trainingserfahrung einer empathisch-präventiven Grundsatzbemerkung wich: *„Back to normal, darlin'!* Lange wird sich der Chef das nicht mehr anschauen.« Sie blätterte beiläufig in einer Akte, die mit der Aufschrift »Confidential« versehen war.

Obwohl der bei McCrowley verbreitete Hang zu pathetischer Verhüllung legendär war, schwante Eva nichts Gutes. An ihrer Kaffeetasse nippend, träufelte Helene langsam und genüsslich ihre Frage auf die Lippen: »Morgen kommst du aber pünktlich, ja? Bei dreimaligem Fehlverhalten kommt es zu einer Abmahnung. McCrowley-Politik, hausintern.«

»Wenn du deine Karriere in den Griff kriegen willst, musst du als erstes die Frauen managen«, sagte Delaye. »Nimm Sekretärinnen für dich ein, schmeichle den Ehefrauen und vergiss nicht deine eigene.« Ach, er sei ja noch gar nicht verheiratet. Wenn er ihm einen väterlichen Rat geben dürfe, dann solle er sich langsam, aber sicher auf die Suche nach einer geeigneten Gattin machen. Der amerikanische ›way of life‹ erfordere das. Ob er denn nicht *Die Firma* gesehen habe mit Tom Cruise, die Unterweisung auf der Party? Der Appell an ein gesittetes, geregeltes Privatleben. Auf jedem New Consultants Meeting müsste dieser Film gezeigt werden, anstatt die Berater mit diesen unsäglichen Mann-über-Bord-Übungen zu langweilen. Das würden sie noch früh genug lernen, ob sie die niedliche, aber geschäftsuntaugliche Blondine oder aber die brünette Brillenschlange im Boot behalten sollten. Die Blondine opfern und sich von den Gewinnen ein paar Babes zum Vergnügen leisten, das sei die Devise. Delaye bestellte noch einen Whiskey: »Scotch, bitte!« »Das ist jetzt aber nicht Ihr Ernst! Nein, der linke. Balblair Vintage Single Malt.« Er rückte seinen Barhocker näher an André heran und flüsterte ihm in gespielter Vertrautheit zu: »Mach dir mal keine Sorgen. Das ist unser Investment, unser Zugeständnis an den transatlantischen Puritanismus. Das heißt noch lange nicht, dass wir unser Savoir-vivre auf dem Altar der Pilgrim Fathers opfern müssen. *Play it safe, but play the game!* International touch schadet im Übrigen nie. Macht sich immer gut, wenn multilateral agiert wird. – Noch einen, bitte!«

Assimilation war der Schlüssel zum Erfolg. Er musste sein eigenes Survival-and-Success-System entwickeln, das kulturelle Differenzen genauso miteinbezöge wie strukturelle Gemeinsamkeiten. Sex, Frauen, Kinder als universelle Grundkonstanten, die französisch, amerikanisch, deutsch interpretiert wurden. Jedes Office auf der McCrowley Global Chart besaß eine besondere Ausprägung der Familienbande. Gemeinsam war diesen Bildern die unverbrüchliche Treue zu McCrowley und das reibungslose Management der Beziehungen. Delaye hatte ihm den Tipp gegeben, Daten, Geburtstage, Hochzeitstage samt Vorlieben aller Beteiligten mittels Excel-Sheets dem Vergessen und dem Chaos zu entziehen. André entwickelte dieses System weiter, indem er es durch länderspezifische Faktoren und Koeffizienten ergänzte. Seine Smalltalk-Fähigkeiten musste er verbessern, lockerer, entspannter werden, humorvoller erscheinen. Er durfte sich sein Ziel nicht anmerken lassen, in kürzester Zeit rasant und ungezügelt den Gipfel stürmen zu wollen. Wie zufällig, gleichsam en passant sollten sich seine Pläne erfüllen. Dafür müsste er proben, seine neu erworbenen Fähigkeiten unter Beweis stellen, Verführungskunst übertragen auf das Geschäftsleben. Eine Eins-zu-eins-Symmetrie von *L'Art de la Séduction et L'Art des Affaires* wagen. Eva hatte ihm einmal von dieser deutschen Soap erzählt, *Lindenstraße*, die sie schon seit Jahren sehe. In einer Folge war eine Frau von ihrem Ex-Liebhaber mit einem Eisbein verglichen worden: saftig, derb, nicht zum täglichen Genuss empfohlen. Er hatte ihr Punkte verliehen auf der von ihm eigens erschaffenen Skala. Misogyn – Andrés Schwester legte das Wort mit Vorliebe beim Scrabble: M-I-S-O-G-Y-N, frauenverachtend. Dann folgte ein Monolog über die

Errungenschaften des Feminismus inklusive einer Tirade gegen Sartre, der Simone de Beauvoir wie den letzten Dreck behandelt habe. Es folgten dumme Zoten aus ihrer Jugendzeit: »Frauenbewegung ja, aber rhythmisch muss sie sein.« Ein mildes Lächeln vermochte er kaum zu unterdrücken. Was hätte sie nur von den Aufnahmeritualen seiner Hochschule gehalten? Auf die Barrikaden wäre sie gegangen! Ihre kindliche Vergötterung der französischen Revolution war ihm von Anfang an suspekt gewesen. Als er sie fragte, ob sie nicht einmal Lust hätte, *sans culottes,* ohne Slip aus dem Haus zu gehen, dachte sie zuerst an die Sansculotten und hielt ihm einen etymologischen Vortrag über das Kleidungsstück und seine politische Bedeutung, was sie andererseits, das gereichte ihr durchaus zum Vorteil, nicht davon abhielt, sich zwischen die Beine greifen zu lassen. Sah man von der manchmal etwas anstrengenden Diskussionsfreudigkeit ab – er fragte sich, ob sie sich nicht irgendwann gewaltig auf die Nerven gingen, wenn sie verheiratet wären – war sie eine ziemlich ideale Mischung aus Kopf und Körper. Wenn er es genau bedachte, hatte sie den schönsten Venushügel, den er je bestiegen hatte. Ihre gelegentliche Verkopftheit, die Neigung zur Auseinandersetzung mit Thesen, Sätzen, Themen nötigten ihn, die ohnehin knappe Freizeit auch noch mit *Times*-Lektüre, Anthologien und Best-of-Philosophy-Büchern zu verschwenden. Vermutlich würde sich jedoch diese Vergeistigung im Laufe der Zeit legen, spätestens nach ein, zwei Kindern. Was könnte ihm Besseres passieren, als eine Frau zu heiraten, deren Hügel *sans culottes* war, die den Genpool durch Intelligenz und deutsche Abstammung verbesserte, eine Frau, die er liebte – ja, das traf zu – und die er nicht übermäßig zu zähmen brauchte, da die Zeit und das Leben auf seiner Seite waren?

Der Mond hatte es tatsächlich geschafft, der Zeitsprung war ihm geglückt. Eva hatte seinen Lauf am Firmament bereits als Kind im grauen VW-Käfer verfolgt. Damals breit und strahlend, die Wangen prall, der Mund heiter, die Augen gütig, wartete er auf sein Lied. *La-le-lu, nur der Mann im Mond schaut zu, wenn die kleinen Babys schlafen ...*

Wärme und Schutz hatten sich verflüchtigt, verwandelt in eine dämonische Macht, deren höhnisches Lachen durch die Dachluke drang. Herpes kroch über Evas Lippen, fraß sich fest an ihrer Haut. Myriaden von Viren in einer Flüssigkeit, die aus den Bläschen quoll über die Unterlippe hinab zum Kinn, Brandzeichen, Stigmata eines amerikanischen Götzen: McCrowley. Das Fieber war zurück, ließ ihren Körper erglühen und Bakterien und Würmer erneut ihr Fleisch zernagen. Waren es Würmer? Die Urinprobe war auf wundersame Weise in den Katakomben des Düsseldorfer Krankenhauses verschwunden. Der Schmerz bohrte sich durch die Blase, in der sich trübe, milchig-weiße Substanz sammelte, die Eva unter stechenden Schmerzen ausschied. André drängte sie, nach Paris zu kommen. Er traute den deutschen Ärzten nicht. Eva verharmloste die Erkrankung, versuchte, ihn und sich selbst zu schützen, die Zukunft nicht zu gefährden, Andrés Plan auszuführen. »Sag Helene, wir hätten uns zerstritten. Irgendeine Affäre. Das wird ihr einleuchten. Komm nach Paris. McCrowley zerstört dich nur, und ich will ohnehin zu KBC nach Brüssel.« Er malte ihr ein Leben aus, rubinrot strahlend wie ein Lied von Piaf oder der Erdbeermond, der über ihnen erglühte, wenn sie auf ihrem Boot an der Côte d'Azur säßen – mit zwei Kindern, dem Sohn, der Tochter. Erhitzt von Hormonen, durchströmt von Liebe schmiegte sie sich an das Telefon, inhalierte seine Stimme, die leuchtende Pläne kundtat, um

Zuversicht warb, sie charmierte. Sie fragte sich nicht, ob er ihr etwas vorgaukelte, ob seine Stimme der Widerhall ihres eigenen Sehnens war, wiegte sich nur sanft in ihrem Klang, bis der Schlaf sie dem Traum entriss.

Die Assistentin der Geschäftsleitung hatte den Flug nach Hamburg gebucht. Business. Ein Glas Champagner? Die Stewardess bemühte sich, ihren Ekel zu verbergen. Verkrustete Bläschen entstellten Evas Gesicht. Die Mitreisenden wandten ihre Blicke ab, bemüht, sie zu ignorieren. Froh darüber, Andrés Vorschlag, sie noch einmal in Düsseldorf zu besuchen, abgelehnt zu haben, vertiefte sich Eva in Klatschzeitschriften, amüsierte sich über künstlich erzeugte Dramen und Bambi-Segen, Hirnschmalz zynischer Promi-Reporter. Sie las, und die beabsichtigte Wirkung trat sogleich ein. Wie glücklich sie sich doch schätzen durfte, keine Fußballergattin zu sein, keine geliftete Schauspielerin, keine Millionenerbin, die nur um des Geldes willen geliebt würde. André jedenfalls liebte sie von ganzem Herzen, versprach ihr ein Leben auf Rosen gebettet. Die Stewardess überreichte ihr eine Demi-Bouteille Champagner als Entschuldigung für verschimmelte Trauben. Eva versuchte die Lippen zu einem Lächeln zu formen, einer Mischung aus Großmütigkeit und Arroganz. Die Herpes-Krusten dehnten sich, weiteten sich, bis Blut hervorquoll. Eva spürte die süßliche Flüssigkeit auf ihren Lippen, betupfte die Haut mit einem Papiertaschentuch, das ihr die Stewardess mit kaum verhohlenem Degout reichte. Hellrote Spuren, absorbiert von Zellstoff, zerflossen in dem noch halb gefüllten Wasserbecher, einziges Behältnis für das kontaminierte, Abscheu erregende Tuch.

Im Bernhard-Nocht-Institut für Tropenerkrankungen erwartete sie Chefarztbehandlung. »Sie waren also nicht in

Ägypten? Haben keine Nilkreuzfahrt gemacht? In Asien gibt es Würmer, die aus Süßwasserseen kriechend sich durch die blanken Fußsohlen der Touristen bohren. Parasitose unbekannten Ursprungs? Die Urinprobe ist verloren gegangen? Nun, jenseits des Urals befinden sich zwar nicht die Tropen, aber Parasiten egal welcher geographischer Herkunft sind immer ein spannendes Forschungsgebiet. Ein brennender oder ein stechender Schmerz? Hatten Sie Geschlechtsverkehr? Ihr Partner, verspürt er ebenfalls Symptome? Nun, dann genießen Sie mal den Tag! Fahren Sie an den Elbstrand, gehen Sie ins Café! Morgen beginnen wir mit unserer Untersuchungsreihe.«

Er sorgte sich um Eva. Ein Gefühl, ein Zustand, der äußerst unproduktiv war, der keinerlei Nutzen für die Beteiligten brachte. Eine diffuse Unruhe wogte in seinem Körper, überflutete die Kapillargefäße. Ein Gefühl von Ungenügen koppelte sich an Furcht vor Bedrohungen, die sich seiner Kontrolle entzögen. Was passierte, wenn sich Eva mit McCrowley überwürfe, seine Verbindung zu ihr ruchbar werden würde? Seine eigene Stellung war ohnehin gefährdet. Grossman, der Verräter, nahm ihn von der Fast-Track-Liste, da er seine Verkaufskompetenz infrage stellte. Er hegte Zweifel an seiner Fähigkeit, Kunden zu gewinnen, den Umsatz durch gewinnbringende Aufträge zu steigern. Dabei war klar erwiesen, dass seine Talente weit über das operative Geschäft hinausreichten. Schließlich hatte der Personalchef von Bâtiment Français seine Skills ausführlich getestet. Das Assessment-Center im Audit des internationalen Großkonzerns war im Übrigen wesentlich aufwändiger als der Soft-Skills-Bullshit bei McCrowley. Dass seine Kommunikationsstrategie auf Vertrauensgewinn basierte, interessierte die Amerikaner jedoch nicht. Das einzige, was zählte, waren

Zahlen, Messbarkeit und vor allem Quick Wins. Obwohl durchaus Gewinne erzielt wurden, beherzigte die Firma ihre eigenen Devisen viel zu selten. Gnadenlos wurde gekürzt, um schnelle Gewinne einzufahren, während längerfristige Strategien kaum eine Rolle spielten. Erfolgreich waren die radikalen Kostenkürzer. Strategen wie er wurden verdrängt von kurzsichtigen Taktierern. Wahrhafte Größe entstünde jedoch durch das Wagnis, einen Bruch zu erzeugen, einen Dreh-und Angelpunkt für Veränderungen zu schaffen. Er war definitiv am falschen Ort. McCrowley war kleinkrämerisch und zweite Liga, zu bleiben, bedeutete Perlen vor die Säue zu werfen. Kreativität war Accessoire, schmückendes Beiwerk bei Verkaufspräsentationen. Vor dem White Board zu stehen und mit pointierten Diagrammen eine revolutionäre Geschäftsidee zu skizzieren, war immer noch die Königsdisziplin der Branche, operatives Business und Number Crunching hin oder her. Kreativität: ein Punkt, den Eva exzellent beherrschte. Dahinsiechende, verkrustete, in Routine dahindämmernde Unternehmen vermochte sie aus dem Dornröschenschlaf zu wecken. Bei weitem nicht so genial wie er – schließlich war sie lediglich Kommunikationsberaterin – aber durchaus ungewöhnlich. Bisher hatte er all ihre Ideen vermarkten können. Instrumentalisieren wäre ein böswilliges Wort, das den Tatsachen nicht gerecht würde. Ihre Visitenkarte, natürlich ohne Relief auf mattem Karton, trug den pompösen Titel »Internal and External Client Communications Consultant«. In Frankreich existierte diese Funktion überhaupt nicht. Die Vorstellung, Beratern die Verfügungsgewalt über Textstruktur und Logik zu übertragen, hielt er ohnehin für absurd. Wenn McCrowleys deutsche Niederlassungen Stellen für Geisteswissenschaftler schufen, anstatt reelles Einsparpotenzial zu verwirklichen, konnte das nur am zweitklassigen Ausbildungssystem liegen. Es gab kein Äquivalent zu den Grandes Écoles. Die Deutschen punkteten vielleicht mit Pedanterie und Pünktlichkeit, Sekundärtugenden, die selbstverständlich oder obsolet waren. Die Schlüsselfaktoren des Erfolgs lagen in der Qualität der Analysen und deren Umsetzung. Dazu bedurfte es einer Mischung aus Hochintelligenz und Schläue, Menschenkenntnis und der seltenen Gabe, der Spiegel des Anderen und seiner Sehnsüchte zu sein.

André musste bedacht mit der Situation umgehen. Stellte sich heraus, dass Eva sich eine chronische Krankheit eingefangen hatte, konnte und wollte er sie keinesfalls heiraten. Dass er dem Widerstand seiner Eltern Standhaftigkeit und einen ungebrochenen Willen entgegensetzte, gereichte ihm ohnehin zur Ehre. Aber keiner konnte von ihm erwarten, dass er seine Zukunft aufs Spiel setzte um der Liebe willen.

Hamburg gewährte ihm Aufschub und würde ihm bald Gewissheit geben.

Das Neonlicht an den Decken des Untergeschosses flackerte unruhig. Evas Nachthemd, das nur durch ein schmales Zugband im Nacken zusammengehalten wurde, klebte an ihren Beinen. Feucht und klamm rieben ihre Schenkel aneinander, als sie sich in Begleitung eines Pflegers und einer Krankenschwester in den Untersuchungsraum begab. Das Angebot, einen Rollstuhl zu nehmen, hatte sie dankend abgelehnt. Die Zellveränderungen in ihrem Körper, das Versteck der unbekannten Wurmspezies hinderten sie nicht daran, einen Schritt vor den anderen zu setzen. Ungeschickt bewegte sie sich in den Frotteepantoffeln, versuchte, das hinten offene Hemd notdürftig mit beiden Händen geschlossen zu halten. Jack Nicholson lugte aus einer Zelle, gefesselt durch eine Zwangsjacke. Auf dem Boden eine schreiende, dem Irrsinn verfallene Alte, deren Basedow-Augen sich aus zerklüfteten Höhlen wölbten. Hinter der Tür stand Anthony Perkins, jung, schön, wahnsinnig, gebeugt über einen sauber geschrubbten Holztisch, auf dem er seine Mutter präparierte. Ein Taxidermist, der die gegerbte Haut über einen Strohkörper zog, glättete, befreite von Unvollkommenheiten und Zeichen der Zeit. Verschont würde der Körper bleiben von organischem Verfall, Würmern, die sich einnisteten in Gedärmen und eines Tages vielleicht, unerkannt und hinterhältig, das Gehirn zernagen würden. Die einzig drohende Gefahr war der Säurefraß. Selbst Insekten und Feuchtigkeit vermochten dem Präparat bei richtiger Aufbewahrung nichts anzuhaben. Eva schüttelte den Gedanken an Madenfutter und Psychokiller ab, als sie sich hinkniete, um dem behandelnden Arzt die Untersuchung ihres Anus zu ermöglichen. »Manchmal«, sagte er, »nisten sich die Parasiten am Schließmuskel ein. Deshalb Präzision und Vorsicht! Sie brauchen keine Angst zu haben.« Lächelte er? Hämisch? Lüstern? Vielleicht sollte sie jetzt einfach den Mund halten und die Kunststoffknöpfe an der Jacke der Krankenschwester inspizieren. Mit Block und Bleistift stand die Schwester vor ihr. Eine Mischung aus süßlichem Parfum und Desinfektionsmittel strömte in Evas Nasenhöhle. Der Pfleger, ein dürrer Blonder mit hüpfendem Adamsapfel und sommersprossigen Händen, positionierte sich hinter ihr neben dem Arzt, der jeden Untersuchungsschritt salbungsvoll erklärte. »So und nun führen wir das mit Gleitmittel bestrichene Spekulum in ihren After ein.«

Umstandslos spreizte er ihre Ringmuskulatur, um einen Abstrich vorzunehmen. Kalt war das Instrument wie das Vanilleeis, das ihr die Schwester nach ihrer Mandeloperation gebracht hatte. Heimtückisch und schleichend waren die Bakterien in den lymphatischen Rachen eingedrungen, um sich rasant in ihrem wehrlosen Körper zu vermehren. Mit einem Holzstäbchen hatte der Arzt ihre Zunge niedergedrückt und mit einem kleinen Lämpchen tief in ihren Hals geleuchtet. »Streifenartiger, gelblicher Belag und starke, schmerzhafte Schwellung der Lymphknoten im Kieferwinkel und am Hals«, hatte er vor sich hingemurmelt, während er mit seinen Fingerkuppen die Lymphknoten unterhalb des Kiefers abtastete. Die Kuppen waren trocken und wirkten wie von einem mehligen Puder überzogen. Ein leichter Sagrotangeruch ging von ihm aus, als er hinter ihr stehend seinen Unterbauch gegen ihren Kopf drückte.

Operation. Die Krankenschwester hatte den Venenkatheter an ihrer Hand befestigt, während das Narkoseüberwachungssystem Herzschlag, Atmung und Blutdruck maß. Intravenös hatte ihr die Schwester Medikamente, die sie schläfrig machen sollten, verabreicht und eine Sauerstoffmaske über Mund und Nase gelegt. »10, 9, 8, 7...« Analgesie. Hypnose. Amnesie. Vegetative Nervenreaktionen. Erwacht. Eis den wunden Hals kühlend. Zwei Jahre später der Anruf. *Sexueller Missbrauch widerstandsunfähiger Personen, §179 StGB. wenn der Täter mit dem Opfer den Beischlaf vollzieht, Sexueller Missbrauch, unter Ausnutzung eines Behandlungsverhältnisses, §174c.* Eine Schwester hatte den Arzt bei sexuellen Handlungen im Aufwachraum ertappt und Anzeige erstattet. Dutzende von Frauen und Mädchen waren damals betroffen. Auch sie? Sie fühlte sich benommen, dröhnender Kopf, surrende Ohren, zitternde Glieder. Leere. Keine Erinnerung. Kein Schmerz. Anästhesie.

»Morgen haben wir die Ergebnisse«, verkündete der Arzt und tätschelte Evas Arm. »Wäre doch gelacht, wenn wir den Dingern nicht auf die Schliche kämen.«

Da war diese Glückskatze, eine Porzellanversion der Maneki-neko-Katzen. In der Küche stand sie auf dem Bord, auf dem sich die Gewürze reihten. Lucienne, eine seiner Verflossenen, hatte sie Andrés Mutter geschenkt. Lucienne brachte Mimi eine ungewöhnliche Zuneigung entgegen. Wertschätzung wäre wohl der passendere Ausdruck, da Mimi Frauen, potenzielle Schwiegertöchter taxierte und unter Nützlichkeitsgesichtspunkten einordnete. Erstaunlicherweise verwechselten alle Bewerberinnen ihre freundlich zugewandte, fast mütterliche Art mit echter Zuneigung. Unabhängig von Intelligenz und Bildung fühlten sie sich hingezogen zu dieser Frau, die ihnen das Gefühl gab, auserwählt zu sein, anerkannt von der Königinmutter. Sie war die Matriarchin in einem sephardischen Reich, das nur nach außen vom Vater, Hüter des Intellekts und der politischen Haltung, regiert wurde. Lucienne war nicht von Anbeginn ihre erste Wahl gewesen, schließlich stammte sie aus einer erzkatholischen bretonischen Familie. André erinnerte sich genau an die Geschichte: Den Tod der Mutter. Wie Lucienne den »Kouign-amann«-Kuchen aus dem Backofen zog, über die Wiesen hinüber rannte zum See, nicht wissend, nur ahnend, Gewissheit leugnend. André schloss die Augen, ließ Luciennes Bilder und Erzählungen wieder in sich aufsteigen. Schwefelgelbe Wolken, die über einen blassblauen Himmel trieben. Das Firmament, ausgelaugt, aufgelöst in einem erdigen Gebräu, das eine unsichtbare Hand über die Felder schwappen ließ. Und dann sah sie. Die Mutter trieb auf dem See, die Arme ausgebreitet, das Gesicht dem Himmel zugewandt.

»Ehrt eure Mutter, speist in ihrem Namen. Gott, der Herr, möge ihr verzeihen und ihre kranke Seele zu sich nehmen. Amen.« Das war das Abendgebet des Vaters!

Vielleicht fraß sie deshalb Unmengen an Quark und Joghurt und scherte sich einen Teufel um ihren Körper. Sie musste sich beruhigen, den Gedanken an ihre Mutter ersticken in der breiig-milchigen Masse. Angeekelt war er schon bald von ihren Oberschenkeln, den Dellen und Äderchen, die sich über die weiße Haut schlängelten.

Am liebsten hätte er sie fallen lassen, diese Glückskatze. Wohlstand sollte sie bringen und Unglück fernhalten. Hohn sprach sie ihrer Funktion! Andrés Mutter sollte sie herbeiwinken, mit dem sanften Pfötchen, das seine Krallen geschickt verbarg, sie widerspenstigen Glücksverweigerern bei Ungehorsam aber ohne das geringste Zaudern ins Fleisch schlug. Das Innere der Katze war hohl, und André fragte sich, was sie dort wohl aufbewahrte, im Magen dieser unersättlichen Katze, die mit ihren Samtpfoten sein Glück verhindern wollte. Er hob den Deckel an. – Ein winziges Stolpern, eine kleine Unachtsamkeit waren der einzige Weg aus den Katakomben der Katzen und Königinmutterflüsterinnen.

Zuckerbrot und Peitsche. Helene hatte sich mütterlich besorgt nach den Ergebnissen der medizinischen Untersuchung erkundigt. Eva berichtete ihr die Fakten, erzählte vom spurlosen Verschwinden der Urinproben, der fehlenden Nachweisbarkeit der Parasiten, der Warnung des Chefarztes, dass es sich um eine sekundäre Latenz handeln könnte. Die klinisch-manifesten Symptome waren schließlich gegeben. Dass die Kollegen aus Düsseldorf den Befund verloren hätten, sei ein bedauerliches Missgeschick, das aber nichts an der Tatsache einer Infektion änderte. Langzeitwirkungen seien nicht auszuschließen. Die Parasiten könnten sich überall einnisten – in Leber, Gehirn, in den Gelenken. Helene, ihre Chance witternd, endlich in der

Vertrauenshierarchie des Russland-VPs aufzusteigen, versuchte die Konsequenzen für McCrowley einzuschätzen. Eine Gefährdung des Rufes und damit eine Minderung der Umsätze durfte keinesfalls riskiert werden. Auch durfte Eva nicht den Eindruck gewinnen, dass McCrowley schuldig sei. Mit einem guten Anwalt könnte es ihr gelingen, Schmerzensgeld einzuklagen. Sie würden ihr ein Genesungsgeschenk ohne Schuldeingeständnis überreichen und im besten Falle noch an ihr Gewissen, an die Arbeitsmoral appellieren. Eine leise Drohung sollte in dem Präsent mitschwingen, Verlustängste geweckt werden. Eva war ehrgeizig. Die Strategie dürfte aufgehen. André hatte sie vorbereitet auf diese Vorgehensweise. Längst hatte er McCrowleys Gnadenlosigkeit durchschaut, während sie naiv die besten Absichten vermutete und eine rosige Zukunft für sich erhoffte.

Helene arrangierte das Treffen mit Franz Möllers, dem Senior VP für Russland, im neben ihrem Büro gelegenen Besprechungszimmer. Als Eva den Raum betrat, saß Möllers mit übereinander geschlagenen Beinen auf einem Bürostuhl und bedeutete ihr, Platz zu nehmen. Er blickte hinaus in den Himmel. »Der Dnjepr«, sagte er und holte zu einer weiten Geste aus, »morgens um fünf, wenn der Horizont sich im Morgenrot beginnt zu färben und Rachmaninow hinter den Wolken erklingt.« Schweigend ließ er seinen Blick über sie hinweggleiten. Eva, überrascht von der Bizarrerie der Situation, lächelte irritiert. Möllers schien fasziniert von der eigenen romantischen Anwandlung. »Dort werden wir sitzen, an den Ufern des Dnjepr, besten Krimsekt trinken, bestimmt für die höchsten Sowjets. Mit dem Helikopter fliegen, gesteuert von einem Piloten der Roten Armee. Es wird Ihnen gefallen, Eva. Wie ich hörte, haben Sie einen ganz besonderen Bezug zu Russland.« Ihre Erzählungen über die Russlandbegeisterung des Vaters, die russischen Märchen ihrer Kindheit mussten ihm zu Ohren gekommen sein. »Jetzt aber werden Sie erst einmal wieder fit«, sagte er und musterte sie nicht ohne Empathie, »wir brauchen Sie im Osten! Und deshalb«, die Pause dauerte trotz Spannungseinbußen weniger lang als die erste, »schicken wir Sie in die Schweiz, an den Genfer See. Zur Erholung.« Eva, erstaunt über die unerwartete Wendung, vermochte nur seine letzten Worte zu wiederholen und mit einem Fragezeichen zu versehen: »Zur Erholung?« Er nickte amüsiert und fügte, keinen Widerspruch duldend, hinzu: »Morgen geht es los. Der Flug nach Genf, das Hotel in Montreux sind bereits gebucht.« Möllers schlug leicht mit der flachen Hand auf den Tisch, stand auf und stützte sich auf die Armlehnen von Evas Stuhl: »Wir sehen uns«, sagte er, »an den Ufern des Dnjepr.« Seine Stimme klang gepresst, als müsse er die eigentliche Botschaft seiner Worte gewaltsam unterdrücken.

Zurück in Helenes Büro, empfing Eva blanke Missgunst. »Zwölftausend Mark plus zweitausend für Extras«, presste Helene zwischen den Lippen hervor. Mit hochgezogenen Augenbrauen blickte sie Eva an. »Montreux?«, fügte sie fragend hinzu. »Vevey, Hôtel du Lac? Drei Wochen wirst du dortbleiben? Drei Wochen Schweiz auf McCrowley-Kosten?« Sie strich mit dem Zeigefinger über den Nasenrücken. »Bilde dir bloß nicht ein, dass das irgendetwas zu bedeuten hätte. Möllers ist verheiratet, zum zweiten Mal. Und McCrowley wird dir die Schweiz garantiert nicht auf dem Silbertablett servieren. Der Payback-Tag wird kommen.«

Nachdem André sein Hemd angezogen hatte, ein frisch gestärktes von einem Kleiderbügel im Aktenschrank, griff er zum Telefonhörer. Seine Bewegungen wirkten automatisiert, belebt nur vom Gedanken an die Privilegien, die man ihm zuerkannte und an jene, die er sich nahm. Ein Aktenschrank, ein Büro, das er mit einem Berater teilte. Die Mitgliedschaft im exklusivsten Pariser Businessclub, die er mit salbungsvollen Reden und Spezialaufträgen für den Global Sourcing-VP errungen hatte. Oben und unten, das waren seine Stoßrichtungen, die einzig existenten Vektoren in einem System, dessen horizontale Achsen bereits als Denkmöglichkeit ausgeschlossen waren. Es war eine Frage des Überlebens. Auf der Nord-Süd-Achse seiner Zukunft markierte er Mitstreiter und Steigbügelhalter. Im Staffing Department umwarb er die Mitarbeiterinnen mit einem seiner Karriere durchaus zuträglichen Ergebnis. Kein Angestellter wusste besser Bescheid über neue Projekte, Mitarbeiterwechsel und Einsatzmöglichkeiten als André. Er galt als charmant, umgänglich, kompetent, vergaß nie einen Geburtstag und merkte sich die Namen der Kinder der Sekretärinnen, während sich seine Kollegen nur mit Mühe der zahlreichen Brigittes und Célines zu erinnern vermochten. Besonders zugewandt zeigte er sich der persönlichen Assistentin seines direkten Vorgesetzten, Carole de Montbrigard. Carole entstammte altem baskischen Adel. Die Familie, verarmt und kinderreich, vertraut mit irreparablen Heizkörpern und launenhaften Klempnern, hatte die einzige wohlgeratene, das heißt mit blondem Haar, entzückender Nase und quicklebendigen Gehirnzellen ausgestattete Tochter, nach Paris geschickt. Vorbestimmt war es ihr, als Debütantin in erlauchten Kreisen zu reüssieren, worunter die Mutter eine angemessene Partie verstand, die sie vor der Wiederholung des eigenen provinziellen Dahinvegetierens bewahren sollte. André, der es sich zur Gewohnheit gemacht hatte, Carole morgens mit einem Coffee-to-go zu überraschen, lauschte ergeben ihren Worten.

»Er ist bisexuell«, sagte sie unvermittelt, sich ängstlich im Raum umsehend. Sprach sie von ihrem Ex-Verlobten oder von Hervé? »Letzte Woche schrieb er mir, dass es ihm sehr schlecht gehe, dass er unsere Trennung unendlich bedauere.« Ihre Hände spielten mit dem Acrylkubus, der die Aufschrift »Excellence Award« trug, einer McCrowley-Auszeichnung für besondere Service-Leistungen. »Bi« flüsterte sie erneut, zweifelnd, ob André tatsächlich die Tragweite ihrer Aussage erkannt habe. André – ein verständnisvolles Kopfnicken, gemäßigt durch ein leichtes Achselzucken, schienen ihm die angemessene Reaktion – schwieg und wartete. »Bi« wiederholte Carole und deutete auf das Türschild, in das Hervé Delayes Name graviert war. »Aber absolutes Stillschweigen«, forderte sie in entschiedenem Ton, der keinen Zweifel an ihrer Loyalität zuließ. André legte den Zeigefinger auf die Lippen und die Hand aufs Herz. Caroles dankbares Lächeln bestätigte seine Erfahrung, dass dezente Theatralik oftmals eine bessere Wirkung als Worte erzielte.

Der Morgenkaffee hatte sich in zweierlei Hinsicht gelohnt. Er war nun im Besitz eines geheimen Wissens, das zumindest bei McCrowley nur er, Carole und Hervé teilten. Aus diesem Wissen würde er je nach Erfordernis Vertrauen mehren oder Zerstörung bewirken. Vertrauen durch Verführung schien ihm die sinnvollere Option. André würde seine Familienplanung beim nächsten After-Work-Drink mit Hervé besprechen und bei der Gelegenheit eine Seite seines Terminplaners geöffnet auf dem Tresen liegen lassen, sobald er zur Toilette ginge. »Mein Prinz«, stünde dort, »wir erwarten Sie wie gewünscht am nächsten Freitag in unserem Hause«. Hervé würde sich neugierig, einem Beraterreflex folgend, vertrauliche Informationen zu erheischen, über das Buch beugen und André mit einem wissenden, aber diskreten Blick bedenken. »Mein Prinz« deutete Unterwürfigkeit und Hochachtung an, ermöglichte jedoch auch eine andere Interpretation. Es könnte sich schließlich auch um den Prince d'Orléans handeln, den Geschäftsführer des größten französischen Softdrink-Fabrikanten, eine flüchtige Bekanntschaft Caroles. Eine kokett-vertrauliche Anrede mit bisexuellem Anklang.

Auslöschung wäre die Alternative: Sollte sich Hervé aus irgendeinem Grunde gegen ihn wenden – Verräter gab es genug im Hause McCrowley – hätte André einen Trumpf in der Hand. Das Gerücht der Bisexualität würde Hervés Karriere mit einem Schlag zunichtemachen.

Als für sein Gefühl genügend Zeit verstrichen war, kehrte André an seinen Platz zurück. Der Blick, den ihm Hervé schenkte, war erfüllt von einer Wärme, die das Zerstörungsszenario unwahrscheinlich werden ließ.

Waren es die Schweizer Berge oder war es das eisblaue Wasser, das den Gedanken an Unendlichkeit durch ihren Kopf trieb? Das Gebirgsmassiv, steil, schneebedeckt und ewig. Der See, dunkel und klar. Mittendrin ein Gedanke, der sich weigerte, tief unten, auf dem sandigen Grunde zu verharren. Er öffnete sich, zögernd atmend, drängte sich hinauf an die glitzernde Oberfläche. Der Wind blies ihn hinüber in das Zimmer, dessen weit geöffnete Flügeltüren den Blick auf einen Balkon freigaben, der über dem See zu schweben schien. Eva blinzelte in die tanzenden Sonnenstrahlen und ließ den Gedanken in sich hineinfließen. Erinnerungen glommen wie Lichtpunkte auf weißer Leinenwäsche.

»Du hast den morbiden Charme einer Dostojewski-Figur.« Er hatte es gesagt im Sommer vor drei Jahren. Benno König.

Sicherlich war er heute ein Top-Jurist in einer New Yorker Law Firm, glühender Verfechter des amerikanischen Kapitalismus radikal-neoliberaler Ausprägung und standesgemäß verheiratet. Vorsichtig berührte Eva ihren Mundwinkel, an dem sich eine Kruste bis zum Kinn gebildet hatte. Bennos Hände. Seine langen, geschmeidigen Finger ähnelten denen Andrés. Einmal, sie lagen nach einer Party in Bennos WG in einem mit Jurastudenten überfüllten Raum, hatte er seinen Mittelfinger durch den geöffneten Reißverschluss ihrer Jeans geschoben. Unbemerkt von den anderen, so schien es, hatte er die Klitoris gedrückt und gerieben, bis ein langgezogener, rauchiger Schrei Evas Kehle entwich. In seine Hand hatte sie geatmet, die Linien geleckt, bis ihr Körper, süchtig geworden, erneut nach seiner Fingerkuppe verlangte. Plötzlich wanderten Andrés Hände in ihren Tagtraum, umschlossen ihre Brüste, nahmen sie gefangen in einer Umarmung. Unwandelbar sei ihre Liebe, flüsterte er, während sein warmer Atem sich auf ihre Brust senkte. Ein neues Bild schien auf: Paris. Die grauen Dächer zitterten im Abendlicht. Am Ufer der Seine zwei Gestalten, silbern schimmernd, gegossen aus flüssigem Merkur, umhüllt von schimmerndem Moiré. Vereint bis in alle Ewigkeit, Mc-Crowleys und der Welten Unbill trotzend.

Eva legte die Hand zwischen die Beine und ließ Bennos mit Andrés Fingern verschmelzen.

Er stand schon im Raum. Hatte er nicht geklopft? Ein junger australischer Kellner. Mit hochrotem Kopf plapperte er über Kräutertee, Sandwiches, versuchte die peinliche Situation zu überspielen. Es amüsierte Eva, wie der Jüngling mit Blicken ihren schweißnassen, nur mit einem dünnen Baumwollshirt bekleideten Körper verschlang. Seine Schamlosigkeit bestrafte sie schließlich mit einem Gespräch über Qualitätskriterien für die Hotellerie und kurzen, nüchternen Anweisungen. »Den Tee auf das Tischchen, nicht auf den Schreibtisch!« Sie amüsierte sich über seine Verlegenheit, sein stotterndes Zurückweichen. Es lag wohl doch an diesem Blau, dem See. Kleine Quälereien als Ausgeburten der Langeweile!

Der Plan. Das Problem der Beratungstätigkeit bestand in der fehlenden Implementierung von Strategien und Plänen. Andrés Plan war fehlerfrei. Er setzte auf visuelle Reize. Sie steigerten die Lust, einen neuen Weg zu beschreiten. Visuelle Reize plus Verführung. Der größte Fehler seiner Kollegen bestand darin, rationale Argumentationen zu begünstigen, wenn sie ein Ziel erreichen wollten. Das war die Außenperspektive. Er hingegen würde die Situation aus allen Blickwinkeln beleuchten. Vogelperspektive. Froschperspektive. Introspektion.

Zwischen einem Stapel Diagrammen und Broschüren entdeckte er einen Reiseführer. Sie hatte ihn vergessen, obwohl er ihn extra für ihren Kuraufenthalt in der Schweiz besorgt hatte. Für einen Moment schien ihm der Plan bedeutungslos. Seine Gedanken gehörten ganz Eva, dem Leberfleck auf ihrer Schulter, herzförmig, schreiend nach Liebe. Er erschrak selbst vor seiner Sentimentalität. Nein, es war nicht dieser dumme Fleck, der seine Liebe weckte. Es war – ganz nüchtern betrachtet – Evas Potenzial, das sie zum Objekt seiner Liebe beförderte. Es war ihr bestimmt, an seiner Seite Großes zu verwirklichen. André würde dem Schicksal auf die Sprünge helfen, Eva befreien aus der kleinbürgerlichen Misere, in die sie hineingeboren war. Im Gegenzug wäre ihm Dankbarkeit garantiert, unverbrüchliche Treue, kein Zetern, kein Hadern, kein Risiko, verlassen zu werden. Risk Management. Angst durfte sich nicht seiner bemächtigen, die Ratio musste sein

Handeln bestimmen. Schließlich vermochte er im Gegensatz zu all den anderen einfältigen Konkurrenten Gefahren einzudämmen und Bedrohungen beizeiten zu erkennen. Morgen würde er Eva einen Strauß roter Rosen schicken. Ja, das war schlüssig! Betrachtete man das menschliche Wesen in seiner Komplexität, Geist und Körper, galt es beiden Teilen gerecht zu werden. Ein Rosenstrauß besaß symbolische Kraft, verband den Plan mit Empathie. *Sense and sensibility!* Es war für sie, die sie berufsbedingt jedes Wort auf die Goldwaage legte, ein untrügliches, nicht zu missdeutendes Zeichen.

Dennoch war es nicht zu leugnen: Er sehnte sich nach ihr. Ein bittersüßes Sehnen durchströmte seine Adern, gewann für einen kurzen Moment die Oberhand über den Plan. Dunkelgraue Linien sah er vor seinem geistigen Auge, mit einem Druckbleistift auf imaginäres Pergamentpapier gezeichnet. André musste nur der vorgegebenen Struktur folgen, jeden Gedanken, jeden Punkt, jedes Kompliment markieren und einfügen in den Rahmen, den er selbst erschaffen hatte, indem er dem fehlerfreien Regiment des Verstandes folgte. Was bedeuteten schon Fehler? Fehlerhaftigkeit zeigte sich lediglich in Unfällen, einem Entgleisen aus der vorgezeichneten Bahn. Verringern konnte er das Risiko durch einen Back-up-Plan, einen Plan B, den er als zwingend notwendig erachtete. Evas Gesundheit, ihre physische Konstitution, war beeinträchtigt. Sollte sie während ihres dreiwöchigen Aufenthalts in der Schweiz genesen, ohne auch nur den geringsten bleibenden Schaden von ihrem Russlandabenteuer davonzutragen, konnte er das Risiko eines Antrags eingehen. Selbst bei vollständiger Gesundung musste er ihr jedoch das Gefühl geben, ein Stigma zu tragen, das er, André, in seiner Großmut, seiner Selbstlosigkeit, ohne zu zögern annähme. Als Siegel seiner

Liebe, seiner starken und unbedingten Liebe, würde sie seinen Schutz interpretieren und ihm unbedingte Loyalität erweisen. Wiederholung. Verstärkung. Wiederholung.

Die Gedankenkette war makellos. Rosen. Rote Rosen. Vertrautheit. Fürsorge. Er zog ein Blatt Papier aus der Schublade und begann zu schreiben: *Eva, ma Chérie-D'Amour* (Großbuchstaben für die große Liebe), *du fehlst mir. Deine Abwesenheit brennt eine tiefe Wunde in meine Seele* (Rimbaud, denk an Rimbaud, Apollinaire, Baudelaire). *Schwarze Schatten ziehen an meinem sehnsüchtig nach dir Ausschau haltenden Auge vorbei.* (Metaphern. Sie ist Geisteswissenschaftlerin, lechzt nach Pathos.) *Nicht einmal Trost kann ich dir spenden, meine Arme schützend um dich legen.* (Ein Ersatzbeschützer muss her!). *Ich habe mit meinem Freund Paolo gesprochen. Er wohnt in Montreux und wird sich um dich kümmern, falls du etwas brauchst.* (Aber nein, nicht in die Arme eines Anderen treiben. Delegierter Schutz. Selbstverständlich wird sie ihn nicht kontaktieren.) *Ein Wort genügt und ich springe in den nächsten Flieger. Je t'aime.*

Er steckte den Brief in einen Umschlag, verschloss ihn, ohne den Nasskleberand des Kuverts zu befeuchten – diesen Vermeidungsreflex hatte er nach jahrelangen Ermahnungen durch seine Mutter verinnerlicht – und legte ihn auf den Stapel versandbereiter Schriftstücke. Noch ein Punkt auf der To-do-Liste und der Plan ginge auf.

Vevey schob einen Filter vor Evas Auge. Sie trieb auf einer zeitlosen, im Nirgendwo schwebenden Insel, auf der Begriffe wie ›Leben‹ und ›Liebe‹ Federbällen gleich durch die Luft segelten, aufgefangen nur von ätherischen Wesen, die über einen Boden glitten, der bei der geringsten Berührung vor ihnen zurückwich. In dieser schwerelosen Gemeinde, dem »Club der versehrten Dekadenz«, wie Eva sie getauft hatte, bewegte sich auch ein polnischer Jude, der sich vom Billigtextilhändler aus dem Sentier hochgearbeitet hatte zum Lieferanten der großen Couturiers. Schlominski verzichtete auf Brot, achtete strikt auf seine Linie und schwamm täglich zwanzig Runden zusammen mit einem einarmigen Uhrenschließen-Fabrikanten, mit dem er sich nach erfolgter körperlicher Ertüchtigung einen Kir Royal mit Ruinart Champagner auf der Terrasse zu genehmigen pflegte. Nach etwas weniger als einer Woche schloss Eva sich der Herrenrunde an. Sie erfuhr dabei Details über das Uhrengeschäft und die Optimierung von Produktion und Vertrieb in der Modeindustrie, die ihr bei McCrowley sicherlich von Nutzen sein würden. Der »Club der versehrten Dekadenz« erweiterte sich durch die Geliebte des Kleiderfabrikanten, die allerdings ganz und gar nicht den Erwartungen der Lac-»Kuristen« entsprach. Madame Aubrac, eine herbe Mittsechzigerin, hatte sich für Schlominski nach dem Tode der Gattin als unersetzlich erwiesen. Sowohl in der Firma als auch im Umgang mit den verschwenderischen Söhnen zeigte sie sich talentiert. Nach der schweren Staphylococcus-aureus-Infektion Schlominskis hatte sie die Zügel an sich gerissen und das dahindümpelnde Unternehmen auf prosperierende Pfade gebracht.

Nachdem klar war, dass Eva kein Interesse an Schlominski hegte, entschied sich Madame Aubrac für die Rolle der mütterlichen Ratgeberin. Eines Abends, Eva hatte beim Raclette-Essen in den Bergen weinselig ihr amouröses Leid geklagt, drückte sie Evas Hände und sagte: »Nimm André. Nimm den Juden! Cin!«

II

BLUTHOCHZEIT

Bluthochzeit. White Wedding. Gänseblümchen. Saß ein Mädchen auf einem Jägersitz und pflückte Blütenblätter ab. Es opferte Blumen, warf sie auf einen Leichenberg aus Stielen und zerrupften Pflanzenteilen. Der Junge neben ihm wartete still, bis es endlich das ihm gefällige Ergebnis verkündete. »Er liebt mich.« Es sagte »Ätsch!«, zeigte ihm eine lange Nase, kletterte die Holzsprossen hinab und trollte sich. »Was sich liebt, das neckt sich«, sagte es lachend und blies die toten Blätter auf die Erde. Der Junge aber sprang über die Felder und jagte, die eingebildete Schrotflinte in der Hand, einen Hasen, den er erlegen und am Dorfbrunnen dem Mädchen mit der Margerite zum Geschenk reichen würde. Ein Kuss auf die zarten Wangen und der Bund wäre besiegelt. Das Mädchen auf dem Jägersitz aber sitzt hoch oben und singt noch heute das Lied der Liebe in den Nebel.

Fast wäre es eine Bluthochzeit geworden. Eva war zurückkehrt aus Hamburg, wohlbehalten, unversehrt, erholt. Die Haut, der Körper erneuert, aus einem Guss wie neu erschaffen. André konnte seinen Plan in die Tat umsetzen. »Wir fahren nach Rom.« »Nach Rom?«, fragte sie ungläubig. »Ja«, sagte er lächelnd und küsste sie sanft auf die Stirn, »in die Stadt der Ewigkeit.« Sie schwieg. Sollte sie ihm den Spaß verderben? Gerührt war sie, geschmeichelt und verliebt.

Als sie von Düsseldorf zu ihm nach Paris flog, hatte sie das Gefühl, dass ihr altes Leben hinter ihr lag, der Flieger sie in eine

Welt entführte, die verheißungsvoll war, sehnsüchtig erwartet, immer schon. Aber musste nicht alles enden wie die *Romanze in Moll* und am Schluss läge sie auf dem Totenbett, eine Kette über dem Leib, Symbol des Verrats und der Liebe zugleich? Es hatte Eva das Herz zerrissen, als sie an einem regnerischen Nachmittag Käutners Melodram im Fernsehen anschaute. Ein Ehemann, der Liebhaber, ein böser Schatten, der sie in den Tod trieb, dies jedoch so schmerzlich süß, dass sie sich kein größeres Glück vorzustellen vermochte. Die Stewardess reichte ihr ein Glas Champagner, das sie vor Aufregung, Ahnung und Begierde, einen Ring auf dem Grund imaginierend, in einem Zuge leerte. Das ermunterte ihren Sitznachbarn zu der Frage: »Und Sie? Was treibt sie nach Paris?« Sein Kopf schnellte echsenhaft nach vorn. »Mein Verlobter. Ich reise zu meinem Verlobten«, antwortete sie, überrascht von der eigenen Bedingungslosigkeit ihrer Aussage. »Oh, wie schön«, antwortete der Spanier. Dass er ein Haus in Barcelona, sogar eines der Gaudì-Häuser besitze, aus geschäftlichen Gründen aber in ganz Europa daheim sei, hatte er ihr bereits nach zwei, drei Sätzen mitgeteilt. *Home is where your heart is*, verknüpft mit Fontanes »Das ist ein weites Feld«. Fontane war ihr bereits als Kind vergällt worden, lange bevor sie selbst die Chance bekam, seine Wanderungen durch die Mark Brandenburg als Altmänner-Ersatzvergnügen abzuhaken. Ihr Vater hatte den deutschen Schriftsteller als reaktionär, somit als Feind kategorisiert und weit hinter Dostojewski, Gorki, Gogol verbannt. Lediglich *Effi Briest* hatte er ihr in die Hand gedrückt, nachdem sie sich *Anna Karenina* brav erlesen und daraufhin in unendliche Traurigkeit gestürzt war. Ihre erste? Pippi Langstrumpfs Tod auf der Mattscheibe und Sissi zu Weihnachten gemeinsam mit der heulenden Mutter waren noch frühere Auslöser von Schwermut gewesen. Durch *Rocco und seine Brüder* und den halbstarken Horst Buchholz krallte sich erste Wut in ihrem Herzen fest. Wut auf die Bauerntölpel, die ihr Vater hasste und als Arbeiter auf deutschen Kolchosen doch vergöttern musste, Wut auf die Krankheit des Vaters, die Aufopferung der Mutter, geballte Wut auf den verzweifelten Versuch, endlich fliegen zu lernen – gescheitert natürlich. Wut gegen den kalten Küchenboden der Gastwirtin, auf dem sie kauerte, um auf dem flimmernden Schwarzweiß-Bildschirm in Alain Delons Blicke einzutauchen.

Der Spanier war in ein *Manager*-Magazin vertieft, als die Stewardess die leeren Gläser und Esstablette einsammelte. Eva nahm einen kleinen Spiegel aus ihrer Tasche, zog die Lippen nach und strich sich eine Strähne aus der Stirn. Eine Stunde Aufenthalt und schon ginge es weiter nach Rom.

Am Ausgang des Terminals erwartete er sie bereits. Sie flog ihm in die Arme, sog seinen Duft ein, leckte mit der Zungenspitze seine Ohrmuschel, in der der Widerhall ihrer Seufzer vibrierte. Er nahm ihr den Handkoffer ab und zog sie hinauf, die Hände ineinander verschlungen, zur Air-France-Lounge. »Weißt du noch«, fragte er und es klang, als kennten sie sich schon eine Ewigkeit, »in Düsseldorf, als du mir in der Air France-Lounge einen geblasen hast und eine Woche später die Lounge brannte?« Er sagte: »Tu m'as fait une pipe«, und sie dachte über die unterschiedlichen kulturellen Wahrnehmungen nach. Une pipe ... An einer Pfeife zieht man, saugt daran? Bläst man einen Schwanz? Die Deutschen nennen Präservative Pariser, die Franzosen »capotes anglaises«, englische Hauben. »Woran denkst du?«, fragte er neckend. »An deinen Schwanz«, antwortete sie und strich mit der Hand über die Wölbung seiner Hose. Er legte seine Hand auf die ihre und spähte aus den Augenwinkeln nach Beobachtern aus, verschämter, als sie es erwartet hätte. In Düsseldorf war es ihm egal gewesen, ob eine Putzfrau oder ein Pilot sie auf Knien, die Lippen auf seinem Schwanz, erwischt hätte. Mit geschlossenen Augen und zuckenden Beinmuskeln hatte er ihr Gesicht zu sich gezogen, genossen, wie Katzenzungen seinen Atem in zuckende Farbpigmente verwandelten. In Rom endlich allein. King Size-Bed im Sofitel. Wenn er seine Brieftasche öffnete und die Augen gefällig über die silbernen und goldenen Karten wandern ließ, spannte er seinen Körper an, veränderte die Stimme. Tiefer, gedehnter, markanter, als müsse er durch eine körperliche Mutation den Rang bestätigen, den er sich mit seinen Hotel-Membercards und diversen Kreditkarten verlieh. *Got brass in pocket* schoss es Eva durch den Kopf, als sie an der Rezeption standen und Formulare ausfüllten. »Levy« trug er in die Rubrik der Reisenden ein. »Signor e Signora Levy«. Sie musste an die Pretenders denken: *I'm special, so special* ... Wie alt war sie gewesen? Sechzehn, siebzehn? Jedes Mal, bevor sie ausging, hatte sie die Platte aufgelegt, tanzend vor dem Spiegel Kajal aufgetragen. In High Heels, schwarz, mit Pfennigabsätzen, und einem Minirock, so kurz, dass man das Fünfziger-Jahre-Mieder darunter hervorblitzen sah, hatte sie Chrissie Hynde imitiert und war sich unheimlich wichtig und sexy vorgekommen.

Sie standen im Aufzug zusammen mit dem Pagen. Die Melodie verebbte. Schweigen. Im Zimmer, dem Jungen hatte er ein paar Münzen in die Hand gedrückt, die Tür war ins Schloss gefallen, lagen sie wortlos nebeneinander. Andrés Gedanken kreisten um den Abend, die Buchung des Restaurants und die Frage, ob er mit der Gold-Card nicht doch noch ein besseres Upgrade hätte aushandeln können. Seine Hand wanderte hinüber zu Evas Brüsten, ihrem Herzen. Ihre Liebe war ein denkbar unmöglicher Zustand, der durch ein winziges molekulares Fehlverhalten ins Wanken geraten könnte. Atome und Moleküle bewegten sich nach unbekannten Gesetzen, rotierten, schwangen, entzogen sich jeglicher Disziplin. André musste darauf achten, Eva freie Bewegung nur so weit zu gewährleisten, dass die Druckenergie nicht unkontrolliert anstiege und für ihn selbst zur Bedrohung würde.

Röte überzog Evas Körper wie ein samtenes Tier, das sich auf ihrer Haut räkelte. Das Tier vertrieb die Worte, die Erinnerungen und Klänge, jagte sie hinaus aus dem Fenster hinüber in die Gärten der Villa Borghese. Im Schatten der Bäume legten sie sich nieder, erschöpft von der Jagd, dem Tier ergeben, das in ihre Poren gekrochen war, sich längst wieder über Evas Körper ausgebreitet und dem pochenden Herzen Nahrung gegeben hatte.

Eva lag neben ihm, immer noch still, mit gesenkten Lidern und ließ doch jeden Kubikzentimeter seines Körpers vor ihrem geistigen Auge Revue passieren. Er war nicht schön. Es gab Momente, in denen sie sich fast irritiert abwandte, wenn sie seines von seltsam krausem Haar überwucherten Rückens gewahr wurde, den langen Armen, die wie schwankende Lianen an ihm herabhingen. Sie verabscheute sich für diesen Gedanken. Nein: Er war schön, die seidigen Wimpern benetzt von den Tautropfen seiner Seele. Ihr Mund schlich hinüber zu seiner Brustwarze, leckte sie, noch unbemerkt von seiner Begierde. Sein Blick schweifte hinaus in den Nachmittag, versank in den Wolken, die leicht und schamlos über den ewigen Himmel schwebten. Dachte er an heute Abend, wenn er es ihr sagen, sie fragen würde?

Ihre Zunge wanderte hinab zu seinem Schwanz, die Finger ließen Haare um sich kringeln, zogen sanft und neckten. Der

Mund jedoch, ungebändigt und verselbständigt, begab sich auf Entdeckungsreise, suchte das, was keine je gefunden hatte. Sie rollte die Zunge zu einem schmalen Blatt, das die geschwollene Ader liebkoste und sich treiben ließ auf einer feuchten Eichel, die verlockend ihren Schlund öffnete. Er atmete schneller und beobachtete unter halb gesenkten Lidern jede Bewegung ihres entflohenen Mundes. Das Zungenblatt ließ sich nieder auf dem Schlund, dehnte ihn und versenkte sich darin. Die Tropfen schmeckten süß und warm, sie saugte sie auf, unersättlich wie ein Lebenselixier, das ihr zuvor versagt worden war. Sein Atem, beschleunigt, kurz, von einer Sekunde auf die andere, ruhig. Wärmetod. Auf ihrer Zunge der Geschmack nach Eisen. Sein Blick entsetzt. Rote Spuren, Linien auf den Lippen, in den Winkeln dieses wild sich gebärdenden Mundes. Er riss ihren Kopf nach hinten, zitterte. Elfenbeinfarbene Tropfen vermengten sich mit hellem Rot. »Bist du wahnsinnig?«. Er küsste sie.

Sie lagen sich in den Armen und zitterten, erschöpft, liebend, schockiert. Evas Sorge, ihn verletzt zu haben, wich einer berauschenden Glückseligkeit. Sie fühlte sich wie damals, als sie im Gebüsch vor der Dorfdisko Amphetamine durch ihre Nase zischen ließ und hämmernder Punk ihre Gehirnwindungen traktierte.

»Das thermische Neutron mäßigen«, sagte er, und sie verstand kein Wort. Absorption musste fortan ihre Devise heißen, um bestehen zu können als Element seines Plans. Was redete er da? Gleich nach dem Wochenende riefe er seinen Urologen an. »Dringlich« würde er sagen und der Sekretärin keinen Zweifel an der Notwendigkeit sofortiger Terminvereinbarung lassen. Blut beim Oralverkehr. An der Zunge in der Harnröhre konnte es nicht liegen. Ob Eva das Vertrauen verdient hatte, das er ihr entgegenbrachte?

Bluthochzeit, dachte Eva. Ein Kranz aus Orangenblüten lag auf ihrem Haar, neben ihr ein Messer, Blut auf einem Blatt, beschrieben mit Zeichen aus einer unlesbaren Vergangenheit. Sein Gesicht schwebte über ihr, als sie erwachte. »In einer halben Stunde müssen wir los«, sagte er und küsste sie zärtlich auf die Stirn, während er sein weißes Leinenhemd zuknöpfte. »Zieh doch bitte das rote Kleid an«, sagte er, während er sich die lockigen Haare mithilfe von Gel aus der Stirn kämmte, »und nimm die Tasche, die ich dir geschenkt habe.«

Der Wind strich zwischen ihren Fingern hindurch, trieb sie auseinander, ließ sie Gesten in die römische Luft wirbeln. »Ist das herrlich!«, »Unglaublich! Warum fühle ich mich in dieser Stadt, als lebte ich hier schon immer?« Dummheiten, Ausrufe wie diese sprudelten aus Evas Mund, provoziert von der Hitze, dem Duft des Jasmins und diesem Wind, der sie scheuchte und vorantrieb wie einen Schwarm Zugvögel. Die Fontana di Trevi. Fehlte nur noch, dass sie ihre Schuhe auszog, das Kleid raffte und hineinsprang. Den Wunsch in ihren Augen konnte er ganz deutlich erkennen.

»Sprich doch Italienisch«, forderte er sie auf, als sie in der kleinen Trattoria in Trastevere saßen. Er wählte frittierte Fischchen als Vorspeise und als Hauptgang einen Wolfsbarsch. Eva, den Blick auf die Speisekarte gerichtet, vergaß die Bedeutung der Wörter, der Namen, sogar den melodischen Fluss, von dem sie getragen wurden. Die Hände fast zitternd, umklammerte sie die Karte, presste belanglose Sätze heraus, wie einem Touristenführer entlehnt. Er lachte, amüsiert über ihre Nervosität, die sie plötzlich am Nacken fasste wie eine harte, fordernde Hand ein scheues Nagetier. »Was ist«, fragte er, »gefällt es dir hier nicht?« Sie schüttelte den Kopf, schüttelte die sonderbare

Verlegenheit ab, die sie plötzlich ergriffen hatte. »Nein, nein, ich …«, stammelte sie. »Hast du Bauchschmerzen? Geht es dir nicht gut? Brauchst du einen Arzt? Wollen wir gehen?«. Fragen stolperten über seine Lippen, ungeschickt, hilflos, grundlos, rührend beschützend. Er war im Begriff aufzustehen, als sie sich fasste, scherzte über den Kellner, der das Tablett im Takt von Bellinis *Norma* balancierte. »Eva«, sagte er und ihr Herz klopfte bis zum Hals in diesem Raum, der nur noch sie beide kannte, der sie erfühlte mit seinen bebenden Wänden und alles ausschloss, was nicht Liebe war. Liebe, Eva hörte das Wort, André sagte es, sprach es aus, als sei es das alleinige Wort mit Daseinsberechtigung, das einzige Wort, das für die Menschheit, bestehend aus zwei Wesen namens Eva und André, von Bedeutung war. Liebe, das Wort spannte sich zwischen ihnen wie zwei Gitarrensaiten, vibrierend durch seinen Atem, seine Gedanken und Gefühle. Das Lächeln des Kellners bemerkten sie nicht, die abgeklärte Ironie. »Ein Paar! Wie schön! Verliebt und jung und morgen auch schon tot«, sagte sein Blick, für den sie blind waren. Eva und André ließen das Raunen verklingen, das Zaudern verebbte in diesem einen Augenblick, als er den Ring aus seinem Portemonnaie holte, in seiner Faust verschloss, die er öffnete auf ihrem Handrücken, den er streichelte mit der anderen Hand, bis sie die Finger spreizte und den Ring über den Herzfinger gleiten ließ. »Links, da wo das Herz ist«, sagte er, »auf diese Seite gehört der Ring in Frankreich.« »Willst du …«, fragte er und sorgte sich nicht eine Sekunde, dass Kitsch das Gefühl zerschmettern, das ewig schon Gesagte, endlos Wiederholte, das Einzigartige verderben könnte. »Willst du«, fragte er und das Zeitgefühl schlich sich zurück, um sie zu quälen, »meine Frau werden?« Der Fischer und seine Frau, Sissi. Tot. Mütterchen Eiche. Sailor und Lula. Rette mich. *Only you.* Keine Leere in ihren Köpfen, Durcheinander wirbelnde Worte, vom römischen Wind hin- und hergetrieben, Halt nur findend an einem Mobile der Satzstrukturen, Hauptsatz, Gliedsatz. Hauptsatz, Gliedsatz. Der Ring an ihrem Finger. »Ja«, sagte sie, »ja!«, und die Lunge leerte sich, die Adern besänftigten sich in einem langen Hall, der den anschwellenden Lärm der römischen Nacht eindringen ließ in ihren Raum ohne Zeit und Ort. Ein Stein, klar und hell, in dem sich das Strahlen ihrer Augen brach.

Der Ring, den Aurélie ihm zurückgegeben hatte mit einem süffisanten Zug um den Mund, einem Lächeln, das sie ihm belustigt und mitleidig geschenkt hatte wie einem Schimpansen, der sich hinter Gittern mit einem Ball vergnügte, den ein ungezogenes Kind in den Käfig geworfen hatte.

Evas Gedanken brachen sich in den bläulichen Facetten des Brillanten, zersplitterten auf Andrés Erinnerungen und fielen in einen Lichtraum, der sie absorbierte und verschlang, wieder ausspie und neu erschuf als Mann und Frau.

Der Tag begann hell, unverbraucht, verheißungsvoll. Er weckte sie wie immer, als habe es gestern nicht gegeben. Der matte Geschmack in ihrem Mund, der sizilianische Rotwein, den sie noch getrunken hatten auf ihren Nachtwanderungen über die Isola Bella, auf der sich Pärchen wie Kieselsteine an die Ufer des Tiber schmiegten, erinnerten ihn an den Abend, den Ring an ihrem Finger. Er stand am Fenster, den Rücken ihr zugewandt. Unter dem Leinenhemd zeichnete sich ein dunkler Fleck ab. Wie lange mochte er schon dort stehen? Gegen Mittag müssten sie auschecken. Sie flögen nach Roissy-Charles de Gaulle, trennten sich und Eva kehrte zurück nach Düsseldorf, zu McCrowley und Helene. Mit Beklommenheit und Misstrauen dachte sie an den

Betrieb. Die Leichtigkeit, der Glaube an den amerikanischen Traum, hatten sich aufgelöst in Schwermut und Ernüchterung, die sie erfasste, sobald sie einen Fuß hinter die gläserne Eingangstür setzte. Die Office-Managerin beäugte sie herablassend. Die grelle Freundlichkeit, die sie hoffnungsvollen Anfängern schenkte, hatte sich in heimliche Verachtung verwandelt. Warum sollte sie ihre Zeit verschwenden mit Menschen, die in Kürze ohnehin ersetzt würden? Sie notierte die Ankunftszeiten, jonglierte mit Minuten und Stunden, spielte den Ball weiter in Helenes Feld. Helene wartete bereits auf Eva, den Bleistift gezückt, die Augen kühl, von regungsloser Distanz. Wie eine Pflanze, deren Lebenszyklus sich rückläufig entwickelte. Verkümmerte freundschaftliche Zuwendung. Einem natürlichen Prozess folgend, eingeschrieben in das McCrowley-Genom, vollzog Eva Handlungsanweisungen, deren quasibiologischer Determination sie sich ohnehin nicht zu widersetzen wusste. Die Datenübermittlung klappte. Zu den von der Office Managerin übertragenen Fehlminuten fügte sie einen unbedeutenden Prozentsatz hinzu, der in seiner Geringfügigkeit unbemerkt bliebe, Eva jedoch das Genick bräche. Der Anwalt war bereits eingeschaltet, die erste Abmahnung im Briefkasten. Evas Unsicherheit verstärkte Helene durch Arbeitsentzug. Untätig saß sie im Nebenzimmer, die Tür geöffnet, den Blicken der Berater ausgesetzt wie ein räudiges Tier, Abschaum, verbannt aus der Liste der Auserwählten. Sie starrte auf die Uhr, ließ Minuten, Stunden verstreichen nach einem Rhythmus, der in ihr anschwoll und wieder abklang, welcher der Taktung der Wanduhr, Helenes Verdammung zur Langsamkeit, zur Auslöschung von Zeit und Tat trotzte. Der Laptop lag vor ihr, kalt und tot, sein klaffendes dunkles Maul geöffnet, begierig nach fauligem Unrat und Lügenfutter. Eva stand auf, blickte sich um, scheu, zögerlich, fiel in sich zurück, gebannt durch ein unsichtbares Kraftfeld an Tisch und Stuhl. Die Muskeln erstarrt, unfähig den Befehlen eines Gehirns zu folgen, das sich nach einem Ablauf sehnte, nach Bewegung hinein in einen Flur, auf dem die Anderen vorbeirollten wie auf Gleitschienen. Sie hielt die Hand vor den Mund und atmete, wartete, bis sich Feuchtigkeit in den Rillen bildete und die Haut zu leben begann. Sie bewegte sich, begab sich auf die Gleitschienen des blauen Teppichbodens, schwankend und dann den Körper gespannt wie einen Bogen, bereit zum Angriff. Sie stand, die Schienen, der eigene willenlose Körper veränderten ihre Position, durchquerten einen Raum, von dem sie sich entfernte und zugleich Teil war. Ausgestoßen, vor dem Kühlschrank. Zwei Flaschen stillen Wassers in den Händen, automatisch geführt wie auf einem Fließband, zurück in das Zimmer mit dem klaffenden Schlund, dem Stuhl, unverrückt, dem Tisch aus Endgültigkeit und Scheitern. Das Wort dröhnte in ihrem Kopf, meißelte Vernichtung und Schande in die Zellen. Schande. Sie fühlte sich verstoßen, an den Pranger gestellt. Eva, die Hoffnungsträgerin der Familie, Eva, die Rebellin, aufbegehrend gegen die spießige Weinseligkeit der Philosophischen Fakultät. Eva, die dem Feind in die Arme lief, dem Kapitalismus Tür und Tor öffnete, sich selbst in den Rachen Gorgons stürzte. Mandevilles Bienenfabel erkor sie zu ihrem Mantra: *Von Lastern frei zu sein, wird nie Was andres sein als Utopie. Stolz, Luxus und Betrügerei Muß sein, damit ein Volk gedeih.*

Sie ertappte sich dabei, wie sie die Verse rezitierte, murmelnd, stakkatoartig wiederholend. Bienen, Ärzte, Advokaten vibrierten auf ihren Lippen, als Helene im Türrahmen stand und sie zum Gehen aufforderte. Kein Rausschmiss, schlimmer, ein sanftmütig-nachsichtiges »Ruh dich aus! Morgen ist ein neuer Tag.« Und eine Hand auf ihrer Schulter, die sie einen

Moment lang an Versöhnung glauben ließ, Reue, Sühne, den Triumph des Katholizismus und der Ideale.

Bullshit. Sobald sie das Gebäude verlassen hatte, wurde ihr eindringlich klar, dass sie einem Trugbild aufgesessen war. Die Desillusion des Elfenbeinturms hatte sie hinausgeschleudert in die Welt des Global Sourcing und des Billion-Dollar-Bling-Bling. Jens hatte sie gewarnt: »Du wirst schon noch sehen, dass das Leben nicht daraus besteht, die Kö rauf- und runterzuspazieren.« »Ja«, hatte sie ihm geantwortet und eine Tirade gegen polyarthritische Linguisten im morphologischen Rausch ausgestoßen. Und dann war sie doch mittendrin im *gorgeous* Up-or-Out-Imperium. Als sie die Tür zu ihrem Apartment aufschloss, dachte sie an Meister Och, die Lieblingsfigur aus den russischen Märchen ihrer Kindheit. Sie legte sich auf den Futon, schloss die Augen und ließ ihn auferstehen, den Zauberer der ukrainischen Wälder. Wanja, der immer auf dem Kachelofen lag und Stubenfliegen zählte, schaffte es nach seiner Lehre, dem Meister ein Schnippchen zu schlagen. Nachdem der Vater den Magier selbst gerufen hatte – *Och, mein Fuß schmerzt! Wer hat mich gerufen? Niemand. Doch, ich bin Och.* Die russische Version von Polyphem und Odysseus – musste er drei Jahre lang seinen Sohn entbehren, weil er ihn in seiner verwandelten Form nicht erkannte. Warum erkennt man seinen Hasensohn nicht? Wieso sind alle Rebhühner gleich? Der Sohn muss sich selbst mit einem Trick erlösen. Ein Mädchen spielte natürlich auch eine Rolle. Wanja, der sich vom Hengst in eine Taube, dann in Erbsen und schließlich in einen Ring verwandelt hatte, um dem Zauberer zu entfliehen, wird gerettet von dem Mädchen, das dem Glanz des Goldes wie vorhersehbar nicht zu widerstehen weiß. Es hebt den Ring auf. Wanja verwandelt sich in einen Wolf und tötet den Zauberer-Hahn mit einem Biss in den Nacken. Am Ende trinken alle Tee und erfreuen sich an zweitausend magisch errungenen Rubeln. Warum auch nicht? Die deutsche Alles-oder-Nichts-Mentalität, die gottverdammte Skalpell-Unterscheidung von Gut und Böse waren so weltfremd wie dekonstruktivistische Sprachspielereien. Core values, dachte sie und verabscheute sich für die sprachliche Mimikry, der sie sich unterwarf wie eine Hainschwebfliege, die so tat, als sei sie eine Wespe. Und jetzt lag sie da, entlarvt, die bedrohliche Tarnung aufgelöst in Schuppen, die von ihr abfielen und den nackten, schutzlosen Körper preisgaben. André hatte recht. Sie musste sich lösen von McCrowley, ihnen zuvorkommen, bevor sie ihr die Haut abzogen und den Aasgeiern zum Fraß vorwarfen. Ein Ring, die Rettung. Noch eine Verwandlung und der Pakt wäre gebrochen. Meister Och verschwand, als das Telefon klingelte, ihr Vater war es, fragte, wie es ihr ginge. Nein, nicht, wie sie den Alltag bewältigte, sondern ob sie es schaffte, die Dinge wieder zurechtzubiegen, damit sie nicht heimkehrte als Verliererin. Einmal den Weg beschritten, müsse sie ihn bis zum bitteren Ende gehen. Warum sie nicht Beamtin geworden sei? Dann gäbe es dieses Drama nicht. Sie säße in einem Amt, vielleicht sogar in einem Ministerium, erhielte ihre monatlichen Bezüge und müsste sich nicht in diesem Haifischbecken tummeln. Verdammte Amis, fügte er hinzu. Und wer müsse nun wieder alles ausbaden? Er, als habe er nicht schon genug gelitten in diesem miesen Etwas, das sich Leben nenne. Sie sah der Kreuzspinne zu, deren Blick dem ihren standhielt, ein wenig hämisch vielleicht, aber unbeirrt, als berühre sie das ewige Lamento des Vaters nicht. »Ja, Papa«, sagte sie und er antwortete: »Du bringst das doch in Ordnung, oder? Wir müssen uns doch keine Sorgen machen?« »Ja«, sagte sie und »nein«. Dann legte sie auf und dachte an Prinz Iwan und seine Harfe, die ihr Rettung versprachen.

André fühlte sich erleichtert, dass er den Punkt »Dana« in seiner Dringlichkeit herabstufen konnte. Nach anfänglicher Verärgerung war es ihm gelungen, besänftigend auf sie einzuwirken. Hoffnung hieß das Zauberwort. Er hatte Dana Hoffnung eingeflößt wie einem kranken Kinde, das der Stärkung und Linderung bedurfte. Konzentration sei jetzt erforderlich. Sie müsse sich ganz auf ihre Karriere konzentrieren und in Verzicht üben. Ihre Zukunft stehe auf dem Spiel. Disziplin und Folgsamkeit hatte sie verinnerlicht. Er setzte auf die richtige Karte. Als Produkt des sozialistischen Systems war sie in Verzicht geübt, führte Anordnungen pflichtgemäß aus. Allein die Hoffnung auf ein besseres Leben genügte. Gelegentlich eine Mail, vielleicht einmal eine Stippvisite in ein paar Monaten. Zu ihrem Geburtstag, ja, das war eine gute Idee. Hatte er ihn eingetragen? Ein kurzer Blick in den Kalender, und Zufriedenheit spiegelte sich in seinen Zügen. Sein System begann Früchte zu tragen. Die Zeit, die er für die Organisation persönlicher Belange aufwandte, rentabilisierte sich durch Optionen, Lebensalternativen, die ihn vor möglichem Scheitern bewahrten. Mit Unverständnis reagierte er auf Evas Naivität, ihr Vertrauen auf den einen richtigen Weg, den sie bis zum Ziel beschreiten würde. Warum zweifeln? Sie bewegten sich schließlich in einer Gesellschaft, in der einzig und allein Leistung zählte, entgegnete sie ihm, und er antwortete mit einem Lächeln, das er erprobt hatte, Verständnis in den Mundwinkeln, Wärme und Empathie in den Augen. Die Augen waren entscheidend. In seinen Influencing-Skills-Seminaren an der Business School hatte er Kenntnisse erworben für etwas, das ihm intuitiv schon immer klar gewesen war: *Persuasion is better than conviction!* Wer der reinen Ratio vertraute, blieb auf der Strecke. Eva, in ihrer urdeutschen Strenge, käme es nicht einmal in den Sinn, emotionale Effekte zur Meinungsänderung, zur Zielerreichung einzusetzen, obwohl sie eine Frau war. Verführungsstrategien waren die Königsdisziplin der Überredungskunst. *Séduction*, Verführung war in Frankreich ein legitimes Mittel der Politik, während sich Deutsche in ihrer bierernsten Tugendhaftigkeit jeder Leichtigkeit verweigerten. André fragte sich, wie sich seine Persuasionstechniken im interkulturellen Bereich auswirkten. Würde es ihm gelingen, deutsche Geradlinigkeit zu übertrumpfen? Er beschloss, seine Erkenntnis an der Wirklichkeit zu erproben. Eva als prima inter pares, als Prachtexemplar deutscher Verstandeshörigkeit, würde sein ›cobaye‹, sein Versuchskaninchen werden. Es hatte nichts Anrüchiges, dieses Wort, das ihn schon immer angerührt hatte. Ein süßes Tierchen, das er streichelte und liebkoste, dem er seinen Schutz gewährte. Er würde es wertschätzen und sicher nicht verletzen. Eine Funktion würde es jedoch erfüllen müssen wie alle, wie er selbst, eine Funktion in einem System, dessen er sich bemächtigte, bevor es ihn beherrschte. Sie würde ihm dienen, ihnen dienen, der Erhaltung ihrer Art in einem System, das ihnen artfremd war, ihm, dem Abkömmling eines nordafrikanischen Einwanderers und ihr, der Tochter eines vertriebenen Sudetendeutschen.

Den leisesten Zweifel jedoch, den sie hegen mochte ob all der feministischen Marotten, die man ihr in ihrer Jugend in den Kopf gepflanzt hatte, würde er ausrotten. Platz machen würde er für eine neue Sicht der Dinge, die ihrem eigentlichen Wesen viel näherstünde, als sie selbst es ahnte. Im Grunde war die deutsche Frau ihrer biologischen Bestimmung treu, loyal gegenüber den Gesetzen der Natur, wahlverwandt der sephardischen Frau und Mutter. Französinnen heirateten, warfen ein Kind in die Welt, übergaben es der staatlichen Obhut und widmeten sich mit Hingabe ihrer Selbstverwirklichung. Das Kind in der Krippe, bei der Tagesmutter und dann der Liebhaber, der natürlich nicht ausblieb, wenn man sich den ganzen Tag mit fremden Männern umgab. Eva war anders. Ihre anfängliche Begeisterung für McCrowley hatte etwas Kindliches an sich, entsprang einer Naivität und natürlich dem Sehnen, ihrer miserablen Kindheit zu entkommen. Sie würden ein glorioses Team bilden. Beide angespornt vom Wunsch nach sozialem Aufstieg. Die verlorene Karriere – sie wiegte sich ohnehin im Irrglauben – verschmerzte sie. Man würde sie hinausjagen mit Schimpf und Schande. Er musste lediglich dafür sorgen, dass nicht die geringste Schmach an ihm selbst haften blieb. Datenvernichtung. Spurenauslöschung. Sie hätte nicht die nötige Kenntnis, die erforderlichen technischen Schritte zu vollziehen. McCrowleys Schachzügen war nur er gewachsen. Morgen gleich buchte er einen Flug, er musste ohnehin nach Hamburg, ein Zwischenstopp in Düsseldorf ließe sich arrangieren, und löschte alle Daten, die einen Kontakt zwischen ihnen beiden beweisen könnten. Der Gedanke an ein zielgerichtetes Handeln, an einen weiteren Etappensieg beruhigte ihn. Er atmete tief und gleichmäßig. Wenn es ihm gelänge, die beginnende Einsicht in den großen Zusammenhang der Dinge zu vertiefen, wenn es ihm gelänge, sich selbst mit äußerster Disziplin zur Selbstüberwindung anzutreiben, Fehler auszumerzen, die einer Perfektionierung hinderlich waren, wenn es ihm gelänge, sich selbst zu erschaffen, dann hätte er die Weltformel gefunden, den Schlüssel zu einer Zukunft, die er als Auserwählter verdiente. Und auserwählt war er, erhoben durch Fleiß und genetische Selektion in einen Rang, der ihm gebührte. Das Verdienst der thronenden Macht würde er sich erarbeiten, nicht im Schweiße seines Angesichts, sondern mit glühenden Neuronen, synaptischen Verbindungen, die in ihrer Dichte und Anzahl, das schlichte Ich in einer dem gewöhnlichen Geiste unvorstellbaren Weise überträfen. Er musste sich selbst formen, polieren, unebene Stellen glätten, dunkle Nischen zum Leuchten bringen, sich selbst in ein für andere sichtbares und unsichtbares Wesen zugleich verwandeln. Die Allmacht eines Schöpfers zu verknüpfen mit der organischen Wandelbarkeit eines Tieres, das war seine ureigene Herausforderung, sein Credo, dem er sich widmen würde mit Tatkraft und scharfsinniger Analyse. Das Ungenügen an sich selbst wüsche er aus seinem Geiste mit den Fluten seiner wahren Bestimmung, dem steten, unablässigen Appell zur Selbsterschaffung. Aus dem Amputierten, dem Torso, dem Stumpf, zu dem ihn die Gesellschaft degenerieren lassen wollte, ließe er Sinnesorgane sprießen, Sensorien wachsen, die Kraft des Menschseins in ungebändigter Kraft emporschießen. Das Reservoir des Verstandes würde er ausschöpfen in nie dagewesener Weise. *Cogito, ergo impero. Impero.* Und sie würden es nicht einmal merken. Seine Äußerungen würden seinen Körper seidenglatt, schmeichelnd wie ein Tuch umhüllen, gewirkt von einem meisterlichen Weber der Worte. Silben träufelte er in ihre Seele wie Ambrosia. Taumelnd in einem Glückszustand, den nur er heraufzubeschwören vermöchte. Kein Rausch, keine Benommenheit, kein Torkeln. Leicht und süß, kristallklar und erquickend der Geist, den er in sich selbst zu vollständiger Reinheit und Größe erweckte. Verhandlungsstrategien, Mathematik und Sprachkunst, schnöde Hilfsmittel einer Geistesmacht, deren Erkenntnis den meisten verschlossen blieb. *Cogito, ergo impero. Cogito.* Die Potenzierung des Geistes, die Auslotung versteckter Möglichkeiten, die Reizung verborgener Zellen, bis er sie beherrschte, alle. Endlich.

Den Kampf föchte er mit sich allein aus. Sie aber würde seine getreue Gefährtin sein, ihrerseits getrieben von der

Sehnsucht der Ausgestoßenen, der Parias des westlichen Kapitalismus, um der Liebe willen im Gehorsam seinem Wunsche vorauseilend. Und war sie, seine zukünftige Gattin, nicht selbst eine Proselytin der Macht, des Willens nach Veränderung und letztlich seines Judentums? Wagner war verhöhnt worden von ihr, in Grund und Boden gestampft in einer Hasstirade auf Antisemiten und Fanatiker bombastisch-musikalischer Vergötterung. Geschwärmt hatte sie zugleich von Spengler und von Machiavelli, dem Rad der Fortuna, aus dem der Eine, Einzige, Vorbestimmte herauszuspringen wagte, um einen neuen Zyklus zu begründen, ein neues fruchtbares Zeitalter einzuläuten nach Regeln, die er kraft seiner Wesensart, seiner Einmaligkeit wählte, setzte, bestimmte. André würde ihr beweisen, dass das Göttlich-Lenkende auferstand in einem Wesen, das sich selbst erschüfe.

Das kaltblaue Licht des Braun-Weckers leuchtete im Dunkel, verjüngte sich zu einem Strahl, der ungetrübt und klar in den Raum floss und seine Gedanken beleuchtete mit Wohlwollen und Zuversicht. Photonen, schwimmend in einem Meer aus Blau. Die Pupillen geweitet, begierig nach dem ewigen Licht, nach Wellen und Gleichmaß, war er frei für einen Moment, in dem er versank in seinem Traume. Morgen. Das Wort zerfloss im blauen Licht, tauchte ein in einen Strom aus Wissen und Beherrschung, einen Strom, von dem er endlich Teil war, der ihn nach alten, ewig waltenden Gesetzen in die Ferne trieb, zu einem Horizont, an dem die Zukunft dräute wie in einem mächtigen deutschen Buche.

Niemanden durfte sie ins Vertrauen ziehen. Niemanden. Keinesfalls. André hatte sie beschworen, Stillschweigen zu wahren. Gegenüber Jo, Frank und auch gegenüber Toni. Evas

Weggefährten, ihre konspirativen Genossen hatten sie doch selbst verbannt aus dem Raum, als sie ihre Abwanderungspläne schmiedeten. An der Fassade eines bayerischen Patrizierhauses hatte sie einst nachdenklich das Lebensmotto der Bewohner betrachtet, das in geschwungenen Lettern auf die drei freien Flächen eines Erkers gemalt war: »Humanitas, Fidelitas, Patria«. Sie vermochte sich der Trias nicht zu entziehen, stellte sich vor, wie der Hausherr hinabblickte auf Passanten, die unter seinem Wahlspruch verharrten.

McCrowley hatte die steinernen Weisheiten durch eine Value-Card ersetzt, an deren erster Stelle Exceeding Clients Expectations stand. Tragbare, auf Kreditkartenformat reduzierte Werte, die sich die Haptik glänzenden Papiers bewahrten und auf direkte monetäre Umsetzbarkeit zielten. Frank hatte sich eine Zigarette angezündet mit der Karte. Die Flammen züngelten am Papier, als wüssten sie, dass sie mehr als getrocknetes Faservlies vertilgen, sich durch Schichten fest gepresster Formeln kapitalistischer Welteroberung züngeln mussten. In Franks Augen blitzte Genugtuung, einen Tag, bevor er die wichtigsten Akten seiner Projekte kopiert und aus dem Büro geschafft hatte. Bei Nacht und Nebel, hatte McCrowley ihm später vorgeworfen. Gewissenhafte Erfüllung täglich erwarteter Überstunden, gelebtes Übertreffen der Kundenerwartungen hatte Franks Anwalt entgegnet. Frank war gegangen, übergelaufen ins Feindeslager mit der Aussicht, ein Spin-off aufzubauen, das McCrowleys Risk-Management-Abteilung in Grund und Boden stampfte. Die Anderen verharrten, bis der opportune Moment nahte, da Frank die Übernahme der Abteilung bis ins kleinste Detail geplant hatte. »Warum nicht«, fragte Eva, »sie könnten mir doch auch helfen mit der Datenvernichtung.« »Auf keinen Fall«, bestimmte André!

105

Nackt saß er auf dem Boden in Evas Zimmer, den Computer auf dem Schoß. »Mach dir keine Sorgen«, sagte er, »ich lösche, was gelöscht werden muss. Morgen gibst du den Laptop ab und lässt dich noch einmal krankschreiben. Geh zu Franks Anwalt und handle eine Abfindung aus, aber kein Wort über mich.« Irgendwann, sie dachte an Rom, den Ring, ein Leben in Paris, breitete sich ein Lächeln über sein Gesicht. »Done«, sagte er und klappte den Deckel des Laptops zu, »so, jetzt wird keiner eine Verbindung zwischen uns herstellen können. Ich habe einen kleinen Zwist per Mail organisiert. Sie werden denken, wir hätten uns zerstritten wegen mangelnder Loyalität zur Firma und dergleichen. Nächsten Samstag komme ich mit dem Wagen, und wir transportieren deine Sachen zu deinen Eltern.« Mit einem Tuch wischte er über den Laptop, verstaute ihn in einer Hülle. Als er neben ihr lag und eine Sanftmut über ihren Körper strich, die alle Schwere von ihr nahm, wusste sie, dass es die richtige Entscheidung war: André und Eva, ineinander verwoben waren sie, um ein neues Gewebe, den leuchtenden Stoff ihrer Träume zu bilden.

Auf dem Beifahrersitz des Peugeots wirkte sie wie ein Fremdkörper. Die klobigen silbernen Schuhe, die sie unbedingt noch vor ihrer Abreise in dem Schuhgeschäft unterhalb ihrer Wohnung kaufen musste – »Die will ich haben! Sind die nicht entzückend! Wie geschaffen für einen Spaziergang an der Promenade von Cabourg!« –, blinkten geschmacklos unter dem Handschuhfach. *Wild Thing* trällerte sie, *you make my heart sing*, während er sich konzentrierte auf das Gespräch mit ihren Eltern, die zumindest gebildet genug waren, zu wissen, dass Levy ein jüdischer Name war. Sie küsste ihn auf die Wange und erzählte ihm von Melanie Griffiths *road trip*. Eigentlich liebte sie ihn immer noch, Ray Liotta war und blieb ihre große Liebe. »Du erinnerst dich?«, fragte sie und er nickte wissend. »Du glaubst das doch auch? Sie liebt ihn doch immer noch?«, fragte sie und er antwortete: »Selbstverständlich.« Sie stellte den Sitz nach hinten, räkelte sich und philosophierte hinter halb geschlossenen Lidern über ›amour fou‹ und die Macht des Schicksals, gegen die auch ein amerikanischer Plot nichts ausrichten könnte. »Liebe, Liebe, Liebe«, rief sie plötzlich, sodass er fast erschrak über ihren Mangel an Selbstkontrolle. Unwillkürlich hauchte er ein beruhigendes »Schhh!«. Sie lachte, ließ die Hand zwischen seine Beine gleiten. »Amour fou! Genau das ist es! Wir zwei gegen Gott und die Welt«. »Wir zwei gegen Gott und die Welt«, wiederholte er und drückte auf das Gaspedal, um seinem Schwur, den er vermutlich etwas zu gleichgültig ausgesprochen hatte, mehr Nachdruck zu verleihen. Sie war nun endgültig Teil seines Systems, hatte die Brücken abgebrochen, um mit ihm ein neues Reich zu gründen. Den äußeren Feind hatte er geschaffen, den Graben vertieft zwischen ihr und diffusen Sehnsüchten, die sie auf ein Leben mit McCrowley Düsseldorf projiziert hatte. Er hatte sie gewonnen, gefangen mit ihrem Bedürfnis nach Schutz und Grenzenlosigkeit.

Er fuhr die Autobahn entlang, Hitlers endlose Autobahn, beschleunigte, überholte, mokierte sich über die deutschen Autofahrer und ihr stupid linientreues Verhalten. Wie die Schafe, rief er und überholte rechts. Warum denn nicht? Weshalb blockiert dieser Idiot die linke Spur – weil er Mercedes fährt? Er fuhr Peugeot. Aus Patriotismus, wie er zu sagen pflegte. Fahr niemals beim Kunden vor mit einem Nazi-Auto, hatte ihm sein Chef geraten. Wir unter uns, *you know what I mean.* McCrowley Paris blieb der französischen Automobilindustrie treu, genehmigte nur nationale Leasing-Wagen. Weshalb? Damit er sich in Deutschland belächeln lassen musste?

Er fuhr. Sie sang. Sie sang. Er fuhr. »Meinst du, ich sollte mich bei einer Werbeagentur bewerben? Eigentlich wollte ich das ja schon immer. Ist doch viel interessanter als dieser ewig gleiche Berater-Pyramidenquatsch!« Sie redete. Er schwieg. Sie redete. Er schwieg. »Entspann dich«, sagte er und legte ihr die Hand auf das Knie. Plätschernd, reißend, tänzelnd bewegten sich ihre Worte, verloren sich in einem Fluss der Laute, der sanft seine Gedanken begleitete – in unabänderlich rauschender Beständigkeit. Den Blick konzentriert auf deutsche Autos, deutschen Asphalt und Wälder, die sich an den Straßenrand drängten, als könnten sie den Plan durchkreuzen, fuhr er unbeirrt weiter hinein in dieses bayerische Jammertal, aus dem sie stammte. Je näher er dem Ziel rückte, desto unklarer erschien ihm die Umgebung. Die Wälder verdichteten sich zu einer dunklen Masse, gärend, trächtig, schwanger mit Licht, das unerwartet hell aus der pflanzlichen Hülle brach. Ihr Wortschwall ergoss sich in dieses Licht, als sei er schon immer Teil dieses vegetabilen Gebildes gewesen, als müsse er es aufsaugen, um Neues zu gebären, sich der endlosen inzestuösen Selbstbefruchtung widersetzen.

Ein Kind, er müsste sie schwängern. Fakten schaffen, die natürlich-biologische Überfremdung auslöschen durch ein Kind. »Vielleicht sollte ich mich in Paris bei einer Agentur bewerben?«, fragte sie erneut, und er lächelte, nickte, ermutigte sie mit strahlenden Augen.

Mehr als siebzig Kilometer fuhren sie durch sanfte Mittelgebirgslandschaften, deren geologische Besonderheiten sie nicht müde wurde zu erörtern, im festen Glauben an sein offensichtlich bekundetes Interesse. Die École des Mines, an der er studiert hatte, habe eine beeindruckende Gesteinssammlung, sagte er, was sie wiederum ermutigte, in geologischen Exkursionen zu schwelgen, die sie doch eigentlich gehasst hatte. »Die Wülzburg«, rief sie plötzlich, »hier oben! Siehst du sie? Wusstest du, dass Charles de Gaulle dort am Ende des Ersten Weltkrieges Kriegsgefangener war?« Ein erstauntes »Aah!« entwich seinem Mund, gefolgt von »Das ist ja interessant!«, und dann erzählte sie die Geschichte des Renaissance-Baus, während er an de Gaulle dachte. Antisemit! Judenhasser wie Pétain, Maurras, von Thadden und die endlose Liste derer, die sich jüdische Intelligenz und Loyalität zu Nutzen gemacht hatten, um Machtgelüste und die eigene Eitelkeit zu befriedigen. Gebraucht, nicht missbraucht, strategisch eingesetzt hatte er jüdische Begleiter, um die Herrschaft über Frankreich zu erlangen. Züchtigen, verdammen wollte er das jüdische Volk, ein, wie er sagte, »zu allen Zeiten selbstsicheres, herrschsüchtiges Elitevolk.« Die Franzosen stießen in dasselbe Horn wie die Deutschen, bekannten sich offen zum Antisemitismus, neideten dem jüdischen Bildungsbürgertum seine Stellung. Der Jude als Mittel zum Zweck der Macht, als Steigbügelhalter der Reichen und Mächtigen. Hatte ihn McCrowley womöglich nicht zuletzt seines Namens wegen ausgewählt? Levy. Ein Name, der nach Rothschild klang und jüdische Finanzmacht verhieß. Der Deal schien missglückt. Grossman selbst, ein jüdischer Vice President, hatte ihn degradiert, heruntergestuft von Fast Track zu Normal, eingeordnet in die Riege der Wartenden, die mit hoher Wahrscheinlichkeit noch ein Jahr länger mit Number Crunching zubringen mussten. André musste sich Back-ups verschaffen. Auf die Jewish Connection und Frankreich konnte er sich nicht verlassen. Er musste sich vernetzen, europäische Auswege finden, weltweite Zufluchtsorte bauen, den Feind benutzen, wie de Gaulle es getan hatte, für ein einziges Ziel, dem Dienst an sich selbst.

Eva würde ihre Pflicht erfüllen. Die Abfindung, die sie ausgehandelt hatte, war ein Taschengeld, erleichterte ihr jedoch den Ausstieg, gab ihr dieses Gefühl der Unabhängigkeit, von dem sie schwärmte, obwohl sie doch immer nur Liebe, Liebe, Liebe leben wollte. Als wären diese zwei Faktoren kompatibel! Als wäre es machbar! Naiv, lächerlich, brauchbar. Downgraden! Er musste sich einstellen auf eine Mutter, der sie Herzensbildung zuschrieb und einen Vater, den sie als Autodidakten und resignierten russophilen Idealisten bezeichnete. Sowjetophil! Er entwickelte zu seinem eigenen Erstaunen eine gewisse Neugier auf dieses bayerische Kuriosum, das sich trotz feindlicher Bedingungen behaupten, zumindest aber überleben konnte.

Mit einem Seitenblick streifte er Eva. Irgendetwas schien sich zu wandeln. Es war, als wiche alle Energie aus ihr, als verlöre ihr Körper seine Spannkraft. »Was ist mit dir?«, fragte er, und sie antwortete: »Nichts.« Schweigend fuhren sie weiter. Der Strom aus Worten schwoll ab, das Licht, der Wanderzug der Farben, des Rosenrots auf ihren Wangen verebbte. Bleich und wie leblos saß sie neben ihm, erstarrt in einer seltsamen Stille. Er spürte einen Druck, eine wehrhafte Energie, die sich aufbäumte gegen das Ziel ihrer Reise, um kraftlos, wie von einer höheren Macht getrieben, zurückzuweichen. Sie murmelte Worte wie Kindheit, Armut, Lieblosigkeit, Krankheit, spuckte die Worte aus wie einen Schwarm abscheulicher Insekten. Er hörte ihr zu, besänftigte durch Laute, die ganz unwillkürlich seine Zunge passierten, und dachte, welch Glück und Unglück sie zugleich hatte. Abwägend, kühl legte er die Worte auf eine Waage und kam zu dem Schluss, dass sie noch fühlte, ein Gefühl in sich trug, das er formen und in den Plan einbauen musste. Sie fühlte Hass und Enttäuschung gegenüber einem Elternhaus, auf dem eine bleierne Schwere lag, die sie erdrückt und in die Flucht geschlagen hatte. Dorthin wollte sie keinesfalls zurück, auch nach Düsseldorf war ihr der Weg versperrt. Jetzt musste er nur noch die Eltern überzeugen von der Ehrenhaftigkeit seiner Absichten, von der Aussicht auf ein besseres Leben in der Weltstadt Paris, vom Glück der Tochter an der Seite eines treuen jüdischen Ehemannes. Die Mutter besaß Evas Erzählungen zufolge ein schlichtes Gemüt, der Vater war resigniert und dürstete nach Aufmerksamkeit und Anerkennung. Eine Fingerübung für André, unumgänglich, aber einfach.

Als sie das Haus erreichten, eine Doppelhaushälfte aus den dreißiger Jahren, standen sie schon vor der Tür, Vater und Mutter, zwei verbitterte Kleinbürger, die jede Hoffnung auf eigenes Glück aufgegeben hatten, das Glück der Tochter aber als ihr wohlverdientes Substitut betrachteten, als Ausgleich für Entbehrungen, als berechtigte Teilhabe an einem Leben, das sie in sinnloser Routine und endlosen Vorwürfen zubrachten. Er erkannte, wusste es sogleich, auch ohne Beichte und Gejammer.

Auf dem Fensterbrett lagen Fotozeitschriften, stapelten sich chinesische Kalender und fränkische Reiseführer. Der Spitzenvorhang war aus Polyesterfäden, ein löchriges Gebilde, das Einblick verhindern und Ausblick gewähren sollte. Man blickte hinaus und wurde dennoch gesehen. Eva wunderte sich, dass dieser Mangel an Logik ihrem Vater kein Dorn im Auge war, dass er das beigefarbene Gewebe sogar ausgesucht und durch olivgrüne Übergardinen auf Fensterbrettlänge ergänzt hatte. Keine Topfpflanzen. Er hasste Topfpflanzen und gestatte seiner Frau nicht einmal, Schnittblumen in seine Nähe zu bringen. Sie erinnerten ihn an Krankenhäuser, Verwesung, Endstadium. Sein Herz hatte mehrmals beschlossen, dem Tod nun endlich das letzte Zugeständnis zu machen. Immer wieder hatte er über die Launen jenes Organs triumphiert, das ihm sein Leben zur Hölle gemacht hatte. Jeden Schlag in seiner Brust verdammte er, machte ihn verantwortlich für sein Versagen. Wenn ihn der moribunde Muskel in seiner Brust nicht im Stich gelassen hätte, wäre sein Leben anders verlaufen, betröge ihn seine Frau nicht, denn davon war er überzeugt, und er würde den Siegeszug des Kommunismus vielleicht doch noch erleben. Mit fünfzig bin ich tot, hatte er seiner Tochter gegenüber angekündigt, als sie sechs Jahre alt war. Dann bin ich achtundzwanzig, hatte sie gedacht, und sie malte sich aus, was sie dann wohl machte an diesem Tag, an dem er sicher nicht stürbe. »Mach die Tür zu«, schrie er, als ihre Mutter Tee und Apfelkuchen auf den Beistelltisch stellte, der mit einer altrosafarbenen Spitzendecke dekoriert war, auf der ein Taschentuch, Herztabletten und Valium lagen. Mach die Tür zu! Ständig zieht es in diesem Haus. Die treibt mich in den Wahnsinn«, presste er zwischen spröden Lippen hervor. Eva stand am Fenster und blickte hinüber in das Nachbarhaus, aus dem ihr neugierige Augen entgegenstarrten. André lobte den Apfelkuchen. »Das ist ein schwäbischer Apfelkuchen«, antwortete die Mutter, den Rücken gegen die verschlossene Tür gelehnt, stolz, »ein versunkener Apfelkuchen.« André steigerte sein Lob, wiederholte mehrfach: »Köstlich, ganz köstlich!« Eva lauschte dem Dialog wie einem Hörspiel, das der Vater des Nachts im Bayerischen Rundfunk aufnahm, wartete auf knirschende Türen, schlurfende Schritte auf morschen Dielen und eine Stimme, einen Deus ex machina, der sie erlöste. »Edda«,

sagte der Vater, lass uns allein. Edda. Der Großvater hatte
seine Söhne und Töchter nach germanischen Helden und Sagen benannt. Hermann, Hermine, Edda, Alfred. Dass er die
Lieder der Edda, ihre Überlieferung tatsächlich gekannt hatte,
bezweifelte Eva. Er hatte seinen Kindern Namen gegeben, die
den Gepflogenheiten und Erwartungen des Dritten Reiches
entsprachen. Sein Stammbuch sollte die Linienführung der
arischen Rasse dokumentieren, sich einschreiben in die Geschichte der Tapferkeit und Überlegenheit. Eva fragte sich,
warum er die Namen der Kinder – zwei waren während des
Krieges an Diphtherie verstorben – nicht nach alphabetischer
Reihenfolge gewählt hatte. Adalbert, Bertram, Chlodwig,
Dankwart, Elfriede... Vielleicht wollte er sich unterscheiden
von Hundezüchtern oder die eigene Rasse benennen nach den
von Himmler meistgelobten Vornamen, dem Wurf einen ok-
kulten Touch verleihen? Das ist ein Satellit 2000, sagte der
Vater, Kurzwelle haben wir immer gehört, und André nickte
zustimmend.

Germanisches Ahnenerbe. Ich taufe dich im Namen des
Vaters und des Sohnes und des Heiligen Geistes, sagte der
Priester und malte dem Kind das wässrige Kreuz auf die Stirn.
Der Großvater, in den Fleischhauerhänden hielt er das zerbrechliche Bündel, bewegte die Lippen unter Hitlers Bart und
betrachtete wohlwollend den gerundeten Leib seines Weibes.
»Mein Fleisch und Blut! Ich schlag dich! Ich krieg dich! Ich
stech' dich ab, du alte Sau«, schrie er Jahrzehnte später und
trieb die Großmutter mit einem Metzgermesser über den Hof,
bis sie Zuflucht im Heuschuppen fand und den schmiedeeiser-
nen Riegel vor das Tor schob. »Das ist ja ein schönes Bild«, sagte
André und deutete auf das grobkörnige Schwarzweiß-Porträt,
das über dem durch eine Kunstfaserdecke mit Jacquard-Muster

geschützten Sofa hing. »Ja, das ist Eva. So war sie. Nicht immer brav«, sagte er und sie spürte ein Augenzwinkern im Rücken. »Da wollte sie nicht mit zu ihrer Großmutter fahren«, und ein wenig Verärgerung schwang immer noch in seiner Stimme mit, »zuhause bleiben wollte sie und spielen. Die Familie muss man pflegen. Es ist eine Pflicht. Dann sind wir doch gefahren und sie war froh darüber. Omas Gugelhupf hatte ihr schon immer geschmeckt.« Evas Schneidezähne gruben sich in die Unterlippe, das Kinn schob sich nach vorn. Das Gesicht verzerrte sich zum Spiegelbild der Erinnerung. »Du kommst jetzt sofort mit«, hatte er geschrien, »stell dich nicht so an!« Als sie ihm zu entfliehen versuchte, die Hand nach dem Türgriff ausstreckte und in Gedanken bereits auf dem Fahrrad saß, den Berg hinabraste zur Wiese mit Hahnenfuß, rotem Klee und Rittersporn, Mohnblumen pflückte und den zarten Flaum der jungen Kapseln streichelte, hatte er sie am Ärmel gepackt und übers Knie gelegt. »Dir versohl ich den Hintern! Das hast du verdient! Zehn Schläge!« Es waren nur fünf, und sie war froh darüber. Danach fotografierte er sie. Der Blick verloren, die Tränen über die Wangen gewischt, hing sie an der Raufasertapete und musste sich am Gugelhupf erfreuen. In Frankreich heißt er »Kouglof«. »Mit Rosinen«, sagte André, »ich liebe deutschen Kuchen.« Es klang, als führe er sich mit der Zunge über die Lippen und ließe das Wasser im Munde zusammenlaufen. »Das Elsass, sagte der Vater, mal hier mal da! Komm wir fahren auf die Wülzburg! Dann siehst du gleich mal, wo de Gaulle in Gefangenschaft war.« Eva drehte sich um, hob die Hand zur Abwehr, sagte, sie müssten sich ausruhen, nicht heute, bitte, morgen vielleicht. André lächelte, stand auf und küsste sie sacht auf die Wange. Der Blick des Vaters machte sie verlegen, Röte überzog ihr Gesicht, das André am Kinn nun zu sich drehte. »Wir sind gleich wieder da«, sagte er, »hilf doch deiner Mutter inzwischen in der Küche!« Der Vater quittierte die Aufforderung mit einem wohlwollenden Blick, nahm die Autoschlüssel vom Schreibtisch und verließ mit André den Raum.

Erleichtert ließ sich Eva auf den Schreibtischstuhl sinken. Auf dem pompösen, mit floralen Schnitzereien verzierten Schreibtisch häuften sich Zeitungsausschnitte, Arzneimittelverpackungen und Notizen. Mit grünem Leuchtstift hatte der Vater den nächsten Samstag markiert, versehen mit der Notiz *Grundig. Satellit. Fürth. Betz.* Ein Eintrag der nächsten Woche erinnerte an einen Termin in der Kanzlei Weber. Eva blätterte schneller durch den Spiralkalender, versuchte, die aufkeimende Wut zu verscheuchen durch Papierkalender und Bildzeitungsartikel, die feinsäuberlich gefaltet und gelocht auf der saftverklebten Schreibtischauflage auf Verewigung warteten. Ein Leitz-Ordner klaffte offen auf dem Faxgerät, unter Jitzchak Rabins Konterfei die gekappten Beine des Bild-Girls. Die Faltung hatte durchaus ihren Reiz. Der Brieföffner mit dem Symbol der korsischen Freiheitskämpfer hatte den Körper des Mädchens entzweit und mit dem ermordeten israelischen Ministerpräsidenten gekoppelt. Eine Packung Lidocain vervollständigte das morbide Ensemble. Eva öffnete die Schreibtischschublade und wühlte ziellos darin herum, pochenden Herzens, eine Grenzüberschreitung begehend, die der Vater scharf verurteilen würde. Als sie ihren ersten an sie persönlich adressierten Brief erhielt, eine Benachrichtigung für die Kommunalwahlen, verwies der Vater auf das Postgeheimnis und die Wahrung der Persönlichkeitsrechte. Sie war erstaunt über die Feierlichkeit seines Ausdrucks, fühlte sich befreit aus dem elterlichen Gefängnis. Er musste den Blick bemerkt haben. Vielleicht entfaltete sich ein Lächeln auf ihren

Lippen, langsam, im Zeitlupentempo. »Warum schaust du so arrogant? Schau mich nicht so frech an«, sagte er und warf den Brief auf das Bett. Hatte sie ihn belächelt, die antrainierte Hellhörigkeit missachtet, um seinen Kontrollverlust zu provozieren? Oder war es der Anblick der Freude, den er nicht ertrug, den er vernichten musste, um den eigenen Missmut, die moribunde Seele zu besänftigen.

Unter einem abgenutzten Brillenetui lag ein Hochglanzbild, das eine Frau mit Brille zeigte. Die kurzen braunen Haare verdeckte eine Ballonmütze in hellem und dunklem Lila, mit einem ausladenden Schild, das die Augen verschattete. Nur zwei glänzende Pupillen strahlten in die Kamera, unterstützt von einem himbeerfarbenen Mund, der den dürren, in einem violetten Dufflecoat verborgenen Körper Lügen strafte. Die Apothekerin. In Sousse hatte er sie kennen gelernt. Als er Eva und der Mutter die Bilder zeigte, schwärmte er von einer gebildeten, aufgeweckten Frau, die Bakunin genauso liebte wie Rachmaninow. Die Mutter warf einen Blick auf das Foto, wandte sich sogleich ab, das Gesicht ungerührt, die Hände ungeduldig, und bereitete das Essen vor. Am Abend drang Geschrei aus dem Schlafzimmer. Der Vater hysterisch, die Stimme schrill, fast weiblich, die Mutter vergeblich, mechanisch und doch mit leiser Verzweiflung um Ruhe flehend. »Lass mich schlafen! Ich muss arbeiten«. »Du betrügst mich doch sowieso morgen. Mit deinem Inder oder dem Perser.« »Bitte lass mich schlafen.« Eva lag im Bett und hielt sich die Ohren zu, bis das Rauschen in ihren verdeckten Ohrmuscheln zu einem Lied anschwoll, bis sie in den Schlaf sank.

»Eva, kommst du?«, rief die Mutter und Eva war froh, dass sie eine Stimme dem nach Schweiß und Limonade riechenden Sanktuarium verlorener Hoffnungen entriss.

Als sie die Holzstiegen erklomm, die Hand über die dicken, unregelmäßigen Lackschichten des Geländers streichend, wusste sie nicht, ob sie froh darüber sein sollte, dass André sich des Vaters annahm oder ob es als Verrat zu deuten sei. Zwei Männer, die sich verschworen hatten, über Evas Schicksal zu bestimmen wie über den Kauf einer Zuchtstute auf einem Bauernmarkt.

Als er wieder in Paris an seinem Schreibtisch saß und der beruhigenden Abarbeitung seiner To-do-Liste nachgehen konnte, fühlte er sich erleichtert, erfüllt von einer Heiterkeit, die ihn das jüngste Malheur mit der McCrowley-Buchhaltung einen Moment lang vergessen ließ. Die Verhandlungen mit Evas Vater waren ohne jegliche Zwischenfälle verlaufen. Sie hatten die Abmachung mit einem Handschlag besiegelt. Ginge Eva nach Paris, würde André sie heiraten. Keine Fragen zu Düsseldorf und Evas Karriere. Das einzige, was den Vater interessierte, war die finanzielle Absicherung, die Aussicht auf eine Ehe mit einem Mann, der eine Familie zu versorgen wüsste. Andrés Vater hatte ihm erzählt, wie Ehen in Tunesien beschlossen wurden. Der Gedanke an die Hitze des Orients, eine freie, unbeseelte Wüste, deren Inneres jedoch brodelte von Insekten und Schlangen, trieb ihn auf den Rücken eines Kamels. In indigoblauen Gewändern, die Augen zu glühenden Schlitzen verengt, ritt er über den heißen Sand, verteidigte sein Land und eine dunkle, wilde Kinderschar, die bangend auf die Rückkehr des Vaters wartete. André hielt sich zugute, mit einer gegen Null tendierenden Fehlerquote sephardische Juden von Arabern unterscheiden zu können. Evas Bemerkung, sein Vater erinnere sie an stolze Berber, in deren bläulich umschatteten Augen sich die Orientsehnsucht des Westens spiegele, hatte André fast verärgert. Er schrieb sie jedoch ihrer physiognomischen Unkenntnis und literarisierenden Realitätsklitterung zu. Ihr Blick war nicht geschult, die Sinne nicht geschärft von der Notwendigkeit der Unterscheidung, dem Wissen um die Überlegenheit gegenüber einer ungebildeten Rasse, die die Beschränktheit der eigenen Natur nicht durch Bildung zu überwinden trachtete. Er rief sich die Tumbheit der Banlieue-Gesichter in Erinnerung und verscheuchte den Ritt durch die Wüste mit dem Gedanken an die deutsch-französische Vereinigung. Trockene Heizungsluft reizte seine Bronchien. Er lockerte den Knoten der Krawatte, entschloss sich, sie ganz abzulegen und öffnete die oberen Knöpfe seines Hemdes. Dunkles Brusthaar kräuselte sich unter dem Baumwollstoff, der feucht an seiner Haut klebte. Die Pariser Stadtwerke jagten zornig heißen Dampf durch Turbinen, der durch die Heizungen der Städter zischte, ob sie es wollten oder nicht. Der Zeitpunkt war exakt festgelegt, eine Justierung unmöglich. Hammerschläge, dröhnende Vibrationen der Rohre erinnerten daran, dass der Staat den Rhythmus bestimmte. Sich wandelnde meteorologische Bedingungen spielten bei der bürokratischen Festlegung des Winterbeginns genauso wenig eine Rolle wie das individuelle Wohlbefinden der Hausbewohner. André dachte an Auswanderung. Puerto Rico. Die Schweiz. Kanada. Auch dort gäbe es McCrowleys, Vorreiter wie Kopien. Er zog sich Hemd und Hose aus und ging in Boxershorts ins Badezimmer. Unter der Dusche, das Wasser war gerade so heiß, dass es die Haut in einen scharlachroten, aber doch ungefährlichen Zustand versetzte, shampoonierte er sich das Haar. Er ließ sich das Wasser über das Gesicht rieseln und dachte an Evas Brüste. Er rieb sich den Schwanz, entschied sich jedoch aus Zeitgründen gegen eine Fortsetzung. Als er aus der Badewanne stieg, duftete es nach Fisch in Rotwein und Schalotten. Rotbarbe. Auf dem Marché d'Aligre hatte sie ihn gekauft, den Preis verhandelt für beste Qualität. Tagesfang. Er stellte sich vor, wie sie dem schmierigen, nach Fisch und Eau de Vie stinkenden Händler aus Marseille ihre Familiengeschichte erklärte. »Und dann habe ich André kennen gelernt. Sein Vater stammt aus Tunis ...« Wahrscheinlich erhoffte sie durch die Verbrüderung einen Preisnachlass. Verbrüderung mit einem Pied-noir, einem lächerlichen Schwarzfuß! Sicher war er Algerier, nach dem Krieg in den sechziger Jahren in Marseille gestrandet. Über dem Herzen trug er wahrscheinlich eine Tätowierung. Ein Anker? Den Oberarm, immer noch muskulös und sehnig, bedeckte ein stümperhaft, mit billigen Farbpigmenten ausgeführtes Porträt einer Frau. Marina? Jocelyne? Symbole der Integration. Dem islamischen Verbot der Verstümmelung hatte er sich widersetzt, den Glauben verraten an die Religion des Kapitalismus, die Meere durchkreuzt mit den entzündlichen Wucherungen der Syphilis, bis er endlich zurückkehrte nach Frankreich und ihn das Penicillin und die fünf Schwangerschaften seiner südfranzösischen Ehefrau vor dem sicheren Tode retteten. Eva hatte diesem Freibeuter des französischen Sozialsystems sicher den jüdischen Hintergrund offenbart. Einen Augenblick mag er gezögert haben, bis der Geschäftssinn doch die Oberhand gewann und ihr ganz schnell einen Nachlass auf den unbemerkt erhöhten Preis gewährte. Den Fisch im Einkaufsnetz, kehrte sie zurück und bereitete ihn nach dem neuesten *Elle*-Rezept zum Abendessen zu.

»Schlimmer noch als eine Jüdin«, sagte er und küsste sie auf die Stirn. Die Augen flackerten nervös. Das Lächeln zerfiel in flatternde Andeutungen. Sie wusste nicht, ob sie lachen oder schweigen sollte. Ihre deutsche Scham, das katholisch-kollektive Schuldgefühl verunsicherten sie. »Ich darf das«, sagte er, »ich bin ja schließlich Jude.«

Den Fisch des Algeriers verzehrte er genüsslich. Immerhin konnte er es sich leisten, ihn von seiner zukünftigen deutschen Ehefrau auf dem Markt einkaufen zu lassen. Evas Augen glänzten, beseelt von Andrés Komplimenten und dem Gefühl, eine echte Pariserin zu sein. Dass sie dem von ihm gezeichneten Bild auf den Leim gegangen war, musste sie nicht wissen. Das Glück der Einfältigen bestand in ihrer Unwissenheit, die er ihr beileibe nicht austreiben würde.

Auf dem Tisch lagen noch die Reste des Frühstücks. Gegrilltes Brot, das André zweimal pro Woche bei seinem Vater abholte, dunkelbraun geröstet, die Krusten fast verbrannt, *bien grillé*, ein Bräunungsgrad, dessen Perfektion er selbst nicht glaubte, erzielen zu können. Der dunkle, mit dicker Glasur überzogene Schokoladenkuchen, für André Symbol der Beständigkeit, gesellte sich zu leuchtender Aprikosenkonfitüre der Marke »Bonne Maman«. Eva rieb sich den Schlaf aus den Augen. Die schwarzen Klümpchen, die sich auf ihren Wimpern gesammelt hatten, beäugte André missbilligend. Körperhygiene, Abschminken, Reinigung seien unerlässlich für die Funktionsfähigkeit des Organismus, sagte er und empfahl ihr die Gesichtslotion seiner Mutter. Die Stimme war klar, als poliere er die Töne, bevor sie seinem Mund entwichen. Der Nüchternheit der Laute widersprach sein Blick, der aus zwei glühenden Bernsteinen sprühte, in die sich ein Smaragd verirrt zu haben schien. Dennoch beschlich Eva das Gefühl, dass er erstmals einen Makel an ihr aufzuspüren begann, den er nun mit vertrauten häuslichen Hilfsmitteln zu entfernen versuchte. Er strich mit seinen langen, feingliedrigen Fingern über ihre Beine,

Fühlern gleich, die Spuren des Unvollkommenen zu ertasten. Vergewisserte er sich, dass sie seinen Anweisungen folgte? Nur deutsche Frauen trügen Nylonstrümpfe. Eine Französin zeigte stolz die glatten, unverhüllten Beine. Eva dachte an das kunstseidene Mädchen der verlorenen Träume. ›Man sollte nie Kunstseide tragen‹, heißt es, ›denn die zerknautscht so schnell mit einem Mann‹. André biss in das mit Konfitüre bestrichene Brot. »Was kochst du heute Abend?«, fragte er, nach einer Serviette suchend, die sie ihm wortlos reichte. Sie dachte an Düsseldorf, an ihr rotes Kostüm, den Plan, ein Buch zu schreiben, das die Kommunikation der Unternehmensberatungen revolutionierte. »Artischocken«, sagte sie und lächelte. Sie hasste Artischocken, er liebte sie. Die graugrünen Blätter des Distelgewächses, dessen Blütenherz in morbides Violett getaucht war, verdarben ihr den Appetit. Saftlose Hüllen auszusaugen, erforderte spartanische Talente. Der ungenießbare Pelz der Blätter, aussortiert wie widerborstige Insektenpanzer, ekelte sie. Belohnt wurden Geduld und Feinmechanik mit einem Herz, das mehlig und träge eine unentschiedene Masse auf der mit Verheißung gefügig gemachten Zunge bildete. »Mit einer klassischen Vinaigrette und einem Dip. Was meinst du?«, fragte sie, nicht einmal erstaunt darüber, dass Subsumtionen und Begriffskonstruktionen in fadem Eiweiß und Gallensaft versickerten. »Beides«, sagte er, den Blick nervös nun über sie hinweggeduckt auf seinen Blackberry. »Für die Herzen«, sagte sie, »vor allem für die Herzen« und legte ihr Ohr auf seine Brust. Er schob sie beiseite, ungeduldig, weg von dem Fanal, das aus dem Telefon drang. Er musste seinen Chef einschalten. Die Buchhaltung hatte ihn im Visier, obwohl er Blut schwitzte für die Firma und die Spesenrechnungen nur geringfügig zu seinem Vorteil, im Übrigen nach dem genauen Vorbild seines

Chefs, veränderte. »Un cœur d'artichaut«, fragte er, »weißt du überhaupt, was das bedeutet?« Der bittere Ton der ersten Silben ließ sie aufhorchen. Er packte seine Aktentasche, räusperte sich und fand zurück zu seinem Charme, dem öffentlichen Ich, das Entgleisungen nicht akzeptierte. »Ein Artischockenherz«, wiederholte er, die flimmernde Iris bereits an einem anderen Ort, »schenkt sich der einen und der anderen. Ein Blatt, ein Kuss für jede«, er küsste lachend ihre Stirn und fügte hinzu: »... die es verdient.«

Als er die Tür hinter sich schloss, stieg Übelkeit in ihr auf. Eva fasste sich an die Magengrube und setzte sich an den Tisch. Über der Aprikosenmarmelade schwirrte eine Fruchtfliege, geräuschlos, als wolle sie ihre Existenz verleugnen. Die Serviette, zusammengeknüllt, lag neben dem Teller, aus dem der scharfe Geruch verbrannter Krümel aufstieg. Evas Hand wanderte zu ihren Brüsten. Die Brustwarzen reagierten überempfindlich und gereizt auf die Fingerkuppen, die sich wie auf einem Kontrollgang misstrauisch annäherten. Mit seismographischer Genauigkeit bestimmten ihre Hände die ungewohnte Spannung des Leibes. Sie suchte reflexartig nach ihrem Taschenkalender und blätterte zurück. Zehn Tage über den vorbestimmten Zeitpunkt hinaus. Es gab keine Ausnahmen in ihrem Zyklus, der dem Mond gehorchte wie Ebbe und Flut. Die Pille hatte sie abgesetzt, seit sie Migräneattacken zu mehrtägiger Dunkelheit und einem Blitzkrieg der Neuronen verdammt hatten. Der Neurologe hatte ihr abgeraten. In ihrem Falle sei die Migräne nicht hormonell bedingt, sondern auf eine Übererregtheit des okzipitalen Cortex zurückzuführen. Sie traute dem Cortex genauso wenig wie dem Neurologen, der – »aus rein diagnostischen Gründen« – ein ausgeprägtes Interesse an ihren sexuellen Aktivitäten zeigte. Der pulsierende Schmerz verschwand, mit ihm auch die Farbkreise, die sich wie orangefarbene und eisblaue Plastikscheiben eines psychedelischen Mengenlehrekastens aus den siebziger Jahren übereinander schoben, um sogleich wieder von tapsigen Kinderhänden auseinander getrieben zu werden. Sie bedauerte das Ausbleiben der Farben, die Normalisierung des Gesichtsfeldes, das sich während der Auren in Flimmern auflöste, Sicheln durch tönerne Reliefs fegte. Auf die Begleiterscheinungen hätte sie freilich gern verzichtet, Magensäure, die durch die Speiseröhre gedrückt wurde wie heiße Fontänen eines isländischen Geysirs. Genuss war an Leid gekoppelt. Das hatte sie schon als Kind gelernt, und damit war nicht die Plattitüde ›Wer schön sein will, muss leiden‹ gemeint, mit dem man kleinen Mädchen die harten Bürstenstriche der Mutter versüßen wollte. Der Dämmerzustand, wenn der Schmerz nachließ hinter zitternden Lidern, war von einer Sanftheit, die sich in das Bewusstsein hineinrollte wie ein seidener Teppich. Zehn Tage. Musste sie nun Bangigkeit empfinden, Freude, das Wahrscheinliche als ein Naturereignis sehen, das ihre eigentliche Bestimmung erfüllte? Dass sie der körperlichen Veränderung mit Distanz begegnete, irritierte sie. Je mehr sich der Gedanke an eine Schwangerschaft – allein das Wort schien ihr abnorm, einer animalischen Welt zugehörig wie Trächtigkeit, Besamung oder Brunft – in ihr festkrallte, desto mehr sehnte sie seinen Abort herbei. Sie wollte Liebe, nicht einen aufgeblähten Leib. »Noch nicht, noch nicht«, wiederholte sie, langsam, laut, jede Silbe betonend wie eine Beschwörungsformel, die die Realität doch noch abwenden könnte.

Sie zog sich ihre Regenjacke über und ging hinunter auf die Straße. Das silberne Glitzern der Pariser Dächer, gestern noch wirklich, heute Jacques Brels Tränen. *Et c'est Paris tout gris/ dernier jour, dernière heure/ Première larme aussi.*

Aus der Bäckerei auf der gegenüberliegenden Seite der Avenue Ledru-Rollin winkte ihr die Verkäuferin zu. Sie deutete auf die Auslage und zeigte auf die frisch gebackenen Croissants. Eva lächelte, verdrängte den fetten Teiggeschmack, der sich auf ihre trockene Zunge legte, hastete weiter zur Apotheke. Jérôme Bellaïche, der jüngere Bruder des Apothekers, ein Verehrer der pomadigen Opern Puccinis und Liebhaber des im gleichen Stockwerk wie sie und André wohnenden Kostümbildners, bediente sie. Er nannte sie Madame Levy, da André sie als seine Frau vorgestellt hatte. Bellaïche verkaufte Medikamente mit der gleichen Begeisterung wie Zahnseide, Mundspülungen, Nagelpilztinkturen und Inhalationsgeräte. Selten verließen seine Kunden die Apotheke lediglich mit den verordneten Arzneimitteln. Bellaïche überredete mit mattgoldenem Augenaufschlag die Kundinnen zu sündhaft teuren Nachtcrèmes und überzeugte sogar Männer, vorwiegend sephardische Juden im mittleren Alter, von der Notwendigkeit von Glanzspülungen für trockenes Haar.

Selbstverständlich ergänzte er seine Kosmetikprodukte durch angesagte Neuerungen. Smaragdgrüne Crèmetiegel zierten die Auslage wie Juwelen eines orientalischen Sultans. Die Rue des Rosiers, die jüdische Einkaufsstraße im Marais, war nicht weit entfernt. Bellaïche scheute sich nicht, mit den Apothekern im Umfeld der Bastille zu konkurrieren. Er wusste die Textilfabrikanten des Sentier anzulocken – mit Tauschgeschäften und Verhandlungsgeschick. »Mais oui, lassen Sie ihre Karte hier liegen.« Der Stoff der Schaufensterdekoration ist von Berebbi? Die ganze Welt soll es wissen. Die Händler vertrauten ihm ihre Rezepte an und gewährten anständige Rabatte für Bar-Mitzwa-Anzüge, Hemden und schillernde Abendkleider. Joël Bellaïche, der ältere Bruder, dem vor allem die weibliche

Klientel eine Verwandtschaft mit dem in Algerien geborenen Schnulzensänger Patrick Bruel-Benguigui andichtete, kontrollierte die Finanzen, unterstützt von seiner Gattin, die seine Flirts im Geschäftsinteresse guthieß, an klaren Grenzen jedoch keinen Zweifel ließ. Neben der altmodischen Kasse, die ein Relikt aus den sechziger Jahren, das Erbe seines Großvaters war, stand ein silbergerahmtes Porträt einer stolzen, dunkel gelockten Schönheit, die mit schilfgrünen Augen das Geschäftsgebaren und die Flirts ihres Mannes betrachtete. Gelegentlich streifte Bellaïches verliebter Blick das Porträt seiner blutjungen Gattin, um den hartnäckigen Avancen seiner Bewunderinnen zu entgehen. Jérôme beendete die amourösen Spielchen mit mehr Konsequenz und Chuzpe. Die homosexuellen Kunden aus dem Marais entführte er nicht selten in die Wohnung des Kostümbildners, der ihm während der Arbeit im Atelier den Schlüssel anvertraute. Der Kostümbildner, ein schmächtiger Mittdreißiger mit einer Vorliebe für griechische Amphoren, Nachbildungen, die er in einem arabischen Souk erwarb und zur Aufbewahrung von Präservativen und Dildos nutzte, war der einzige Hausbewohner, mit dem sich Eva angefreundet hatte. Der Gedanke an Jean-Jacques hatte etwas Tröstliches für Eva. Es bestätigte sie in der zunehmend verblassenden Vorstellung, dass eine Welt außerhalb McCrowleys und künftiger Schwiegermütter existierte. Großmütig sah Jean-Jacques über die Eskapaden Jérômes hinweg und konzentrierte sich in buddhistischer Gelassenheit auf sein Work-out, das er penibel nach dem ewig gleichen Schema exerzierte, begleitet vom Dauerkläffen seines herzkranken Mopses.

Während Evas Gedanken über Leibesübungen und *Tosca*-Arien stolperten, suchte Bellaïche nach einem Schwangerschaftstest. Bei der letzten Bestellung hatte er sich auf

Gesichtslotionen mit Kaviarextrakt und die Pille kapriziert. Nach einer Weile kam er jedoch erfolgsgekrönt mit einem »Clearblue«-Test zurück. »Zwei Kinder«, sagte er, »mein ganzer Stolz«, und zwinkerte ihr zu. Eva versuchte ein Lächeln; es blieb jedoch bei dem vagen Versuch.

Als sie endlich die Wohnungstür ins Schloss fallen ließ, lehnte sie sich klopfenden Herzens gegen die Wand und öffnete mit zitternden Händen die Verpackung. Sie stürzte zur Toilette und las die Gebrauchsanweisung. Ergebnisfenster blaue Linie. Mit geschlossenen Augen lauschte sie dem Tröpfeln ihres Urins auf das Kontrollstäbchen. Als der blaue Streifen sichtbar wurde, erfasste sie eine helle Freude, die Angst und Rationalität fortspülte. Es war, als bräche die Natur durch den Asphalt der Vernunft und risse alles mit sich, was sich ihr widerstrebend in den Weg stellte. Einen Moment lang stand sie neben sich und beobachtete ein ihr fremd erscheinendes Wesen, das mit geröteten Wangen einen blauen Streifen küsste, zweifelnd und mit ironischer Überlegenheit, bis sie sich selbst verlor in der brachialen Flut der Hormone.

Sie griff zum Telefon und wählte seine Nummer. Schwanger. Ein einziges Wort löste eine Kaskade an Schmeicheleien, Liebesbezeugungen, Ermahnungen, Behütungsformeln und Zukunftsvisionen aus. André spann einen Kokon aus Wörtern, in dem sie sich einnistete wie ein schwaches, wehrloses Wesen, sich barg wie in einem pastellfarbenen Traum, den sie für Wirklichkeit hielt.

Zwei Wochen später begannen die Blutungen. Ein dumpfer Schmerz im Unterleib, ein Grollen, als rebelliere ihr Körper gegen die Absorption durch das Fremde, das er in sich selbst erschuf. Zuerst dachte sie, es würde vergehen, dann jedoch bestand kein Zweifel mehr. Als sich die hellroten Tropfen in einem karmesinroten Fleck verdichteten, wusste sie, dass es tot war. Von diesem Moment an wollte sie es behalten, sehnte sich nach nichts mehr als nach diesem werdenden Leben, das ihr Körper ausschied wie abgeschilferte Zellen und Fäulnisprodukte. Himmelblaue Augen und rosa Wangen versickerten in einem sumpfigen Morast aus verlorenen Möglichkeiten.

André blieb stumm, starr sein Gesicht. Jede Regung weggewischt, eine helle Fläche, bewegungslos und still. Er nahm sie nicht in den Arm, sondern betrachtete sie mit einer schmerzhaften Eindringlichkeit, als sei ihm erstmals ihre Unzulänglichkeit und Fehlerhaftigkeit bewusst geworden. Sie spiegelte sich in seinem Blick und sah sich selbst als Versagerin, als Mörderin seines Traumes.

Als ihr Tränen in die Augen schossen, ob aus Trauer über das verlorene Kind oder den Verlust seiner Hoffnung, vermochte sie nicht zu entscheiden, küsste er sie auf die Stirn und sagte: »Geduld und Ausdauer. Die Natur verwandelt selbst Ödnis in fruchtbare Erde.«

Was hatte sie erwartet? André verstand ihre Verärgerung nicht. Sie hatte sich von ihm abgewandt und sich heulend im Schlafzimmer verkrochen. Wie ein geprügelter Hund schlich sie sich davon, ihn mit ihren Blicken strafend, einem unglückseligen Amalgam aus Katholizismus und bajuwarisch-russischer Autoritätsgläubigkeit. Schuld und Sühne, Raskolnikows Drama spielte sich täglich ab in ihrer Seele, was auch immer das sein mochte. Sie weigerte sich, dem Leben ins Auge zu blicken, aus Furcht davor, sich selbst im Auge des Taifuns zu befinden. Stattdessen verkapselte sie sich in Romantizismus, warf sich hinein in eine Woge der Melancholie, die sie hin- und herriss zwischen Vergangenheit und

Zukunft und der eigenen Lebensgrundlage den Boden unter den Füßen entzog.

Beleidigt, geradezu erzürnt war sie über eine biologische Tatsache, als habe er sie nicht als Argument angeführt, sondern selbst in die Welt gesetzt. Es war ihm schleierhaft, wie sie eine missglückte Zellanhäufung als Kind betrachten konnte. Fehlbildungen, falsche Teilungen, ein ungehörter Befehl, ein Unfall der Natur provozierten eine zum tatsächlichen Sachverhalt völlig unverhältnismäßige Trauer. Sie konnte von Glück reden, dass es so früh passiert war, bevor ihr Körper gravierende Veränderungen durchlaufen hätte. Zwei Monate mehr und die Rückbildung ihres Gewebes wäre zeitaufwändiger gewesen, hätte Spuren hinterlassen, ohne ein Ergebnis, ohne eine Frucht hervorgebracht zu haben. Ihre Naivität sprengte die Grenze dessen, was er vermutet hatte. Glaubte sie tatsächlich, dass er sich eines missgebildeten Kindes annähme? Hätte sie den deformierten Fötus wahrhaftig ausgetragen, wäre eine Abstoßung post partum unvermeidlich gewesen. Der Prozess der Loslösung wurde dank einer gnädigen Laune des Schicksals verkürzt. Darüber hinaus war der Beweis erbracht, dass sie fruchtbar war. An ihrer Befähigung zur Mutterschaft bestand kein Zweifel, es sei denn, Unfälle dieser Art häuften sich. Er würde sich absichern. Die Unterzeichnung eines Ehevertrags würde er zur geschäftlichen Notwendigkeit erheben. Sollte sie die Mutter seiner Kinder sein, hätte sie nichts zu befürchten. Im Falle einer Unfruchtbarkeit musste er jedoch Sorge tragen für den Fortbestand seines Namens, seiner Familie, seines Stammes. Den Notar hatte Vater Jean bereits beauftragt. Er war ein Punkt auf der Liste der Hochzeitsvorbereitungen, dem er in den nächsten Wochen eine höhere Priorität zuerkennen müsste. Sobald sie sich beruhigt hatte, würde er sie ablenken mit der Menüauswahl für das Hochzeitsessen, Entscheidungen für Garderobe und Gästeliste. Er würde den natürlichen Prozess des Hormonabbaus nicht stören, sich stattdessen den handhabbaren, dem Gesetz der Machbarkeit gehorchenden Dingen des Lebens widmen. McCrowley war seiner zukünftigen Eheschließung wohlgesinnt. Eva war ein Stabilitätsfaktor, Ausweis von Bindungsfähigkeit und Work-Life-Balance. Sie war kein Verlust für die Firma, denn sie existierte nicht mehr als die, die sie war. Geschickt hatte er es verstanden, die Spuren zu verwischen, seine Liaison mit Eva aus Düsseldorf aufzulösen und die Liebe seines Lebens, wie es gewöhnlich hieß, in einer Frau gleichen Namens zu finden. Seine Weste war weiß. Dass er die Produktivität der Firma verringerte, indem er eine McCrowley-Mitarbeiterin heiratete, konnte ihm offiziell keiner zum Vorwurf machen. Dass er zugleich die Abfindungszahlungen mit Evas Anwalt verhandelte, bereitete ihm ein besonderes Vergnügen. Das Wagnis, die eigene Intelligenz im McCrowley-System auszutesten, hatte sich gelohnt. Er würde die Kraftprobe bestehen, sollten sie es auf einen Kampf ankommen lassen.

Die Wahl der Trauzeugen fiel auf Evelyne und Robert. Andrés älteste Freunde waren freigeistige Aschkenasim, deren Familien aus Polen nach Paris geflohen waren. Als André von McCrowleys Osterweiterung erzählte und aus Karrieregründen eine Übersiedlung nach Warschau in Erwägung zog, begegneten sie seinen Plänen mit Gleichmut und Entschiedenheit: »Glückwunsch! Cin! Darauf stoßen wir an! Hier und jetzt, denn nach Polen setzen wir garantiert keinen Fuß!« Damit war das Thema erledigt. Evelynes Schwester Carole war mit einem sephardischen Juden verheiratet und plante gerade ihre Alija, ihre Auswanderung nach Israel. Evelyne, die ihre Schwester immer beneidet hatte wegen deren Schönheit und Beliebtheit, war nicht unglücklich darüber. In Israel würde dem vierten Kind ein fünftes folgen und Carole sich endgültig dem Ehemann unterwerfen. So regelten sich die Dinge von selbst. Das Pariser Parkett gehörte Evelyne allein. Selbstverständlich hütete sich Evelyne, ihre Skepsis gegenüber sephardischem Machismo vor Eva in aller Deutlichkeit auszusprechen. Gelegentlich entglitt ihr dennoch eine Bemerkung über die patriarchalischen Muster der Sepharden, die sich von den arabischen kaum unterschieden. Eva amüsierte sich über diese Zänkereien, zumal André es beherrschte, die von Evelyne postulierte kulturelle Unterlegenheit der Sepharden kunstvoll zu parodieren. Über die Verhandlungtaktiken im Sentier spöttelte er genauso wie über den tunesischen Singsang seines Vaters. Bevor die Stimmung kippte, lenkte er um auf Themen, die ein Wortgefecht zwischen den Anwesenden garantiert ausschlossen, Israels Außenpolitik oder Evelynes Sardinentarte. Als André beiläufig Evas Abgang erwähnte, um sich bei Robert nach einem Spezialisten zu erkundigen, der Eva einmal gründlich durchchecken solle, erhob sich Evelyne und umarmte Eva. »Ruf mich an. Jederzeit«, flüsterte sie ihr ins Ohr. Eva war gerührt von dieser unerwarteten Geste. Evelyne zeigte nur selten eine Gefühlsregung, begnügte sich meist mit einer gekünstelten Bisous-Bisous-Attitüde, die wie eine Champagner-Variante der Münchner Bussi-Schickeria wirkte. Die Umarmung kam von Herzen. Evelynes Affektiertheit wich einer fast zärtlichen Nähe.

Evelyne und Robert präsentierte André als Vorbilder, erfolgreiche Protagonisten eines gesellschaftlichen Stücks, das er mit mindestens ebenbürtiger Virtuosität aufzuführen gedachte. Die Familien seiner durchweg begüterten Freunde bauten das Glück ihrer Kinder auf Immobilien und Seilschaften, die André als Sepharde nicht vorzuweisen hatte. Die einzige Immobilientransaktion, die sein Vater je gewagt hatte, war kläglich gescheitert. André blieb gar keine andere Wahl, als jeden halbwegs Erfolg versprechenden Kontakt als gesellschaftliches Sprungbrett zu nutzen. Eva bemitleidete ihn, wenn er um Anerkennung buhlte bei höhergestellten Kollegen, bewunderte ihn, wenn er sein Team um den Finger wickelte und Bekannte, die sich noch als nützlich erweisen könnten, umgarnte. Niemand vermochte sich Eva mehr ohne André vorzustellen, sie selbst empfand es so, obschon sie manchmal, wenn sie allein war in der ganz nach seinem und seiner Mutter Geschmack eingerichteten Wohnung, Zweifel beschlichen an ihrem Traum, der sich so anders zu entwickeln schien, als von ihr erhofft.

In Momenten wie diesen klopfte sie an Jean-Jacques Tür und wartete, bis er eine nächtliche Bekanntschaft hinauskomplimentiert hatte. Wenn er sie dann bat, auf einem Fauteuil Platz zu nehmen und ein Rilke-Gedicht zu übersetzen für einen jungen Amerikaner, mit dem ihn eine leidenschaftliche Liaison verband, war sie wieder annähernd bei sich selbst. Ihre Lippen bewegten sich frei, lösten sich aus dem Bann eines ihr wesensfremden Idioms, in den sie sich hatte ziehen lassen. Jean-Jacques machte derweil Klimmzüge an einer zwischen den Türrahmen befestigten Stange. »Willst du ihn tatsächlich zu dir nach Paris kommen lassen?«, fragte sie, die Beine seitlich abgewinkelt aus Sorge, eine der Kondom-Amphoren zu beschädigen. »Die Pariser Szene ist mir viel zu eng. So ein Fast-Food-Exot kommt mir gerade recht.« Er atmete durch und betrachtete gerührt die selbstgestrickten Socken, die ihm Evas Mutter geschenkt hatte. »Das war übrigens total süß von deiner Mutter. Hab' ich dir eigentlich schon erzählt, dass der alte Givenchy neulich bei mir im Laden war? Um ein Haar hätte er sich ein maßgeschneidertes Kostüm aus dem 18. Jahrhundert gekauft, wenn er nicht in Begleitung dieser dämlichen Zicke gewesen wäre. Ein Lifting, sag ich dir! Von einem Daumendruck wäre ihr die Stirn geplatzt. Du kannst dir überhaupt nicht vorstellen, welche Partys diese Leute feiern! Unfassbar«. Er schüttelte den Kopf und zündete sich eine Zigarette an. »Also, wie war das bei Rilke: ›Du musst dein Leben ändern‹? Sollte ich das? Oder meintest du ihn? Oder gar dich selbst?«, lachte er.

Thierry Resnais. Als er André erzählte, dass er sich ein Hôtel particulier im sechzehnten Arrondissement gekauft hatte, wusste er, dass er auf die richtige Karte setzte. Obwohl erst fünfunddreißig Jahre alt, war er einer der umsatzstärksten McCrowley-Partner. Seine Frau Tanja war Deutsche und für das Staffing der Berater zuständig. Wen sie verwarf, der konnte seine Siebensachen packen. Tanja war eine schmale, spröde Blondine, deren kaspischer Eisblick Schicksale besiegelte. Sie trainierte ihre Gazellensilhouette in jeder freien Minute, stemmte sogar unter dem Schreibtisch mit den Füßen Gewichte zur Stärkung der Beinmuskulatur. Für den Job war sie weit überqualifiziert, hatte in Harvard und London studiert, aber sie nutzte ihn geschickt, um ihrem Mann den maximalen Umsatz zu ermöglichen. In ein, zwei Jahren würden sie ein Start-up gründen und ins Big Business einsteigen.

Andrés Joker war Eva. Er überzeugte sie, Tanja über das Alumni-Netzwerk zu kontaktieren und beim Lunch Evas Chancen in Paris zu besprechen. Das Treffen wurde ein voller Erfolg. Tanja und Thierry aßen mit André und Eva zu Abend in ihrem Hôtel particulier, und am nächsten Tag war André

Teammitglied des größten Pharma-Projektes, das McCrowley Europa je an Land gezogen hatte.

Dass Eva tatsächlich glaubte, das Treffen diene dazu, ihre Karrieremöglichkeiten in Paris auszuloten, amüsierte ihn. Sie hatte ihr rotes Kostüm angezogen, um einen professionellen Eindruck zu erwecken, das Bild einer unabhängigen, selbstbewussten Frau abzugeben. Sie hielt an dieser Chimäre fest, obwohl die Zeiger der Realität *high noon* längst überschritten hatten. Er ließe sie noch ein Weilchen flanieren auf dem Spazierweg ihrer Illusion.

Der Return on Investment aber wäre weit höher, wenn sie sich beschränkte auf das, was sie am besten konnte: Ideen liefern. Vom Blasen mal ganz abgesehen. Im Business würde sie sich nur die Finger verbrennen und ihrer beider Zukunft den Hyänen zum Fraß vorwerfen. Arbeitsteilung. Eine effektive Gestaltung ihres Lebens könnten sie zusammen nur gewährleisten, wenn sie ihre Stärken und Schwächen ins Gleichgewicht brächten. Eine symbiotische Lebensgemeinschaft mit klar verteilten Aufgaben, perfekt koordiniert zum Wohle der Gesamteinheit, das war sein Ziel. Warum sträubte sie sich gegen diesen Entwurf, der ohnehin biologisch determiniert war? Immer wieder erzählte sie von ihren Sommerakademien, den zahlreichen Jobangeboten, sehnte sich nach einem freien und ungebundenen Leben, von dem sie geschmeckt hatte und mit dem sie einfach nicht abschließen wollte. Es kostete ihn mehr Zeit und Mühe als erwartet, Eva vom Nutzen eines hermetischen Systems zu überzeugen. Wann würde sie endlich den Gedanken an eine symbiotische Gemeinschaft verinnerlichen, ihrer Bestimmung als lebendiges, reproduktives Zellgebilde genügen?

Er würde es mit Argumenten versuchen, die den biologischen Diskurs sprengten. Ihr Innerstes müsste er treffen. Den

Grad der Abhängigkeit, der naturgemäß mit einem Verlust der Selbständigkeit einherging, den sie anfangs vielleicht als Mangel empfände, würde er unmerklich bestimmen. Sie sehnte sich doch nach Verschmelzung. Wenn sie sich an ihn presste, die Lippen um seine Brustwarze geschmiegt wie ein Säugling, ihren Kopf in seiner Armbeuge barg – dann waren sie verbunden in einer Ganzheit, in der sie nur existierten durch den Leib des anderen. Wenn sie die Hormone überfluteten, die Natur in ihr sich aufbäumte gegen die widernatürliche Domestizierung des Geistes, dann war sie sein Leben, das er nährte, das ihm die Kraft schenkte, sich selbst am Leben zu erhalten. Hugo. *Die Elenden.* Er suchte in seinem Schreibtisch nach einer Karte, entschied sich für Klimts Kuss, öffnete ein Tintenfass, das er der Romantik schuldig zu sein glaubte und schrieb:

›*Wie groß ist es doch, geliebt zu sein; wie viel größer ist es aber noch zu lieben. Das Herz wird heroisch durch die Leidenschaft.*‹

Das sollte genügen. Wenn sie die Zeilen am Abend mit einer Rose auf dem Kissen fände, wären ihre Zweifel, ihre Gedankenstürme wie weggefegt, ausgelöscht von einer Klarheit, die nur er ihr schenken konnte.

»Du musst die Seiten umblättern. Nicht zurückschauen. Ein anderes Kapitel aufschlagen«, hatte sie ihr geraten. Nun stand sie vor ihr, die Augenbrauen zu schmalen, vollendeten Bögen gemeißelt, die Wimpern einer Katze auf dem heißen Blechdach. Ihre Bewegungen jedoch, steif und hektisch, bildeten einen verwirrenden Widerspruch zum sanften Schwung ihres weichen Mundes. Die Stimme, schnappend, als heische sie ununterbrochen nach Sauerstoff, anstatt Laute zu produzieren, verriet die Augen, die nach frisch gerösteten Mandeln dufteten. Noch immer versuchte sie Eva zu einer schwiegertöchterlichen

Perfektion zu erziehen, nicht müde werdend, Kochrezepte vorzuschlagen und Kleiderfragen zu erörtern. Obwohl sich Eva dankbar zeigte für Ratschläge, die sie als Zeichen wohlwollender Zuneigung verstand, wurde Andrés Mutter den Verdacht nicht los, Eva fühle sich ihr überlegen, würde den Sohn eines Tages wegen ihres Ehrgeizes verraten. »Demut ist die Tugend einer Ehefrau«, sagte sie und erzählte ihr Geschichten von Ehefrauen, die betrogen und verlassen wurden von ihren jüdischen Ehemännern. »Sei schmiegsam und bewundere«, sagte sie, stolz auf das geglückt geglaubte Leben und unerbittlich in der Verbreitung der persönlichen Erfolgsformel. Den Gedanken an Widerspruch verwarf Eva, froh darüber, eine schwelende Feindseligkeit im Zaum zu halten. Dem Klischee einer ungeliebten Schwiegertochter versuchte sie ausdauernd zu trotzen.

Mimis Schneiderin fertigte das Hochzeitskleid für die standesamtliche Trauung, ein blaues Etuikleid mit Blazer, Weste, weißer Paspelierung. »Weiß wäre nun doch etwas lächerlich, nicht wahr? Du hattest ja ein Leben vor André«, sagte sie, traf die Stoffauswahl und bestimmte die Rocklänge. Beide Frauen ließen keinen Zweifel daran, dass sich Eva ihrem Urteil zu beugen hatte. Schließlich war sie ein Mädchen aus der Provinz, das sich Pariser Eleganz erst anzueignen hatte. Ohne zu murren posierte sie, ein folgsames Wesen, das für ihre künftige Rolle als Glücksdienerin vervollkommnet werden sollte. Der Lichtstrahl, der über die Place Pigalle in das Atelier drang, traf sie auf der Höhe des Herzens, als wollte er sie warnen vor der unausweichlich fortschreitenden Selbstauslöschung.

Die Hutmacherin Gabrielle war eine aus der Zeit gefallene Erscheinung, elfenhaft zerbrechlich, mit einem schmalen Mund, dessen Konturen sie mit einem Lippenpinsel dunkelrot betonte. Ihre alabasterfarbene, fast durchsichtige Haut, umhüllt von fließenden Gewändern, riefen Erinnerungen wach an Dickens' Miss Havisham. *Great expectations!* Mit Wasserdampf bearbeitete sie den widerspenstigen Buckram, bis er sich geschmeidig zeigte und sich in die gewünschte Form fügte. Die Auslage zierten Kreationen aus Tüll und Seidenrips, turmhohe Gebilde aus pastellfarbenen Federn und üppigem Samt. Über der Eingangstür thronte eine gusseiserne Tarantel, die ihre Augen, obschon gefangen im metallenen Netz, drohend auf die Besucher richtete.

Gabrielle puderte sich den Wangenknochen, der bläulich unter der Abdeckcreme hervorschimmerte. Obschon sie die Bewegung offensichtlich schmerzte, versuchte sie ihrer Geste eine gewisse Nonchalance zu verleihen. Eva schüttelte den Kopf, schwankte zwischen Wut und Mitleid. Er hatte sie wieder geschlagen! Wann würde sie diesen Nichtsnutz von Ehemann endlich zum Teufel jagen? »Du musst etwas unternehmen«, sagte Eva, »wie lange willst du das noch ertragen?« Gabrielle legte den Zeigefinger auf die Lippen, erhob sich und drückte Eva energisch auf einen abgewetzten Polstersessel mit Seidenvolants. Einer jadegrün und rosé gestreiften Hutschachtel entnahm sie andächtig ihr Werk. Sie strich Eva eine Strähne hinter das Ohr und positionierte den Hut auf ihrem Kopf. Im Spiegel erblickte Eva ein Haupt, auf dem ein märchenhaftes Gebilde aus kornblumenblauen Bändern, handgefertigten Seidenblumen und weißem Leinen erwuchs, kunstvoll gebunden um ein hochglänzend lackiertes Geflecht. »Der blaue Anzug deiner Schwiegermutter passt doch perfekt dazu«, sagte Gabrielle, und ein ironisches Lächeln umspielte ihren Mund, »Blaue Blume und Trikolore.«

Kein Blitz erhellte das lastende Grau. Der Himmel öffnete unvermittelt seinen Schlund und ergoss sich auf die Hochzeitsgäste. Vor dem Rathaus des zwölften Arrondissements drängten sich Männer und Frauen unter Schirmen, deren Kapitulation nur mehr eine Frage der Zeit war. Eva schmiegte sich an André, die weißen Kalbslederschuhe durchweicht, die Nylonstrümpfe nass an ihren Waden klebend. »Wo bleiben denn deine Eltern?«, fragte sie, verunsichert, zitternd unter dem dunkelblauen Blazer, den Hals gekrümmt, um das Hutungetüm zu schützen. Ihre Mutter und der Vater standen abseits der Gäste, dem Wetter und Paris hilflos ausgesetzt. Der Hut der Mutter, ein Rad aus Strohgeflecht und zitronengelben Blumen, rabenschwarz paspeliert. Der Vater hatte eine Zahnkrone verloren am Morgen. Mit einer pilzweißen Zunge leckte er verschämt die klaffende Öffnung, ein wenig stolz darauf, dass die Tochter einen Franzosen heiratete.

Die Zeremonie stand kurz bevor. Von Andrés Eltern keine Spur. Eine Angestellte bat die Gäste bereits ins Foyer, als Mimi und Jean endlich einem Taxi entstiegen. André versagte sich einen Kommentar, zog Eva hinter sich her ins Rathaus, konnte jedoch nicht verhindern, dass sie seine Mutter auf die Verspätung ansprach. »Nun, das ist eben so, ma belle! Im Leben läuft nicht immer alles so, wie du dir das vorstellst.« Dann wischte sie sich die Schuhe mit einem Tuch ab und eilte, von Jeans Schirm behütet, dem Hochzeitspaar hinterher. »Wir hatten eine Bettenlieferung«, rief sie den Gästen zu, um ihrer Geringschätzung für die Schwiegertochter Ausdruck zu verleihen. André versuchte Evas Ärger zu mildern und die Machtdemonstration der Mutter mit ihrer Nervosität zu begründen. Die Mutter! Als habe sie sich in den Kopf gesetzt, ihn vor allen Gästen zu demütigen für die Wahl seiner Frau, steigerte sie ihre Achtlosigkeiten und Provokationen in einem nicht enden wollenden Crescendo. Als André und Eva sich das Jawort gaben, war Eva den Tränen nahe. Sie umklammerte das blausamtene Familienbuch und barg ihr Gesicht an Andrés Schulter. André ließ die Mutter gewähren, sie hätte sich ohnehin nicht davon abbringen lassen, den Tag nach ihrem Gusto zu gestalten. Nach der Trauung musste sie partout im engsten Kreise das neue Apartment ihrer Tochter besichtigen, um die von ihr persönlich handgesäumten Vorhänge bewundern zu lassen. André wartete inzwischen mit den Deutschen – »Geh du schon mal vor mit den ›boches‹, den barbarischen Querschädeln!« – im Hôtel Meurice, vis-à-vis der Tuilerien. Über einen Bekannten hatten sie einen Salon in dem opulenten Prachtbau gemietet. Aperitif, Mittagessen und Kaffee. Sollten sie doch warten, sollten sie sich doch die Füße in den Bauch stehen! Wenn man nicht einmal in der Lage ist, das Hochzeitsessen der einzigen Tochter zu finanzieren!

André reichte seinen Schwiegereltern Champagner und blickte unruhig auf die Uhr. Die nicht zur Wohnungsbesichtigung geladenen Gäste, ein alter Geschichtsprofessor, den Eva als Trauzeugen gewählt hatte, die Schwiegereltern sowie Evelyne und Robert, Andrés Trauzeugen, bemühten sich, ihre Verlegenheit mit übertriebenen Glückwünschen und launigen Ausrufen zu überspielen, bis auch dieser Zeitvertreib ein Ende nahm und betretenem Schweigen wich. André befürchtete, die Stimmung könnte endgültig kippen, als seine Eltern schließlich zurückkehrten. Nachdem alle Platz genommen hatten, griff Eva sich ein weiteres Glas Champagner. André wollte es ihr aus der Hand nehmen, doch sie wandte sich barsch ab und stürzte den Inhalt in einem Zuge hinunter. *Nicht einmal meinen Hochzeitstag gönnt sie mir! Warum muss sie alles kaputtmachen?* Kein Gedanke in diesem Moment an André, der doch den Kampf gegen die Eltern ausgefochten, eine Deutsche, eine Schickse als Schwiegertochter durchgesetzt hatte. Er trug die doppelte Bürde. Er musste die Unzufriedenheit der Mutter eindämmen und Eva davon abhalten, ihrer Hysterie freien Lauf zu lassen.

Amuse-bouches und Entrée, Foie gras mit Quittengelee und Feigen, serviert mit einem honiggelben Sauternes, versöhnte die Gäste mit den Misslichkeiten des Vormittags. Andrés Anspannung löste sich auf und wich einem satten Lächeln. Auf seinem Gesicht machte sich Zufriedenheit breit. Mit jeder Rede, jedem Toast wurde er milder gestimmt diesem Tag gegenüber, dessen Ende er sich sehnlichst herbeiwünschte. Für einen Augenblick schien es ihm, als befände sich das Universum in einem längst für unmöglich gehaltenen Gleichgewicht.

Dann stand sie auf, die Wangen gerötet, bläulich schimmernd die Haut über dem Dekolleté, nahm eine Gabel und klopfte gegen ein Kristallglas. Es dauerte eine Weile, bis sie die Aufmerksamkeit der Gäste geweckt hatte. Sie räusperte sich, klärte ihre Stimme und begann: »Toc, toc«, bat sie um Ruhe, »jede Liebe beginnt mit einem Ton.« Dann erzählte sie, wie er sie kennengelernt und umworben hatte bis zu jenem Morgen, als Dana an das Hotelzimmer geklopft habe. André versuchte sie zurückzuhalten, ihnen beiden eine gesellschaftliche Blamage zu ersparen, doch Eva befand sich in einem unheiligen Sog, der sie taub werden ließ gegenüber Warnungen. Als sie bei »*Do you know that you are sleeping with my boyfriend?*« angelangt war, hinderte er sie zumindest daran, den Ausspruch zu übersetzen, indem er in ein ihre Stimme übertönendes Lachen ausbrach. Hinter der Lautkulisse verschwand sie wie ein ungezogenes Mädchen, das den Sonntagsgästen die Zunge herausgestreckt hatte. Das Lachen verselbständigte sich zu einer Woge, die zu aller Erleichterung auch die Gäste erfasste. Eva, irritiert über die eigene Chuzpe, vielleicht sogar froh, den Grenzgang glimpflich überstanden zu haben, setzte sich. Er umarmte sie und flüsterte ihr ins Ohr: »Bald haben wir es überstanden. Dann sind wir endlich allein.« Ihm war bewusst, dass er sie zähmen musste wie eine Hündin, die sich irrtümlich frei und wölfisch glaubte, sie bändigen musste zu ihrem eigenen Wohl.

Sie glaubte an einen Schwächeanfall. Das Hühnchen, das sie nebst einem schleimigen Salat und einer Tüte Chips verzehrt hatte, lag ihr schwer im Magen. André stützte sich auf die Armlehnen und versuchte sich Platz zu schaffen, abzugrenzen von seinem indischen Sitznachbarn, dessen Haut fettig glänzte und ein Knoblauch-Chili-Gemisch ausdünstete. »Siehst du«, sagten seine Augen, »ich hab' dir doch gesagt, dass diese Menschen einen anderen Stoffwechsel haben. Du wolltest es mir nicht glauben.« Eva beugte sich vornüber, einen Spuckbeutel für alle Fälle griffbereit. Die Galle sprühte bitteren Saft in die Mundhöhle, den sich die Kehle sogleich wieder zurückeroberte.

Als sie eine Zwischenlandung auf den Seychellen machten, war Andrés Wut auf dem Siedepunkt angelangt: »Das ist das letzte Mal, dass ich Economy fliege. Verdammte Holzklasse.« Neidvoll blickte er der Stewardess hinterher, die den Trennvorhang zwischen den beiden Kabinen sorgfältig schloss. Er hätte den Zuschlag für Business zahlen sollen, dann wäre ihm der Ärger erspart geblieben. Eva zog sich die Schuhe aus und rieb ihre unterkühlten Füße. Die Angst entzog ihren Zellen jedoch mehr Energie als die Kälte. Sie war schwanger. »Keine

Zeit verstreichen lassen«, hatte er gesagt. »Bloß kein Drama daraus machen, was für ein Timing«, hatte er ausgerufen, »fast zeitgleich mit der Hochzeit!« Er taxierte sie, als versuchte er die Chancen einzuschätzen. *No Love, no Nothing*, ein Lied, ein Text, ein schwarzer Gedanke nisteten sich ein in ihrem Kopf. »Chérie«, sagte er, »ma chérie d'amour, komm, ich wärme dich. Ich liebe dich. Ich beschütze dich«, und zog sie dicht zu sich heran. Seine Hände massierten ihren Rücken, trieben träges Blut durch ihre Adern. Seine Augen loteten ihre Lebenskraft aus, suchten nach Mattigkeit und Schwäche.

Bis zur Landung auf Mauritius umhüllte sie ein milder, sanfter Schlaf wie ein samtenes Tuch, das ihr Bewusstsein dämpfte, Farben vor ihren geschlossenen Lidern aufscheinen und wieder vergehen ließ.

Im Hotel war der Spuk vorbei. Sie nahm ein heißes Bad, hüllte sich in zwei dicke Frotteemäntel und legte sich ins Bett. André packte die Koffer aus, verstaute Wertgegenstände im Safe, reservierte einen Tisch für das Abendessen und begutachtete das Sportprogramm. »Morgen gehen wir Bogenschießen«, sagte er, »Wasserski mach' ich allein, das darfst du ja nicht«, und küsste sie auf die Stirn. Er schaltete den Fernseher an und wählte den Pay TV-Kanal: *Scarface*. Ihre Körper schmiegten sich aneinander und plötzlich, endlich waren sie wieder da, die Hoffnung, der Traum, das Leben! Tony Montanas Narbengesicht legte sich wie eine zweite Haut auf Andrés Gesicht, zeichnete Spuren, die sie mit Katzenzungenschlägen leckte. Mit der Spitze ihrer feuchten Zunge fuhr sie die ins Fleisch gekerbte Linie entlang, die sich von der linken Augenbraue bis zur Wange zog. Die kleinste Vertiefung, jede Unregelmäßigkeit der mäandernden Narbe spürte sie auf ihren Papillen. Lippen, Wimpern, Ohren, Augen schienen ihr belanglos im Vergleich zu der Nut, die sich durch lebendiges Gewebe fraß. Vernarbte Haut, verletzt, verheilt, ausgelöscht, in der sich eine unbändige Lust zeigte, die Welt aus den Angeln zu heben. Es war mehr als Machtgier, Heldensehnsucht, die sie in Andrés Augen las. Er und Tony, Fremde, aber beide Visionäre, die den Blick aufwärtsgerichtet, mit großen, kindlich naiven Augen einen Werbezeppelin mit der Aufschrift „*The World is Yours*" bestaunten. Das Glück beim Schopfe packen würde er, die Sterne für sie vom Himmel holen! Er umklammerte ihre Hand, begriff die Schicksalsnachricht, untrüglich, spürbar in seinem warmen Atem, als eine Aufforderung, sich die Welt untertan zu machen, und sie genoss es, seine Demut, sein Wissen um die Gefahr, seine Mission, zu der er sich berufen fühlte, die ihn sich auserwählt hatte. Sie streichelte seine Haut, ließ ihre Zunge gleiten über die dunklen Härchen, erlebte seine Häutung, wie sich aus Scarface sein eigenes Ich herausschälte. Er brauchte keine Vernarbungen, keine Stigmata, keine Versehrungen als Zeichen eines Kampfes. Den Weg zur Macht, den steinigen Weg zum Erfolg würden sie gemeinsam bewältigen, und er – er würde sich für immer die Reinheit seines Herzens bewahren. Davon war sie überzeugt.

Er hatte es geschafft. Hatte sie bewahrt davor, sein Kind noch einmal zu verlieren. War sie zu schwach? War sie nicht gebärfähig? Stimmte etwas nicht mit ihrem Uterus? Litt sie nicht unter Eileiterentzündungen? War sie traumatisiert? Wer war das heutzutage nicht? Modekrankheiten! Sobald sie wieder in Paris wären, ließe er weitere Untersuchungen an ihr vornehmen. Er durfte kein Risiko eingehen. Zu viel hatte er schon investiert in sie. Zeit. Energie. Geld.

Jeden Tag motivierte er sie, den Körper zu ertüchtigen. Morgens fand sie eine Ausrede, erbrach sich, mittags ermüdete sie, abends sehnte sie sich nach Schlaf. Ihr Körper wies bereits erste Spuren von Erschlaffung auf. Zwar spannte sich ihre Haut rosa und straff über dem Torso, ihre Beine jedoch verloren den Tonus, wurden weicher, runder, stämmiger. Der bäuerliche Schlag ihrer bayerischen Herkunft machte sich bemerkbar, was sich auf die Gebärfähigkeit indes nicht negativ auswirkte. Ihre wohlgerundeten Hüften waren wie geschaffen, seine Kinder aufzunehmen. Die Korrelation zwischen Knochenbau und Fertilität interessierte ihn. Ein Thema wie kein zweites für einen Forscher des Teutonischen! Wie er die Deutschen einschätzte, hatten sie bestimmt eine eigene Wissenschaft für die Interdependenz von Hüftbreite und Gebärfähigkeit entwickelt. Einen Zusammenhang zwischen Schädelform und Geistesgaben hatten sie schließlich auch hergestellt. Die Phrenologie hatte Eva laut ihren langatmigen Kindheits- und Jugenderinnerungen noch im Biologieunterricht behandeln müssen, und zwar nicht als wissenschaftshistorisches Kuriosum, sondern als ernstzunehmenden Vorreiter der Neurowissenschaften. Ihn erstaunte es jedenfalls nicht, dass Wissenschaftler daraus die Kraniometrie herleiteten und vor allem Deutsche Hirnvermessungen anstellten, bei denen Juden gnadenlos schlecht abschnitten. Juden und Kriminelle, was ohnehin das Gleiche war in den Köpfen dieser fanatischen Antisemiten. Er ließ seinen Blick über Eva schweifen, taxierte Hüften, Taille, Brüste. Dem Ideal kam sie vermutlich nahe, weshalb sie eine Anziehungskraft auf Männer hatte, die ganz simpel funktionierte: Titten, Taille, Arsch und Beine. Sie schlief. Normalerweise war sie aufgekratzt, heiter nach dem Sex, wollte reden über Dinge, die ihn nicht interessierten. Französische Philosophen, italienische Maler oder Filme der Nouvelle Vague. Wenigstens waren die Hormone stärker als ihre Lust auf Bücher, Filme,

Kunst. Es kostete ihn Überwindung, diesen öden amerikanischen Gangsterfilm mit anzusehen. Wenn er sie nicht genau beobachtet, ihre Hand gedrückt hätte, als sie gebannt neben ihm lag, wenn nicht dieser eine Moment gewesen wäre, indem sich seine neue Vision herauskristallisierte, dann hätte sich der Abend anders entwickelt, in einer Routine zerstreut, die einen befriedigenden Abschluss, aber keine Erhöhung seines Adrenalinspiegels zur Folge gehabt hätte. Scarface bewies ihm ihre einfache Struktur. Sie war eine Frau. Sie reagierte wie jede andere, schloss die Augen und dachte an Al Pacino. Der Gedanke an diesen primitiven Outlaw erregte sie. Einen Moment lang überlegte er, ob sie nicht doch irgendwann einen Dreier wagen sollten. Vielleicht nach der Schwangerschaft. Aber mit einer Frau. Warum nicht? War nicht Al bereits mit ihr im Bett? Fahles Licht drang durch die weißen Mousseline-Vorhänge. Der Mond wies ihm den Weg. Zeppeline. Den Luftschiffen des deutschen Grafen gehörte die Zukunft. Luxuriöser als die Concorde. Ausgestattet wie eine klassische Yacht. Dunkel glänzendes Mahagoniholz, blau-weißes Leinen und poliertes Messing. Oder doch lieber ein Designer? Jung, aufstrebend, innovativ. Central Saint Martins College? Er würde Eva fragen. Das *Elle*-Abonnement würde sich auszahlen, wenn sie ihn beriete. Air France, British Airways, American Airlines waren Kunden von McCrowley. Er musste ein Exposé verfassen, dem Aviation-Team einen Business Plan unterbreiten. Die Idee war genial. Wonach sehnten sich die Menschen mehr als nach freischwebendem Luxus? *Skyship Cruises*, nein: *Zeppelin Cruises*! Er sah die riesigen Lettern auf dem Luftschiff prangen. Gleich morgen meldete er eine Wortmarke an, ließe sich das Veranstaltungskonzept patentieren. Er sicherte sich ab, schlösse Geheimhaltungsvereinbarungen *inter partes, inter omnes*, nach allen Seiten. Den Wind aus den Segeln nähme er den Aasgeiern, die ihm auflauerten, die Schnäbel wetzten, um ihm die Leber herauszupicken. Schutz. Eine unanfechtbare Schutzstrategie musste her. Das Eintragungsverfahren würde bestimmt kostspielig werden. Mit McCrowley würde er einen Deal ausarbeiten. Ohne einen starken Partner vermochte nicht einmal er die Sache zu stemmen. Er öffnete das Fenster, blickte über den weiten, verlassenen Strand hinweg und lauschte dem Gesang des Ozeans. Das Leben breitete sich vor ihm aus wie ein glitzernder Teppich aus einer unendlichen Zahl winziger Tropfen, die sich aneinanderreihten, ineinander verströmten aus einem ureigenen Wissen um das große Ganze. Kein Horizont, kein Himmel, keine Erde mehr, nur eine mächtig sich ausdehnende Masse, deren Form einzig er allein bestimmte.

Neun Monate. Vierzig Wochen. Zweihundertachtzig Tage. Unfug. Wieso berechneten die Ärzte den Termin nach dem Ausbleiben der letzten Periode. Schwanger war sie erst zum Zeitpunkt der Befruchtung. Ihr Bewusstsein für die Entstehung eines neuen Lebens war schärfer als jede Berechnungsmethode. Jede Zelle ihres Körpers fühlte, entwickelte ein Sensorium, das den Wandel, Gefahr, Bedrohung erspürte. Selbst das Gehirn schien sich neu zu programmieren, einen Resetknopf zu installieren, mittels dessen Ziele und Interessen neu geordnet wurden. Eva zwang sich, die Gesamtausgabe Zolas zu lesen, beginnend mit der Geschichte der Familie Rougon-Macquart und ertappte sich immer wieder dabei, wie sie doch das *Eltern*-Magazin durchblätterte, Babykost-Rezepte notierte und Ratgeber über gelungenes Parenting verschlang. Ihrer eigenen Verwandlung stand sie zunächst skeptisch, dann staunend gegenüber, schließlich wehrlos, einem Prozess ergeben, den sie gesellschaftskonform als natürlich erachten sollte. André bestätigte ihr unablässig und mit zunehmender Freude, dass sie sich auf dem richtigen Wege befand. Als sie im Alumni-Buch ihrer Stiftung nach Kontakten suchte, um beruflich wieder Fuß zu fassen in Paris, war er enttäuscht, sogar verärgert. »Vorrang hat das Kind«, sagte er, »kümmere dich um deine Mutterpflichten, oder willst du dieses auch noch verlieren?«, fragte er sie herausfordernd, um ihr sogleich die Füße zu massieren, sie mit Macarons zu füttern. Sie kam sich vor wie ein gezähmtes Tier, Pawlows Hündchen, das für die erwünschten Verhaltensmuster mit einem Leckerli belohnt wurde. Es beschlich sie das Gefühl, dass ihr etwas abhanden geriet, das sie noch nicht zu benennen wusste. Das Schlimmste aber war, dass sie sich einlullte in eine Trägheit, der ihr Körper Vorschub leistete.

Als André für ein Projekt in Schweden weilte, zwängte sie sich in ein Kostüm, das ihr ein Relikt, eine Reliquie aus längst vergangenen Zeiten schien, und machte sich auf den Weg zu einem Termin in einer Werbeagentur an der Défense. André wusste nichts davon. Sie wollte ihn nicht verärgern. Er ermahnte sie oft genug, sich auf ihre neue Rolle, ihre Funktion zu konzentrieren. Jäger und Sammler. Höhlenmutter. Als sie am Bahnsteig wartete, die Mappe stolz unter den Arm geklemmt, trat sie so nervös von einem Fuß auf den anderen, dass sie dabei einen Schuh verlor. Der grüne Wildlederpump fiel auf die Gleise. Die Anzeigentafel wies auf das Einfahren des Zuges in zwei Minuten. Sie kniete sich nieder, beugte sich vor, um den Schuh zu erhaschen. In diesem Moment griff eine Hand nach ihrem Arm, zerrte sie zurück, sprang hinab auf das Gleis, kletterte mit dem Schuh nach oben und verschwand in der Bahn, die Sekunden später aus dem Tunnel einfuhr. Fassungslos stand sie da, zitternd über die eigene Unbedachtheit. André durfte sie auf keinen Fall von dem Vorfall erzählen. Er würde ihr nie verzeihen, ihr womöglich verbieten, aus dem Haus zu gehen, um das Leben seines Kindes nicht zu gefährden. Sie streichelte ihren Leib und wartete, bis das Gewissen beruhigt wurde durch die Lichter, das Rauschen, die Aufregung, endlich ihre Ideen zu präsentieren.

Die Agentur Clients on the Top, kurz COTT, war das Spinoff einer internationalen Werbeagentur, deren Gründer seine Erfolge für Selbstläufer hielt und eine neue Herausforderung suchte. Eva hatte ihn nach einem kurzen Telefonat von einem Treffen überzeugt. Nachdem sie eine halbe Stunde in der Empfangshalle eines Betonbaus aus der Mitterrand-Ära gewartet hatte, wurde sie von einer Sekretärin abgeholt und in den zehnten Stock begleitet. Morel, der Agenturchef, begrüßte sie in amerikanischer Manier. »Hey! Willkommen! Schön, Sie zu sehen! Wie geht's? Kaffee?«, sank in einen Corbusier-Sessel und forderte sie auf: »Legen Sie los! Bin gespannt, was Sie zu bieten haben!« Adrenalin raste durch ihre Adern, rote Flecke hüpften über ihren Hals, doch dann klärte sich die Stimme, gewann an Kraft und Stärke. Der Körper streckte sich, als richte er sich auf, um dem Neuen, der Beschränkung auf das andere Wesen, dem Verzicht auf ein eigenes Leben zu trotzen.

Ameise und Holzkugel vor weißem Hintergrund. Ein schockgefrorenes Insekt, die dunkel gebeizte Kugel erklimmend. Ein befreundeter Fotograf hatte die Ameise in das Gefrierfach gelegt, vorsichtig wieder aufgetaut und auf der Kugel platziert. Es war das perfekte Bild für die neue Werbekampagne der mittelständischen Modeunternehmer. Mit Fashion hatte es auf den ersten Blick nichts zu tun, war nicht bunt, nicht grell, nicht stylish. Genau das war das Ziel gewesen. Den Verband wieder sichtbar zu machen als tätige Organisation, die Dinge bewirkte, ins Rollen brachte. »Und der Slogan lautet: *Get the ball rolling!*«, betonte Eva, angespannt. Morel lehnte sich zurück, strich sich durch das dichte, graue Haar und applaudierte. »Großartig! Gefällt mir! Wenn das Budget stimmt, können wir loslegen. Sie hören von uns.«

Sie hörte nichts von ihm. Kein Brief. Kein Anruf. Keine Mail.

Die nächsten Wochen vergingen in einer die Sinne betäubenden Gleichförmigkeit. Die Veränderungen ihres Körpers, der wachsende Leibesumfang, die dunkle Linie, die vom Venushügel zum Bauchnabel führte, erschienen ihr unwirklich, einer fremden Zeitzone zugehörig, die mit den Abziehbildern ihres Alltags keinerlei Berührung hatten. André aß mit ihr, aß nicht mit ihr, war da, war weg, er schlief mit ihr. Er schlief mit ihr und fast hatte sie das Gefühl, als seien die Arztbesuche, die Ultraschallbilder wichtiger als sie selbst; dass sie nur ein Gefäß darstellte, das er davor bewahrte, Schaden zu nehmen.

Sie lag auf dem Sofa, die Beine gespreizt, die Knie leicht angewinkelt, eine Haltung, die sie den Druck des Kindes weniger spüren und die Beine abschwellen ließ. Er nahm ein Maßband und fotografierte den abgemessenen Umfang. Alles verlief nach Plan. Sie übererfüllte den Plan sogar durch einen Sohn. Als ihnen die Frauenärztin im vierten Monat mitteilte, dass es ein Junge werden würde, waren sie beide – ja, auch sie – sehr glücklich. *Le choix du Roi!* Die Wahl des Königs! Der Erstgeborene ein Sohn, danach eine Tochter, es war die ideale Geburtenfolge. Sein Vater jubelte, schenkte Eva von Stolz erfüllt ihre Lieblingsmacarons, und sogar Mimi verzieh ihm einen Moment lang seine Wahl, warnte ihn jedoch zugleich vor der für deutsche Frauen typischen Neigung, sich zu vernachlässigen, nach der Geburt nur mehr Mutter, nicht Geliebte, Frau zu sein. Dessen müsse er sich auf jeden Fall gewahr sein. Seit das Kind in ihrem Körper wuchs, veränderte sie sich. Ihre Haut bleich und anämisch wie ihre Gedanken, die sie ihm ausgezehrt und leer zum Abendessen servierte, ihr Haar nicht seidig, sondern matt. Ihre aufgequollenen Schenkel stießen ihn ab.

Es war nicht so, dass er sich zurücksehnte, einem irrationalen Verlangen nach Vergangenheit stattgab. Eva war süß, wenn sie in Rage geriet, niedlich wie ein zitterndes Kaninchen, wenn sie Angst hatte, vor einer Präsentation oder einem Abendessen mit seinen Studienfreunden oder Geschäftskollegen. Sie spürte intuitiv, dass sie nicht genügte, nicht genügen konnte, nicht Mutter und Gesellschaftswesen zugleich sein konnte. Sie war immer noch schön, aber eine Mütterlichkeit legte sich milchig auf ihr Gesicht und beraubte sie der Aura eines begehrenswerten Jagdobjekts. Er musste auf die Zeit vertrauen, darauf, dass die Geburt des Sohnes sie befreite von dem widernatürlichen Sehnen nach gesellschaftlicher Anerkennung. Sie war naiv und idealisierte den täglichen Krieg, das Gefecht um Nahrung, Geld, ein Auskommen, die Existenz! Abschütteln musste er ihre Fadheit, ihre Lethargie, die sie zersetzte wie ein schleichendes Virus, aushöhlte wie ein von Maden befallenes Tier. Abwehren musste er sie wie einen Parasiten, der ihn seines Lebenssaftes beraubte. Um seiner selbst, um des Kindes willen musste er sie bekehren zur alleinigen Bestimmung ihres Daseins. McCrowley machte ihm das Leben mittlerweile zur Hölle. Seine Kraft musste er konzentrieren auf Gefahrenminimierung. Der Druck, Umsätze zu generieren, wurde täglich stärker. Er solle endlich beweisen, dass er in der Lage sei, Großaufträge zu akquirieren. Bald stünden die nächsten Beförderungen an und er wisse ja, wie es liefe: Up or out! Was erwarteten sie eigentlich, diese Idioten? In seinen Bewertungsbögen markierten die Teamleiter höchste Leistungsfähigkeit und Schnelligkeit, warfen ihm aber Druck nach unten, mangelndes Verkaufstalent vor. Vielleicht sollte er sich doch Olivier anschließen und zum Konkurrenten wechseln. Weniger Renommee, na gut, aber die Bezahlung war top. Sein Instinkt trog ihn sicher nicht, wenn er ein Komplott witterte. Eine Absicherung mit Netz und doppeltem Boden brauchte er, es sei denn, er risse das Steuer noch einmal herum. Eva gab er noch eine Chance. Kriegsführung an zwei Fronten war unmöglich. Ihre Stimmungsschwankungen konnte er getrost dem Hormonkonto zurechnen. Sie lächelte über die rudernden Bewegungen seiner Arme, die schnappende Atmung, meinte vermutlich, er wolle sie amüsieren, aufheitern, wie sie es gewohnt war, doch glaubte er zu ersticken, drängte ans Fenster, um die abgestandene, brütende Schwangerschaftshitze hinauszutreiben in die kühle Pariser Nacht. Ihre Fragen, ihre Ratlosigkeit krallten sich in seinen Rücken mit tief ins Fleisch sich bohrenden Widerhaken.

Als er sich umwandte, war sie nicht mehr da. Aus der Küche wehte ihre Stimme herüber, leicht nun, lieblich, unverständlich, ging auf in einem Geruch, einem Duft nach Lamm und frischer Minze. Die wabernde Schwüle wich aus dem Raum wie die Wut, der Hass auf eine Frau, die ihm die Freiheit, die Luft zum Atmen raubte.

Er würde sie ficken. Ja. Es war Teil dieser Ehe, eheliche Pflicht und Körperhygiene.

Es lag neben ihr, in einem kleinen Wägelchen aus Plexiglas. Sein Gesicht war gelb, die wenigen Haare klebten an einem verformten Köpfchen. Die Ankündigung der Frauenärztin, »Sie werden sich öffnen wie eine Blume. Eine Bilderbuch-Entbindung! Sie werden sehen!«, hatte sich nicht erfüllt. Der Muttermund war wenige Zentimeter geöffnet, als die Schmerzen sie wegfegten wie ein mächtiger Sturm. Sie schnappte nach Luft, verkrampfte sich. Die Ärztin blickte auf die Uhr. Ein Abendessen um acht und diese Deutsche verweigerte die Epiduralanästhesie. Zu gefährlich, unnatürlich! Womöglich eine Hausgeburt! Achtzig Prozent ihrer Patientinnen entbanden unter Betäubung. »Wir geben Ihnen jetzt Sauerstoff«, sagte die Ärztin, »das sollte sie entspannen.« Eva hechelte nach Luft, atmete unter der Maske schnell und heftig. Jetzt bloß nicht schwach werden. Schmerz ist kein Problem für dich, besänftigte sie sich selbst. André war gegangen. Ein Termin. McCrowley ruft und weg ist er, dachte sie. Er verdient das Geld. Sei dankbar. Der Schmerz schoss durch ihren Leib, schrill und spitz, als zerfetze er die Gebärmutter. Das Kind. Ihr Baby. David, ihr Sohn. Die Schwester rief die Ärztin. »Wir leiten ein«, sagte sie und kontrollierte die Flüssigkeit, die Eva in die Venen injiziert wurde. Syntocinon, sagte die Ärztin und zur Schwester gerichtet: »Erhöhen Sie die Dosis.« Der Schmerz schnellte abrupt in eine Dimension, die Eva ertauben ließ. Nichts war mehr fühlbar in diesem Körper, dem das Gehirn einen Genickschlag verpasst hatte. Schwindel rettete sie in einen erlösenden Dämmerzustand, eine Zwischenwelt, die Kind und Schmerz nicht kannten. Die Stimme der Ärztin, verzerrte sich, schlängelnd wie eine Muräne durch Höhlen unter Wasser: »Epiduralanästhesie. Sofort. Zange.« Man beugte sie vornüber. Man steckte ihr eine Nadel in den Rücken. *Loss of resistance.* Widerstand. Aufgegeben. Zwecklos. Leichtigkeit. Der Schmerz löste sich auf, verschwand im Nichts, als hätte er niemals existiert. »Herzfrequenz 60. Bitte verlassen Sie den Raum.« André! Sie schrie. Er war da gewesen, fortgeschickt, schon wieder weg. Ein Gerät, ein Instrument zwischen den Beinen. Ein Schrei! Der erlösende Schrei. Eine Sekunde, zwei, da lag das blutverschmierte Bündel auf ihrer Brust und wurde ihr entrissen, einer Schwester übergeben, hinausgebracht. Die Ärztin entfernte die Nachgeburt, plauderte über Deutschland, Frankreich, Kunst, Kultur. Muss ich mich sorgen? Ist es krank? Aber nein, eine Beule am Kopf. Das wird verhärten, verschwinden unter den Haaren. Zangengeburt. Das Wort entkoppelte sich von der Stimme der Ärztin, pochte in ihrem Hirn, schaltete sich an ihre Synapsen, die sich verbündeten zu einer ängstlichen Allianz.

Als es nun neben ihr lag in seinem gläsernen Bett, die Augen fest zusammengekniffen, die Fäustchen geballt, beugte sie sich über es, lauschte seinem Atem, konnte ihn nicht hören, nicht spüren, legte ihr Ohr an seine Brust. Das Herz, der Atem, plötzlich laut und deutlich, ein Rhythmus, ein Klang, ein Molekül in ihrem. Sie legte die Hände, geformt zu einer Schale, knapp über den Kopf, ließ die Wärme durch die geöffneten Finger strömen. Ihr Kind.

Kein Schlaf. Alle zwei Stunden der Schrei. Nach Liebe? Hunger, Durst. War es Schmerz? Wie sollte sie es unterscheiden? Stille. Es lag neben ihr. Fremd. Vertraut zuerst, eins geworden und nun ein fremdes Wesen, fern. Unwirklich. Ein seltsames Gelb floss über sein Gesicht, ein Puzzle ihrer beider Gesichter. Seine Stirn, meine Augen, seine Nase, mein Mund, sein Kinn. Das Gelb versank in einem tiefen Orange. Hepatitis, sagte die Ärztin. Ans Fenster stellen. Sonne, meinte die marokkanische

Putzfrau. Eine fahle Pariser Märzsonne zwängte sich in das Zimmer. Das Kind lag da und öffnete die Augen, begierig nach dem Sonnenstrahl. Energisch sein Blick, kein Opfer, wild. Sie würde es retten, seinem rebellischen Geist Nahrung geben. Es war ein Junge. Er würde es gutheißen.

Drei Tage. Die Schwiegermutter brachte ihr Salat, »du willst doch deine Figur wiederhaben!«, und nahm Eva die Schokolade weg. Die Schwägerin ließ sich entschuldigen: »Es tut mir so leid. Depressionen. Ich möchte doch so gerne auch ein Kind. Den Anblick vermag ich gerade nicht zu ertragen, sagt mein Therapeut.« André, mit neuem Hemd und neuer Hose, die Haare kurz geschoren: »Wir waren einkaufen. Galeries Lafayette, Maman und ich.« Maman und ich? Noch einen Tag. Kein Herzproblem, bitte, lieber Gott! Sie ertappte sich dabei, wie sie betete, das Kreuz schlug. Im Namen des Vaters, des Sohnes und des Heiligen Geistes. Bitte, lieber Gott, lass ihn nicht krank sein! »Dem Kinderarzt glaube ich kein Wort. Er hat kein Herzproblem. Sobald du aus dem Krankenhaus kommst, fahren wir zum Kardiologen«, sagte er.

Die letzten vierundzwanzig Stunden »Ich habe mich getäuscht.«, sagte der Pädiater. »Wir gehen auf jeden Fall zum Herzspezialisten«, bestimmte André.

Sie lag im Bett und schlief, ausgelaugt, erschöpft, als das Handy klingelte. Die Stimme aus einer anderen Welt, klar, deutlich, schnell. Im Bruchteil einer Sekunde überflutete Adrenalin ihre Adern, richtete sie sich auf in ihrem mit Muttermilch befleckten Hemd. Niemand sieht dich. Niemand sieht dich. »Monsieur Morel möchte sie morgen zum Mittagessen treffen und die Details der Kooperation besprechen.« Details der Kooperation? Ihr Herz bebte, sie strahlte und sah ihr Kind. »Ich bin im Krankenhaus. Habe gerade entbunden«, stammelte sie und wusste, als die erste Silbe zäh über ihre Lippen rollte, dass es ein Fehler war. Die Laute am anderen Ende der Leitung verschwanden und mit ihnen die Hoffnung, dass sie jemals wieder die Luft frei atmete, einen Gedanken verwandelte in Leben.

Ein Kind. Liebe. Nichts war selbstverständlich.

Die erste Nacht nach ihrer Rückkehr war eine Qual. Das Kind, sie hatte einen jüdischen Namen gewählt, David, weinte stundenlang. Es schrie mit seiner grellen Stimme, raubte ihm den Schlaf, ließ seinen Bedürfnissen, Hunger, Durst, Angst, der gesamten Palette menschlicher Grundbedürfnisse freien Lauf. Rücksichtslos verlangte es Aufmerksamkeit und Nahrung und sie lag da, erschöpft davon, dem Kind die Brust hinzuhalten, erfolglos. Nicht einmal das gelang ihr. Zu wenig Milch. Jede halbe Stunde plärrte das Kind, jammerte seine Mutter. Am nächsten Tag ließ sich André für ein Projekt in der Schweiz eintragen. Als er seinen Koffer packte, dem Kind und ihr einen Kuss auf die Stirn drückte und endlich die Tür hinter sich schloss, fühlte er sich erlöst, befreit von einer zentnerschweren Last. Je mehr er sich entfernte, je mehr sich Raum und Zeit zwischen die Frau, das Kind und ihn drängten, desto mehr wuchs seine Erleichterung. So schön ist also die Welt, dachte er und blickte hinaus auf den Genfer See und die verschneiten, unter einer dotterfarbenen Sonne glitzernden Alpen. Brennende Lebenskraft, mächtig, ein glühendes Versprechen der Zukunft. Das Kind und Eva flirrten durchs Rot des Abendlichts, entfernten sich aus seinen Gedanken, und plötzlich fühlte er sich wieder frei und ungebunden. Er nahm die Visitenkarte des Kunden, ließ sie durch seine Finger gleiten, trank noch einen Portwein und wollte gerade zum Hörer greifen, als das Telefon klingelte. Er zögerte. Das Klingeln schwoll an zu einem Stakkato. Er wusste, dass sie es war. Noch einmal schrill und unerbittlich. Ihre Stimme ein einziges Wimmern. Das Kind erkrankt. Bronchitis? Das Fieber ansteigend. Sie selbst erschöpft von einer Grippe. »Komm nach Hause«, flehte sie, »was soll ich tun?« Er lauschte ihrer Stimme, versuchte in den kurzen, röchelnden Atemzügen die Dringlichkeit der Lage zu erkennen. Spielte sie ihm etwas vor? Es war sein Erstgeborener. Er durfte kein Risiko eingehen. »Nimm ein Taxi, fahr ins Krankenhaus«, sagte er, »bald bin ich wieder zurück, in einer Woche spätestens.« Beruhigendes Murmeln. Sentimentale Formeln, auswendig gelernt, um gewappnet zu sein für ihre bis zum Erbrechen ausgestoßenen Klagen. *Aber ja, chérie d'amour* (Sofortwirkung), *ich liebe dich* (Gefühls-Lexomil), *Schhh!* (Automatismus) und *Ich hab ein Geschenk für dich* (Lockstoff) *und den Kleinen* (Musketier). Dabei nur ein einziger Gedanke: Weg!

Er verstand seine Mutter, dass sie keine Neigung hatte, die Schwiegertochter zu besuchen, zumal Eva aus ihrer Abneigung inzwischen keinen Hehl mehr machte. Ihr ständiger Widerspruch, ihre Abgrenzung, die mangelnde Körperdisziplin – nach der Geburt hatte sie immer noch vier Kilogramm zu viel – vergällten ihr die Freude am Enkelkind. »Liebling, leg dich hin und schlaf! Gib dem Kleinen einen Kuss. Ich hab jetzt gleich ein Meeting«, sagte er und legte auf. Die Hand noch auf dem Hörer, ließ er den Atem aus seiner Lunge weichen, erleichtert, nicht noch einen weiteren Ton, ein weiteres Wort formen, ihre Hysterie mit dem Klang seiner Stimme besänftigen zu müssen. Er schloss die Augen, ließ das Abendlicht seine Lider wärmen und doch gelang es ihr, sich hineinzuwinden in seine Pupillen, sich breit und gefräßig seiner Gedanken zu bemächtigen. Er suchte nicht nach einem Grund, nach den ersten Anzeichen der Veränderung, nach dem Wendepunkt, an dem ihr Leben in ein unumkehrbares Ungleichgewicht geraten war. Ihr Leben folgte den Gesetzmäßigkeiten der Natur. Ihr Körper hatte seine Makellosigkeit verloren. Man hatte sie aufgeschnitten, den Damm durchtrennt. Nicht einmal sitzen konnte sie in den ersten Tagen. Auf einem Schwimmreifen saß sie am Frühstückstisch und verschlang Croissants, gab ihrem aufgedunsenen Körper Nahrung, Zucker, Fett und Trost. Ihr Körper floss an den Hüften pyramidal auseinander, ließ den Kopf verschwinden über dem schmalen Hals, der wie aufgepfropft auf einem schwammigen Oberkörper saß.

Die einzige Rettung bot die Zeit. Er musste Eva die Chance geben, ihren Körper wieder zu festigen, sich einzuordnen in das zerbrechliche Gebilde, das sie aufzubauen begannen. Sie brauchte Ruhe und in der Zwischenzeit würde er sich ein Ventil verschaffen, seine Triebe befriedigen auf eine unschädliche, für sie beide vorteilhafte Art. Er wählte die Nummer.

Eine Stunde später saß er in der Bar und beglückwünschte sich zu seiner Entscheidung. Sie tranken Martini, gerührt. Die Hände perfekt maniküft, die Beine auf dem Barhocker übereinander geschlagen, ließ sie kleine, grüne Oliven durch ihre gespitzten Lippen verschwinden.

Als sie im Morgengrauen, noch vor dem Frühstück, das Zimmer verließ, duschte er und dachte an die Projektverlängerung, die sie ihm versprochen hatte. Dann lüftete er den Raum, legte sich wieder ins Bett und strich das Laken glatt. Es war, als hätte sich nichts ereignet, nicht ein Windhauch sein Leben und ihre Liebe berührt. Ungetrübt erschien ihm die Zukunft, und auch Eva leuchtete verheißungsvoll in seinem Traum. Er war seinem Instinkt gefolgt, hatte sich befreit von dem Morast, dem Unrat ihrer nutzlosen Gedanken. Das Geheimnis ihrer Rettung offenbarte sich ihm nun in aller Klarheit, in unbedingter Reinheit: Selbstrettung. Abstoßung. Auferstehung.

III

GÖTZENDÄMMERUNG

Sie vermied es, den Blick über ihren Körper wandern zu lassen, zwang sich, einen Punkt an der Wand zu fixieren. Gespachtelt, geglättet, makellos, so schien es. Je mehr sie sich jedoch konzentrierte auf den Quadratzentimeter Wand, desto unreiner wurde die Oberfläche. Graue Schlieren und winzige Unebenheiten schwollen zu dicken blauen Adern an, gelblichem Ausfluss, der aus der Mauer troff und sich in sie hineinschleichen wollte. Sie zog die Schultern hoch und verkroch sich in dem grauen Baumwollschlafanzug, den André von seiner letzten USA-Reise mitgebracht hatte. Business Class Air France. Viel zu groß, unförmig. Sie versank darin, war jedoch dankbar dafür, dass die Konturlosigkeit ihres Körpers von einer noch ungestalteren Hülle verdeckt wurde. Sie steckte das Gesicht unter das Oberteil und sog die warme Luft ein, bis Übelkeit in ihr aufstieg. Eine abstoßende Melange aus mütterlicher Milchigkeit und säuerlich sich zersetzenden Schleimhäuten umfing sie. Anstatt sich angeekelt abzuwenden, atmete sie ein zweites Mal die Ausdünstungen ein, wie um sich von ihrer eigenen Abscheulichkeit zu überzeugen. Sie rümpfte die Nase und wandte sich ab von diesem Leib, der ihr der Rumpf eines fremden Tieres schien.

Sie lauschte, lachte auf, erleichtert darüber, dass sie keinen Laut vernahm außer dem beruhigenden Rauschen des Verkehrs und dem gleichmäßigen Ticken des Weckers. Fast glitt sie hinüber in den ersehnten Schlaf, als sich ein Schlüssel im

Schloss drehte und Schritte sich dem Schlafzimmer näherten. Er stand vor ihr, das Gesicht gerötet, ein wenig außer Atem, die Arme hinter dem Rücken verschränkt. Mit dem Shirt wischte sie sich die Achseln trocken. Die Finger fuhren ungelenk durch das unfrisierte Haar. »Er schläft«, sagte sie und lächelte milde, wie er es wohl von ihr erwartete. André lächelte zurück, fast gelöst, natürlich, verfiel ausnahmsweise nicht in seine Fotopose mit künstlich verzerrten Mundwinkeln. Er beugte sich über sie, strich ihr eine Strähne hinter das Ohr und flüsterte »Je t'aime, ma chérie«. Es klang wahrhaftig, nicht dahingeworfen wie eine Begrüßungsformel. Eva hörte sie durch die Silben hindurchklingen, die Leidenschaft und Unbedingtheit, die es doch gegeben haben musste, irgendwann. Weshalb hätte sie sonst ihre Heimat verlassen, alles aufgegeben, um sich langsam, aber unausweichlich in eine nordafrikanische Hausfrau und Mutter zu verwandeln. Einen Moment lang, er hatte die Arme um sie geschlungen und hauchte ihr beruhigende Laute ins Ohr, vergaß sie ihr neues Leben, die Rolle, die er ihr zugestand. »Das Kind«, sagte er und wandte sich brüsk ab. Aus dem Nebenzimmer drang ein Hustengeräusch, das zu einem grellen, verlangenden Schrei anschwoll. André ging ins Kinderzimmer. Eva hielt sich die Ohren zu. Das Geschrei verebbte nicht, stagnierte auf einem Pegel, der ihr durch Mark und Bein ging. Sie vergrub den Kopf unter dem Kissen, rieb das Ohr am Laken, um die Geräusche mit Gegengeräuschen abzutöten. Andrés Singsang, eine eigentümliche Mischung aus liturgischen Klängen und arabischer Melodik, drang dennoch zu ihr hindurch. Sie hasste sich für ihre Abwehr, die Unfähigkeit, diese unbedingte Mutterliebe zu empfinden, die doch alle als natürlich erachteten. Das Kind, David, immer noch fiel es ihr schwer, den Namen auszusprechen, obwohl sie ihn doch vor Monaten gewählt hatte. Als es in ihrem Leib gewesen war, und für einen Moment nach der Geburt, hatte sie eine zärtliche Verbundenheit gespürt. Jetzt bedeutete es nichts als Pflichterfüllung. Die dunklen Kulleraugen hatten plötzlich etwas Bedrohliches, glühten unter einer Stirn, die Forderungen und Ansprüche barg.

Irgendwann verstummten die Laute. Gleich käme André ins Zimmer und legte ihr die Fortschritte des Kindes dar, seine Schwächen, die Art und Weise, wie es mit den Augen seine Bewegungen verfolgte. Seinen Intelligenzquotienten versuchte er allein durch die Intensität des Blickes zu dechiffrieren, Energie und Durchsetzungskraft glaubte er an den geballten Fäustchen zu erkennen. »Der geborene Führer«, hatte er gesagt, als das Kind ihn wütend angefunkelt hatte, weil André ihm die Rassel weggenommen hatte. »Führer?«, hatte sie scherzhaft erwidert. »Dazu musst du ihn erziehen«, lautete seine Antwort, frei von Humor, mit bitterem Ernst wie ein Gebot artikuliert, wie ein Befehl. Eine Tochter, ja, ein Püppchen, das bräuchten sie noch. Irgendetwas Soziales, Ärztin vielleicht, mutmaßte er über das Ungeborene, das sei die Berufung der Tochter. Er scherzte nicht über seine Nachkommen, der Glaube an die Verewigung seines genetischen Materials und die Festschreibung der dem Nachwuchs zuerkannten Charaktereigenschaften wurde um so stärker, je schwächer sich Eva selbst zeigte. Sie schien sich zu verpuppen, einzuspinnen in einen Kokon, wehrlos einem natürlichen Prozess ausgesetzt. Einzig die Hoffnung, eines Tages strahlend wiederaufzuerstehen als sie selbst und zugleich eine Andere, ließ sie die zunehmende Gleichgültigkeit, mit der André sie strafte, ertragen. Vielleicht würde er sich ihr wieder zuwenden, wenn ihr der Gedanke an die eigene Zukunft entschwände.

Das Kind hatte aufgehört zu weinen. Andrés Stimme, das sanft wiegende Schmeicheln wurde abgelöst von einem klaren Business-Stakkato. Termine. Morgen. Donnerstag in Rom. Rom! Sie dämmerte in einem Erinnerungsschlaf, als er sich neben sie legte. Er küsste sie auf die Schulter und legte die Hand auf ihren Bauch. Sie hielt den Atem an, lauschte nach der Hand und ihrer Absicht. Gebenedeit unter den Frauen. »Schlaf gut, chérie«, flüsterte er, schüttelte das Kopfkissen auf und drehte sich auf die Seite. Erst als sein Atem ruhig und gleichmäßig von tiefem Schlaf kündete, glaubte sie daran, dass er bei ihr war. Sie nahm seine reglose Hand und löschte ihre Gedanken im Traum.

Sie lag zusammengerollt auf der Seite. Ein leises Röcheln drang aus ihrem Brustkorb. Schlaftrunken tappte seine Hand nach ihrer Brust. Weicher, fülliger. Seine Finger betasteten den Rest des Körpers, dessen ursprüngliche Festigkeit in einer mütterlichen Sanftheit zerfloss. Er strich über seine Erinnerungen hinweg und versuchte, sich an den Begriff der Sanftheit zu gewöhnen, einen reizvollen Kontrast zu schaffen zu dem straffen, jugendlichen, perfekt geformten Körper, den er vor gar nicht langer Zeit noch unter sich gespürt hatte. Seine Finger glitten, unwillkürlich, gewohnheitsmäßig, zwischen ihre Beine. Ihre Feuchtigkeit allein genügte, um das Blut durch seinen Penis zu treiben. Die Erektion war stark wie immer. Reine Mechanik, eine unabänderliche Kausalkette menschlicher Reproduktion und Lust. Die Hände aber fühlten anders als die Augen. Er betrog sie mit dem Gedanken an die Andere, verwandelte Vision in Haptik. Einen Augenblick lang war er verwundert, dass sich die Routine seiner Handgriffe nicht negativ auf seine Lust auswirkte. Er zog ihren Po an sich heran, spreizte die Backen und bewegte den Penis an den Eingang. Sie kam ihm entgegen, folgsam, gab ein Geräusch von sich, das man mit ein wenig gutem Willen als genüsslich interpretieren konnte. Er stieß zu, bewegte sich wie immer, und dieser Gedanke hatte etwas erstaunlich Beruhigendes an sich, bis er kam. Er küsste sie auf die Schulter und drehte sich auf die Seite. Gleich stünde er auf und ginge ins Badezimmer. Sie kam ihm jedoch zuvor. Trainierte sie ihren Beckenboden nicht? »Du weißt schon, dass du deine Übungen machen musst, oder?«, sagte er nun doch ein bisschen verärgert über ihre Nachlässigkeit, wischte sich das Sperma ab und blickte auf die Uhr. Sie streifte sich den seidenen Morgenmantel über, den ihr seine Mutter geschenkt hatte, wohl wissend um die Notwendigkeit, diesen Körper zu verhüllen, und schloss wortlos die Tür.

Ihre Nachricht belebte ihn. Croissants in der Hand, den Blackberry am Ohr stand er auf dem Gehsteig und hörte sich zu, wie er Liebesbeteuerungen flüsterte und Termine, Staffings, Bottom-Lines festzurrte. Die Stimme, eine Spur zu harsch, sie spürte es, ein Lächeln und wieder mehr Weichheit, Schmeichelei wohldosiert. *Séduction*, Verführung als Prinzip. Wenn die Schweizerin ihm diesen Auftrag verschaffte, hätte er den Vice-President-Posten zu hundert Prozent in der Tasche. Wenn sie glaubte, sie könne ihn ficken, dann hatte sie sich geschnitten. Er würde sie vernichten, wenn sie ihren Deal nicht einhielte. Weshalb aber zweifelte er? Er musste sich absichern. Mit Netz und doppeltem Boden. Die Zeit entglitt ihm. Schon nächste Woche fänden die Wahlen statt. »Zwei Monate Verlängerung. Perfekt«, sagte er und dachte an das Billing für zwei Berater und sich selbst. »Dienstag«, sagte er und hauchte ein ›Chérie‹ hinterher. Noch einmal würde er ihre gebleachten Hasenzähnchen nicht auf seinem Schwanz spüren wollen. Seine Eichel war ohnehin überempfindlich, weil dieser Pfuscher von Rabbi ihn stümperhaft beschnitten hatte.

Beschwingt eilte er die Treppen hoch und nahm sie in die Arme. »Zieh dich an«, sagte er schnell, »David kommt auch mit. Wir gehen einkaufen.«

Als sie zusammen auf der Avenue Ledru-Rollin flanierten, war er fast ein wenig stolz auf seine kleine Familie, jedenfalls zufrieden. Sie trug einen dunkelblauen Mantel mit einem breiten Ledergürtel, der ihre Taille in Form brachte und eine Sonnenbrille, die ihre Augenringe vorteilhaft kaschierte. Sein Sohn lag im Kinderwagen und saugte am Schnuller, die braunen Augen staunend auf die bunten Auslagen der Geschäfte gerichtet. Er war begabt, hochbegabt, er wusste es. Welches Kind zeigte in diesem Alter schon solch ein Interesse an Farben und Geräuschen? »André!«, eine Stimme riss ihn aus seinem Gedankenfluss. Er drehte sich um und erblickte Marcel, einen Kollegen, der wie er selbst zum Partner gekürt werden sollte. Küsschen links, Küsschen rechts. »Du kennst ja meine Frau. Eva, du erinnerst dich?« Sie nickte. Er wollte, sie könnte ihre Zerstreutheit geschickter verbergen. Der Andere, er war nicht wirklich ein Konkurrent, erzählte ihm, dass er aus sicherer Quelle erfahren habe, dass nur vier Berater zum Partner gewählt werden sollten. »Da musst du dir keine Sorgen machen«, Hinterhältigkeit troff ihm aus dem Mund, »du wirst auf jeden Fall Partner.« André lachte, sonderte einen Satz ab, der nach ›*Never change a winning team*‹ klang und sprach eine Einladung zum Abendessen aus. »Du musst unbedingt Evas Apfelstrudel probieren! Nicht wahr, Eva?« Er wandte sich ihr zu, doch sie wischte David gerade den Mund ab, unverständliche mütterliche Worte murmelnd. »Da sage einer, die Deutschen kennten sich nicht aus in Pâtisserie.« Er kokettierte mit der französischen Arroganz den Deutschen gegenüber, zumindest was Kulinarik betraf, wohl wissend, dass er mit seiner binationalen Ehe einen Trumpf besaß, den der Andere nicht vorweisen konnte. »Den Champagner bringe ich mit«, sagte der Andere, »die Veuve lässt grüßen.« André zuckte zusammen. Hatte der tatsächlich den Champagner-Deal an Land gezogen? Das waren mindestens vier Berater, gestafft über fünf Monate. Sourcing und Distribution. Gesichtsmuskeln entspannen, sagte er sich, lässig darüber hinweggehen. »Nächste Woche, nach den Wahlen?« Er zeigt auf die Vitrine eines Antiquitätenhändlers. »Wir müssen dann mal. Ich habe Eva ein kleines Geschenk versprochen.« Er zwinkerte und machte ein Zeichen mit Daumen und kleinem Finger. »Call?« »Call!«, erwiderte der Andere, küsste Eva flüchtig auf die Wange und ging weiter in Richtung Faubourg Saint-Antoine.

Einen Moment lang zögerte er, als die Besitzerin ihm den Preis nannte. Fünftausendfünfhundert. Er müsste ein paar interne Anpassungen in der Buchhaltung vornehmen. Fünftausendfünfhundert für ein Collier, ein Armband und einen Ring. Achtzehn Karat Gold. »Ich habe es selbst in den siebziger Jahren auf einer Auktion ersteigert«, sagte sie und entnahm die Halskette einem schwarzen Samtetui mit crèmefarbenem Satinfutter. Eine goldene Schlange mit Rubinaugen blitzte ihn an. Eva stand neben ihm und zupfte an seinem Ärmel. Er hob die Schulter und schüttelte sie ab. »Haute Couture«, sagte die Besitzerin, »Fred. Ein Meisterstück.« In fünf Jahren würde sich der Preis verzehnfachen, dachte er, und streifte Eva den Schlangenring über. »Wie angegossen«, flötete die Besitzerin. »Fünftausend«, sagte er und zog seine goldene Amex aus der Brieftasche. »Aber André«, Eva hob zu einem zaghaften Widerspruch an. Konnte sie nicht einmal lockerlassen! Nächste Woche wäre er Partner. Da würde er sich doch nicht lumpen lassen. »Hey, hey«, sagte er, »*diamonds are a girl's best friend*«, und versiegelte ihr den Mund mit einem Kuss.

»Wir brauchen einen Safe«, hatte er ihr gesagt und seine Fahrzeugpapiere, Schlüssel, zwei Uhren und eine Waffe darin deponiert. Neben der Walther lag nun das Collier. »Wozu brauchst du denn eine Waffe«, fragte sie.

»Wozu? Wozu? Weil ich eine Familie habe und die Welt da draußen immer brutaler und rücksichtsloser wird«, fuhr er sie an. Zweimal pro Woche begab er sich seitdem ins sechzehnte Arrondissement, um im Schießclub der Polizei die Mündung seiner Pistole auf einen Pappkameraden zu richten. Mit zusammengekniffenen Augen fixierte er das Ziel, schoss, bis er die Scheibe zerlöchert und sein Selbstbewusstsein auf Touren gebracht hatte. »Kontrolle«, sagte er, »ist alles. Vergiss' diese Idioten, die anderen mit der Eisenfaust die Fresse polieren wollen. Eine Strategie und Geduld, bis sie ausgeblutet sind, das braucht man.«

Sie wunderte sich nicht mehr über seine Sprache, das martialische Vokabular, das selbst den unsäglichen McCrowley-Jargon zu übertreffen begann. Sprache war ihm Training wie seine Schießübungen, Vorbereitung für seinen Überlebenskampf in einer kapitalistischen Welt, die Opfer forderte.

Der Anruf kam unvermutet. Zu früh. Die Wahlen waren noch nicht zu Ende. »Ich weiß nicht, was da gerade vor sich geht«, stammelte er, »sie haben schon drei Partner gewählt.« Kein gutes Gefühl. »Ich ruf dich später noch einmal an.« Seine Stimme klang unsicher, füllte sich mit Aggressivität. »Mach dir keine Sorgen«, sagte sie, »was soll passieren? Wer, wenn nicht du?«, und dachte nicht einen Moment daran, dass das Undenkbare Wirklichkeit werden könnte. Sie wickelte das Kind, fütterte es und brachte es ins Bett. Hoffentlich schliefe es! Als das Telefon zum zweiten Mal klingelte, griff sie erwartungsvoll zum Hörer. Stille. »Hallo? Hallo?«, fragte sie. Schweigen, statt einer Antwort und dann ein ›Nein‹. Sie schluckte, wartete, bis er sich ergoss in einen Schwall von Hass. Sie erkannte kaum seine Stimme, schwankend, brüchig, zornig, weinerlich, klagend über die Unfähigkeit der anderen und die unerträgliche Missgunst seiner Feinde. Thierry war nicht da, die anderen Senior Partner bis auf einen auch nicht. Für die sei alles klar gewesen. Wenn es einer schaffen würde, dann er! Und dann hatten sie ihn vernichtet, diese miesen, kleinen Neider, diese Ratten, die sich durch McCrowleys Eingeweide fraßen ohne Sinn und Verstand. Thierry müsse das geraderücken, das sei er ihm schuldig nach allem, was er für ihn getan habe. Dabei wusste er doch, dass Schuld nicht existierte, behauptete selbst, das Leben sei eine Kette von Zufällen und Unfällen. Er sang seinen Hass, ließ ihn verklingen in einem monotonen Trauerlied auf seine Zukunft, sein Leben, schwor Rache und flehte schon darum, bleiben zu dürfen.

»Komm ins Restaurant Frégate«, sagte sie, »ich bin dort in einer halben Stunde. Wir reden. Alles wird gut.« Sie musste nun stark sein für ihn, denn nichts würde gut werden. Sie hatten ihn ausgebootet. Hire and fire. Up or out. So lauteten die Devisen, ihre Mantras, die sich jeder Berater in die Hirnrinde gravieren musste. Sie zog ein dunkelblaues Jerseykleid an und Stiefel, tuschte sich die Wimpern, trat in den Flur und klopfte an Jean-Jacques' Wohnungstür. Er öffnete, klatschte sich Rasierwasser, das nach überreifem Weinbergpfirsich und feuchtem Tabak roch, auf die Wangen. Er formte die Lippen zu einem spitzen Kussmund und neigte sich zu ihr. Sie hob die Hand zu einer abwehrenden Geste, presste die Lippen aufeinander und schüttelte den Kopf. »Wie: Nein?« Mit weit aufgerissenen Augen starrte er sie an. Mit einem Male wurde ihm klar, dass André verloren hatte. »Diese Idioten! Was macht ihr nun?«, fragte er betroffen.

Es fiel ihm wie Schuppen von den Augen: Schuld daran war sie. Am Ende der Kausalkette stand sie. Wie widerliche Kletten klebten ihre seelischen Widerhaken an ihm und zwangen ihn, ein Gewicht mitzuschleppen, das nicht nur Ballast war, sondern auch seine Geschmeidigkeit, seinen Charme beeinträchtigte, sein Weiterkommen vereitelte. »Das ist kein Drama«, hatte er gesagt. Er? Wer? Der Chef, der Officer, der Namenlose, dessen Kürzel nur an der blutroten Tinte erkenntlich war? Wahrscheinlich kochte er abends in seiner Folterkammer einen Sud aus den Leibern der schmählich Abservierten. Jude! Seine Lippen verzogen sich zu einem zynischen Grinsen. Von wegen *Jewish connection*! Wehe, es beschwüre einer noch einmal die sogenannte Community! Einen Dreck hatte sie ihm genutzt. Das Kapital triumphierte, und er selbst war nur ein mieser kleiner Sepharde, dem dieser arrogante Aschkenasi auch noch die Leviten las. Nichts war er, dieser Officer! Er konnte einen Stammbaum vorweisen, der ihn an die nobelsten Vorväter des Heiligen Landes band. Einen Dreck! Und er selbst hatte seine Linie besudelt mit einer Deutschen, einer Schickse, die nicht einmal in der Lage war, ihr körperliches Versprechen einzulösen! Sie zog ihn mit sich in den Sumpf, war seiner nicht würdig. Nur das Kind besaß ein Potenzial, auf das er bauen konnte, sofern sie es nicht seiner Qualitäten beraubte mit ihrem Pessimismus, ihrer Lebensuntüchtigkeit. Wie konnte er das bloß verkannt haben? Ihre Vampir-Natur, ihren Blick, dessen Leidensdruck das Blut aus seinen Adern presste? Sie hatten ihn abgelehnt, weil er ermüdet war von ihrem ständigen Kampf, ihrem Versuch, ihn auszulöschen durch

Zwietracht und stille Vorwürfe. Er sehnte sich nach Helligkeit, einer Frau, die er in ihr glaubte, erkannt zu haben, die sie einst vielleicht auch gewesen war, ein Wesen, das sie dann aber durch ihr erbärmliches Verliererdasein vernichtet hatte.

Er stellte seinen Mantelkragen hoch und stemmte sich gegen die Sturmböen, die ihm von der Gare de Lyon entgegentrieben. Kurz vor dem Frégate hielt er inne. Er sah sie schon von Weitem an ihrem Tisch sitzen. Den Rücken zur Wand, die Augen ins Nirgendwo gerichtet, nervös ihre Fingernägel knipsend. Er hätte am liebsten kehrtgemacht, doch sie hatte ihn bereits erspäht, aus Zufall vermutlich. Das Ergebnis, kein Zurück mehr, war dasselbe.

Warme Luft strömte ihm ins Gesicht, Ozean und Honigsüße betäubten ihn sekündlich. Sie erhob sich, die Stirn in Falten gelegt, fragend, vorwurfsvoll, so schien es ihm, nicht zweifelnd, schuldbewusst. »Nein«, sagte er oder sagte es auch nicht. Sie wusste es bereits und schlang ihre Arme um seinen Hals, nur um dort zu hängen wie ein lästiges Insekt. Was sollte er ihr sagen, wenn er sie schon nicht verscheuchen konnte? Wie es sich in Wahrheit zugetragen hatte? Dass sie neidzerfressen sein Fortkommen verhinderten? Nur er wusste, dass es so war. Sie würde es ohnehin nicht begreifen, den Fehler in ihrem katholischen Schuldwahn bei ihm selbst suchen. Beratschlagen als Überbrückungsmanöver war die einzige Option. »Wir könnten nach Warschau gehen oder Moskau«, schlug er vor, »dort suchen sie Berater. Vielleicht würden sie mich sogar behalten bei McCrowley. Ich habe Kontakte in den Osten«, und er dachte an Swetlana, die er seit dem letzten Outing leider nicht mehr gesehen hatte. Sie drückte mit beiden Händen seine Hand, unsensibel, bäuerlich-brachial, und schwor feierlich: »Ich gehe überall mit dir hin, Geliebter! Bis ans Ende der Welt.« Es hatte tatsächlich etwas Rührendes, wie sich ihre Augen umschatteten und Röte ihr Gesicht überzog. Dennoch war er nicht versucht, sich von dieser tückischen physiologischen Reaktion blenden zu lassen. Sie würde seine Erwartungen nicht erfüllen. Ihre Schwäche würde erneut seinen Aufbruch kompromittieren. Er küsste zärtlich ihre Hand. Der Kellner servierte das Dessert, Schokoladensoufflé mit einer Baiserhaube, serviert in zwei Jakobsmuschelschalen. Ihre Augen strahlten. »Ich liebe dieses Dessert«, sagte sie und begann mit der Gabel bereits die Meringues zu durchbohren. Er kannte jede ihrer Gesten, jedes Wort war vorhersehbar. Er stand auf und ging zur Toilette. Aus der Küche wehte ein strenger Geruch nach gebratenen Sardinen. Er stellte sich vor das Waschbecken, drehte den Hahn auf und benetzte sein Gesicht. Als er sich im Spiegel sah, die Augen dunkel, die Brauen zu einem wilden Bogen geschwungen, wusste er, was zu tun war. Er ging zurück an den Tisch, aß seine Nachspeise und drängte sie, zu gehen. Das Kind allein, die Müdigkeit groß, die Lust zu aufsässig. Satzfetzen, die ihr etwas bedeuten mussten.

Auf dem Gehsteig, der nun vom Regen geflutet unter ihren Füßen glänzte, nahm er sie in die Arme und zeigte auf den Himmel. »Da oben«, flüsterte er, »ganz links, über dem Dach des Hotel Mignon ist unser Stern.« Folgsam richtete sie den Blick nach oben, den Mund ein wenig geöffnet, als wolle sie ihre Wimpern tuschen. »Für immer und ewig«, fügte er hinzu und küsste sie auf die Lippen, die ihre Zartheit längst verloren hatten. Ich werde sie beschützen, dachte er, und änderte den Gedanken, sobald er ihn gedacht hatte: Ich muss *es* schützen, das Kind und mich, vor dieser Frau, die ihm alles zerstören würde.

Eva zählte mit, bis fünfzehn. Das Telefon klingelte immer noch. Bei zwanzig würde er auflegen und es nach wenigen Minuten abermals versuchen. Sie überlegte, ob sie den Stecker herausziehen sollte, wagte es jedoch nicht, die Idee in Handlung umzusetzen. Seine Wut würde sie um so heftiger treffen. Ihre Finger zitterten, als sie nach dem Hörer griff. »Ah, ma chérie«, seufzte er erleichtert, um vielleicht doch nur seine Verärgerung einen Moment lang zu verhehlen. »Das geht so nicht«, sagte er und gab ihr damit recht, »du musst für mich erreichbar sein.« Du musst, echote es in ihr. Erreichbar? Seit Tagen war er in Brüssel. Das Projekt, von dem er sprach, klang wie ein größenwahnsinniger Abklatsch des vorherigen. Die Zweifel, die in ihr wuchsen, zerstreute er mit Details, die so bildhaft vor ihr aufblitzten, dass sie sich ihrer Skepsis sogleich wieder schämte. In eine Diplomatenschule würde das Kind gehen, zur Elite gehörten sie schon längst. Das Projekt sei der Start in ein neues Leben, der Ausstieg längst geplant. McCrowley würde ihn als Pfeiler im Bankenbereich nutzen. Legionen von Beratern würden ihm folgen und das McCrowley-Banken-Business um galaktische Dimensionen erweitern. Seine Augen sprühten, die Stimme flog hinauf zu ihrem Stern. Das durfte sie nicht missen, sie musste es genießen. So glaubte sie ihm gern und spann den Faden weiter zu einem wundersamen Geflecht, das ihnen Wirklichkeit wurde. Sie hatte keine Wahl, wusste, dass sie lieber dort war, in diesem Gewebe aus Traum und Wort, als hier, die Rassel in der Hand, neben dem Gitterbett, in dem das Kind sich mit geröteten Wangen zusammenrollte, bis es wieder schrie und nach ihr verlangte. Es schlug die Augen auf und lächelte, die himbeerfarbenen Lippen zu einem Herzchen geformt, die Fingerchen ausgestreckt, schlaftrunken nach ihr suchend. Sie beugte sich über es und streichelte das schimmernde, nach frisch gemähtem

Heu duftende Haar. Dann sang sie ihm Schlaflieder vor. *When Israel was in Egypt's land: Let my people go, Oppressed so hard they could not stand, Let my people go …,* auch *La-Le-Lu*, ein Lied, das ihr Vater immer gehasst hatte, einzig und allein deswegen, weil es Heinz Rühmann gesungen hatte, Rühmann, der Nazi, wie er zu sagen pflegte. Als das Kind mit roten Wangen in einen glücklichen Schlaf fiel – so schien es ihr –, fuhr sie mit dem Aufzug ins Erdgeschoss und holte die Post aus dem Briefkasten. Die neueste *Elle*, das *Time Magazine*, ein Schreiben von der Krankenversicherung und ein Brief mit belgischen Briefmarken. *Royalimmo Agence Immobilière* stand in Kursivschrift auf dem Kuvert. Eine Immobilienfirma aus Belgien, André in Brüssel? Die Gedanken verketteten sich, trieben Unruhe durch ihren Körper. Im Eilschritt ging sie zurück in die Wohnung und öffnete klopfenden Herzens den Umschlag. Sie überflog den Brief, versuchte, den Sinn zu entschlüsseln. André Levy habe sich entschlossen, belgischer Staatsbürger zu werden? – *Die Agentur steht Ihnen jederzeit zur Verfügung. Am Dienstag, dem 5. Mai … einen Besichtigungstermin für eine Wohnung, die aufgrund der angegebenen Kriterien mit Sicherheit Ihren Vorstellungen entspricht …* Die Augen ungläubig an jedes einzelne Wort geheftet, griff sie zum Telefonhörer und wählte die angegebene Nummer. »Royalimmo, bonjour.« »Ja, guten Tag, ich rufe im Auftrag meines Mannes, André Levy, an, um den Besichtigungstermin zu bestätigen.« »Wunderbar, Madame Rosenzweig, richtig? Sie hatten uns ja bereits eine Mail geschrieben.« »Ich …«, die Stimme versagte ihr, sie ließ den Hörer auf die Gabel fallen. Madame Rosenzweig? Noch einmal las sie den Brief, versuchte, ihn anzurufen, gleich, sofort, ihn leugnen zu hören, das Unmögliche mit einem ›chérie‹ vom Tisch zu wischen. Schließlich entschied sie sich anders, setzte sich in die Küche, kochte Tee, wartete, ging ins Schlafzimmer, öffnete den Schrank und atmete seinen Geruch ein. Er war in Brüssel, auf einem McCrowley-Case. Es war nur eine Dienstwohnung für ein Langzeit-Projekt. Rosenzweig war eine Beraterin, nichts sonst.

Er war hingerissen von ihrer Weltgewandtheit, ihrem Geschäftssinn, der Leichtigkeit, mit der sie sich in dieser Welt bewegte. Auf High Heels, in knallengen Jeans, eine saphirblaue Chanel-Tasche über die Schulter gehängt, stand sie vor dem Car-Rent-Geschäftsführer und winkte ihn zu sich. »Darf ich vorstellen, Monsieur Delaye, André Levy, mein Geschäftspartner und zukünftiger Ehemann.« Er verbeugte sich leicht, berührte flüchtig Arianes Hüften und band sich in das Gespräch ein, das er geübt zwischen Smalltalk und Geschäftsanbahnung oszillieren ließ. Um seine Rolle als Außenseiter wusste er. Niemand aus seiner Familie hatte Verbindungen zu den Top 500 in Europa. Sein Eintrittsticket war Ariane. Sie hatte ihn eingeführt in diesen Mikrokosmos, der verhieß, wonach er sich ein Leben lang sehnte. Eva hatte ihn vom Wege abgebracht, sich verirren lassen in einem Gefühl, für das er bitter büßen musste. Sein Rausschmiss war die Strafe, die er dafür zahlen musste. Nichts gab es mehr zu reden! Ariane erwartete Taten. Er spürte, wie sein Lügenturm ins Wanken geriet. Lüge! Wie erbärmlich dieses Wort doch war! Letztlich waren die Gedanken und Wörter, die er Ariane servierte, die Vorwegnahme einer greifbar nahen Wirklichkeit. Es war alles eine Frage der Distanz zwischen seinen Gedanken und deren Materialisierung. Das konnte sie nicht wissen, doch war sie gewillt, ihm zu glauben, solange er das Gleichgewicht aufrechterhielt. Das Scheidungsdokument hatte er bereits in die Waagschale geworfen. Natürlich war sie ungeduldig – wie lange, wie lange müssen wir noch warten, doch hatte sie ihm das Argument mit dem fehlerhaft eingetragenen Geburtsdatum ohne zu zetern abgenommen. Seinen Schwanz hatte sie dabei gestreichelt, der schmale Träger ihres Tops war ihr über die Schulter gerutscht und hatte den Blick freigegeben auf ihre makellosen Brüste. Den schwarzen Spitzenstoff hatte er beiseite geschoben und die Warze zwischen seine Lippen gesogen, eine Spur zu fest, sodass sie sich mit einem Seufzer über ihn gebeugt, sein Haar zu streicheln begonnen hatte, bis er sie, den Pferdeschwanz um das Handgelenk gewunden, auf den Bauch geworfen und durchgefickt hatte. Auf der Stelle hätte er sie ins Klo ziehen und an die Kacheln gepresst vögeln können. Leider nicht anal, dachte er mit einem Anflug des Bedauerns. Sie war nicht Eva, der er diesbezüglich deutlich bessere Qualitäten attestierte. Er verdrängte den Gedanken und klinkte sich, seine kurze Absenz blieb unbemerkt, wieder in das Gespräch ein. »Wann findet denn das große Fest statt?«, fragte der Car-Rent-Geschäftsführer. »Auf dem Anwesen Ihres Vaters in Saint-Tropez oder in Paris?« »Im nächsten Frühjahr«, sagte er und sie zur gleichen Zeit: »Im Frühherbst.« Ihre Finger lösten sich von seiner Hand, die Augen verschatteten sich und ein bitterer Zug breitete sich auf ihren Lippen aus. »Früh«, sagte er, »auf jeden Fall früh«, und küsste ihren Zweifel flugs weg. Lange würde sie das Versteckspiel nicht mehr mitspielen. Er musste die Dinge eindeutig beschleunigen, zumal Ariane bereits Pläne schmiedete, in Paris einen Zweitwohnsitz zu mieten. Irgendwann würden sie sich über den Weg laufen. Er musste sie auseinanderdividieren, fernhalten voneinander, um ein neues Leben aufbauen zu können. Sie berührte ihn sanft an der Schulter. »Nicht wahr, chéri? Das machen wir! Nächsten Samstag in Saint-Tropez! Was für eine wunderbare Idee, Monsieur Van de Veert! André bespricht die Details mit Ihnen! Ich nehme mir noch ein Glas Champagner.«

Sie küsste ihn auf den Mund. Ihren Lipgloss, feucht, nach Aprikose duftend, tupfte er mit einer Serviette ab. »Perfekt«, sagte er, »die Flüge sind schon gebucht« und hob das Glas zum Toast.

Sie leuchteten auf, um sie zu warnen. Zeichen, zuerst vereinzelt, dann immer öfter, in Schwärmen, unübersehbar. Claudine, die Putzfrau – André hatte sie ins Haus gebracht, um ihr den Alltag zu erleichtern, wie er sagte –, eine Philippinin, die sie mit mitleidigen Augen ansah und in einer Dampfwolke mit einem Korb voll Wäsche verschwand. Nach ein paar Wochen fühlte sich Eva wohl in ihrer Anwesenheit. Sie kochte Kaffee, stellte ihn mit einem Lächeln auf den Tisch, und Eva begann zu schreiben, während David schlief oder im Laufstall saß. Eva checkte Andrés Mails, froh darüber, dass sie nicht nachts arbeiten musste. Seit Wochen deckte er sie mit Aufträgen ein, Proposals, Reports, Brand-Entwicklung. Sie spürte, wie sie wieder lebendig wurde, ihre Gedanken sprudelten, ihr Körper aufgeregt in Bewegung geriet. Er vertraute ihr, delegierte Kommunikationsjobs an sie. »Ohne dich wäre ich aufgeschmissen«, sagte er. »Wir zwei! Was für ein Team! Unsere Firma! Du als Director of Communications.« »McCrowley, wer ist McCrowley? Sieh dir de Fonsac an, er hat gerade mal zwei Jahre bei McCrowley gearbeitet und jetzt ist er ein big player im Business, weil er es gewagt hat, weil er sein eigenes Ding macht.« Er küsste sie, drehte sie im Kreis, und malte ihre Zukunft aus mit Worten, die von ihrem Stern gefallen sein mussten. »Das Arbeitslosengeld ist ein Taschengeld. Die Firma ist gegründet, mit Sitz in Belgien, bald auch mit einem in der Schweiz. Ach, das wird ein Leben ganz nach unserem Geschmack!« »Arbeitslosengeld?«, der Atem stockte ihr, »seit wann ...?« »Am Wochenende schon wieder ein Termin mit einem Investor.

Car-Rent. Bald, die Villa am Lago di Como! Du erinnerst dich?« »Ist das nicht ein bisschen verfrüht?«, fragte sie. »No risk, no fun«, antwortete er und sein Gesicht verdüsterte sich, als hätte sie ihm den Spaß verdorben. Sie beeilte sich, ihn zu erheitern, begierig, den Traum noch ein wenig andauern zu lassen. »Oh ja, die Bougainvilleas und Rhododendren, wir im Garten, auf der Terrasse, Billecart-Salmon...« Er war schon weg. Weiter. Billing. Fünf Tagessätze à 2500. Namen. Wie sollte sie das Projekt nennen? Welche Farben wählen? Immerhin besser als Madame zu spielen, die Gastgeberin, die den Riskmanagern Häppchen und Kaffee serviert. Bertrand, Maximilien, seine Gedanken drehten sich nur um die beiden neuen Geschäftspartner. »Bertrand, du wirst ihn noch kennenlernen, er hat ein unfassbares Netzwerk aufgebaut. Der begnügt sich nicht damit, mit einem goldenen Löffel im Mund aufgewachsen zu sein, das hat Hand und Fuß, worauf er setzt!« Warum trug er plötzlich schwarze Slips anstatt Boxershorts? »London«, sagte er, »gefallen dir die Ohrringe?« Sie versuchte sich zu konzentrieren, googelte Berichte zur aktuellen Lage in Honduras, experimentierte mit Wörtern, sammelte Artikel zu Resorts und Luxushotels. »Madame?« Claudine stand im Türrahmen und hielt zwei Bettlaken in der Hand. »Das weiße«, sagte Eva, legte den Bleistift beiseite und stand auf. »Kommen Sie, das machen wir zusammen«, rief sie gutgelaunt und begleitete Claudine ins Schlafzimmer. Sie zogen die Betten ab und warfen die Schmutzwäsche in einen Weidenkorb. »Ich bin ja so froh, dass wir uns gefunden haben«, sagte sie lächelnd, »wie schön, dass mein Mann seinen Arbeitskollegen nach einer Putzfrau gefragt hat!« Claudine blickte sie mit großen Augen an. Eva betonte fragend jede einzelne Silbe: »Monsieur Mayolle?« Claudine schüttelte den Kopf: »Mayolle?

Mademoiselle Ariane hat mich doch angerufen.« »Ariane?«
»Ariane Rosenzweig.« Claudine strich das Kopfkissen glatt.
»Ich arbeite schon lange bei ihrem Vater, zufrieden«, sagte sie,
hob den Korb und ging in den Flur. Evas Herz pochte bis zum
Halse. Rosenzweig. Der Makler aus Brüssel hatte den Namen
erwähnt. André, hatte er nicht letzte Woche eine Besprechung
mit Bertrand und einer Frau namens Ariane? Sie stürmte an
Claudine vorbei ins Arbeitszimmer. André Levy und Ariane
Rosenzweig gab sie in die Suchmaschine ein. Zwei Namen. Sie
starrte auf den Bildschirm. Ein weißes Hemd, die oberen zwei
Knöpfe geöffnet. Ein roter Fleck. Sie konzentrierte sich auf
den roten Punkt unterhalb des Kragens. Auf seiner Schulter
lag eine Hand, schmal, die Finger lang, mit goldenen Ringen
bestückt. Einen Hermès-Foulard um den schlanken Hals gebunden, neben ihm glattes braunes Haar über die Schultern
fließend. Dunkle Augen, leicht getrübt, vom Schleier der Verliebtheit umflort. Verliebtheit. Der Begriff traf sie mit voller
Wucht. Den Kopf an seiner Schulter. Seine Gesichtszüge zu
einem Lächeln gefroren. Er liebt sie nicht, sie liebt ihn. Er
liebt sie nicht. *Nuit Blanche, Bruxelles* stand neben dem Bild.
André Lévy und Ariane Rosenzweig. Eva klickte weiter. *Gala
de la Malibran.* André im Smoking, Ariane im fliederfarbenen,
asymmetrischen Abendkleid, Glitzerpuder auf den Wangen.
Malibran. Opernsängerin. Bellini. Donizetti. Warum kenne
ich sie nicht, dachte sie. Zeichen. Die Flecken auf seinem
Hemd vor ihren Augen. Blut, ausgewaschenes Blut, nicht Rotwein. Ein Geschäftsessen. Nichts weiter. Nur ein Geschäftsessen, was sonst? Sie klappte den Deckel des Laptops zu, suchte
fiebrig nach dem Brief des Maklers. Lévy und Rosenzweig. Sie
zerriss das Schreiben und warf es in den Papierkorb.

Die Idee war nicht schlecht. Geradezu genial. Er konnte Eva gebrauchen für den kreativen Part. Vom operativen Business hatte sie zwar nicht die geringste Ahnung, aber im Brainstorming, in der Konzeptentwicklung war sie top. Ein Ecological Luxury Resort in Honduras. VIPs hatten sie schon an Bord. Arianes Kontakte mit Schauspielern und It-Girls fruchteten. Zwei Promis hatten bereits unterzeichnet, Anteile am Grundstück erworben, ohne am Ort gewesen zu sein. Vertrauen ersetzt im Idealfall diesen verdammten Kontrollwahn. Hätte sie es nicht dabei belassen können? Bei einer glänzenden Idee? Phi World. Die goldene Zahl. Mystik, Luxus, straight in den Hypothalamus. Nicht zu esoterisch und doch geheimnisvoll genug, um gelangweilten Investmentbankern einen stärkeren Kick als mit Koks zu verschaffen. Romantik. Auf jeden Fall inkompatibel mit Koks. Es war definitiv eine Marktlücke. Wonach sehnten sie sich denn am meisten, die Goldman Sachs-Kokser, die Shooting Stars dieser New Economy? Liebe, dachte er, Liebe. Irgendeine schwammige Vorstellung, die über Baccara-Rosen und lupenreine Zweikaräter hinausging, hatten wohl auch sie. In Mayfair und Kensington lagen sie frühmorgens auf dem Boden, die Hand auf den Ärschen von zwei, drei Escorts, die Nasen wund, das Gesicht verheult. Milchbubis, die sich ihren Kick mit edlem Schuhwerk von John Lobb erkauften und nichts mehr ersehnten als Muttis Rockzipfel. St. James's Street. Half Brogue Oxfords, schwarz. Er hasste es, wenn Eva zögerte, verhandelte, Ideen verwarf, sich wieder besann. Ariane zückte die Börse und die Sache war erledigt. Wenn sie eine *line* zog, war sie allerdings nicht mehr wiederzuerkennen. Ihre Schnelligkeit war nicht nur potenziert, sondern mit einer überdrehten Lächerlichkeit glasiert. Er hasste es, wenn sie das verwöhnte Gör von der Leine ließ und über ihre Small World-Freunde aus Sankt Moritz und die Immobilien ihres Vaters plauderte, die Beine immer eine Spur zu weit geöffnet. Ihr Duft strömte ihm in die Nase, er sah sie vor sich, all die anderen, die nur darauf warteten, Mademoiselle Rosenzweig ins Bett zu ziehen. Er musste sie bei Laune halten. Sie war eine Schlampe. Eine romantische Schlampe, der schon mal Tränen in die Augen schossen, wenn sie sich eine Zukunft mit André, drei Bambini und Labradoodle ausmalte. Immerhin hatte sie ihren Ex-Freund verlassen, Banker bei der World Bank, sicherer Job, aber die Bottom-Line stimmte nicht. Ariane visierte den Gipfel an. Sie hatte einen Sinn für seine Geschäftsideen, pushte ihn, befeuerte ihn, während Eva ihn bremste, mit Bleigewichten an den Füßen auf den Boden zwang.

Sandflöhe! Wie kam sie nur auf die Schnapsidee, sich nach den geologischen und meteorologischen Besonderheiten der Location zu erkundigen? A-Promis hatten gekauft und sie hatte nichts Besseres im Kopf, als ihm die Geschichte madig zu machen. Ein Mitarbeiter der honduranischen Botschaft habe ihr beim Einkaufen – bescheuerter Hausfrauentalk! – gesagt, dass der Strandabschnitt in Honduras aus rechtlichen Gründen nicht übereignet werden könne. Der Freund eines Freundes hatte ihr die Sache mit den Sandflöhen gesteckt und, ach ja, der Sonne, die ab sechzehn Uhr zu sinken begann, falls sie überhaupt hinter der diesigen Luft auftauchte. Immer suchte sie nach einem Haken, sobald er ihr einen Job anvertraute. Ariane hingegen interessierte der Hebel. Sie teilte das Leben in Quick Wins und Long-Term-Profits ein. Irgendwo dazwischen positionierte sie auch ihn. Irgendwie musste er es schaffen, eine Parallelspur zu seinem Leben laufen zu lassen, damit er ruhig und bedacht seinen Plan verwirklichen konnte. Cash Cow, dachte er, und Poor Dog. Das Lachen, das sich aus seinem Hals drängte, klang nicht einmal bitter. Sie hatte abgewirtschaftet, ihr Lebenszyklus war zu Ende. Sie konnte froh sein, wenn er ihr den Gnadenstoß versetzte. Verdammt! Warum konnte sie sich nicht begnügen mit ihrer Rolle? Ariane taugte letztlich noch weniger als Eva, da sie ein verzogenes Biest war und ihn, die ersten Zeichen nahm er jetzt schon wahr, eines Tages verachten würde für seine geringe Herkunft, seine Ungenügsamkeit. Levy – der Name allein vermochte ihn auch nicht zu retten. Er konnte jedoch auf die jüdische Karte setzen und ihren Stammbaum veredeln mit Heirat und Kind. Dafür musste er Eva allerdings definitiv loswerden. Hatte sie sich auch nur einmal Gedanken gemacht, wie sie nach der McCrowley-Affäre über die Runden kommen sollten? Sie spielte wie ein Kind mit ihren Textbausteinen, ohne auch nur einen Gedanken an den Ernst der Lage zu verschwenden. Das Arbeitslosengeld reichte gerade einmal für die Miete. Natürlich wusste sie davon nichts. Warum hätte er es ihr sagen sollen? Sie wäre ohnehin nicht imstande, das Ruder herumzureißen. Ihre Schwäche ekelte ihn an, berührte ihn zugleich. Er konnte sich dem Zwang, sie zu beschützen, nicht entziehen, und dafür hasste er sie.

Wütend knallte er die Tür zu und stürmte die Treppe hinunter, um sie nicht mehr zu sehen, ihr Gezeter nicht mehr zu hören. Wortlos. Keines Lautes bedurfte es. Die Abscheu stand ihm ins Gesicht geschrieben. Eva krümmte sich auf dem Sofa, die Hände vorm Gesicht, sich selbst nur Ekel und Selbstanklage. Warum hatte sie ihn provoziert, ihn gefragt nach diesem Hotel in der Provence? Nein, sie spionierte ihm nicht nach. Die Jacke hatte sie reinigen sollen und war dabei auf eine Streichholzschachtel gestoßen mit dem Aufdruck »Château

Mirage Hôtel Romantique«. Sie folgte einem plötzlichen Impuls, griff zum Hörer. »Bonjour, Madame, Eva Levy hier. Ich habe neulich einen Pullover im Zimmer vergessen. Ja, Levy, mein Mann und ich hatten die große Freude, Gäste in Ihrem Hause zu sein.« »Ah, oui, Madame Levy, eine Sekunde bitte.« Eva klopfte das Herz bis zum Hals. »Einen Pullover konnten wir nicht finden. Tut mir leid, Madame.«

Natürlich hatte er es bestritten. Er war auch nicht nach Marseille geflogen, die beiden auf seinem Flight Account ausgewiesenen Flüge seien ein Versehen. Er werde sie sich vorknöpfen, diese Idioten von Air France, Levys gebe es schließlich wie Sand am Meer. Eine Entschädigung schuldeten sie ihm für die Verwechslung. In London sei er gewesen mit Bernard, seinem Geschäftspartner, das wisse sie doch. Im Übrigen sei es ihm schon seit Längerem aufgefallen, dass sie unkonzentriert, ja regelrecht verwirrt sei. Termine könne sie sich nicht merken, Namen verwechsle sie, von einer immer stärker ausgeprägten Paranoia schien sie befallen. Kontrollsüchtig. Zwanghaft. »Du musst dich nicht wundern, wenn ich eines Tages«, er küsste sie auf die Stirn, »nicht jetzt, chérie … die Flucht ergreife.« Ihr stockte der Atem. Sie rang um Worte, fragte sich, ob sie ihm widersprechen oder um Verzeihung bitten sollte. Hatte er vielleicht recht, war sie nicht tatsächlich hysterisch? Ihr Verhalten in der Opéra Bastille zum Beispiel. Als André und sie vor Beginn der Aufführung flüsterten und eine Frau Eva von rückwärts am Hinterkopf touchierte, war sie ausgerastet. Sicher war es nur eine kaum merkliche Bewegung gewesen, nicht böse gemeint, eine sanfte Bitte um Ruhe. Eva jedoch empfand die Hand auf ihrem Kopf, aus dem Dunkel pfeilschnell hervorstoßend, wie einen dumpfen Schlag. Sie spürte, wie das Blut in ihren Kopf schnellte. Ihr wurde schwindlig.

Ein Fluch, ein Schimpfwort – ›conne‹, ›salope‹? – schwirrte durchs Dunkel. Andrés Gesicht versteinert, dann gezwungen zu einem knappen Lächeln der Entschuldigung. Kein Wort sprach er mehr mit ihr an jenem Abend. Tage später ertappte sie ihn bei einem vertraulichen Gespräch mit seiner Schwester. Wortfetzen drangen an ihr Ohr, verrückt, hysterisch, keine Kontrolle, Tabletten. »Du musst wirklich einen Arzt konsultieren«, sagte er, bevor er die Tür aufriss, »tu deviens folle!« Auf dem Schreibtisch lag eine Schachtel Tabletten. Lexomil. Ein handgeschriebener Zettel: »Nimm das!« Ein roter Pfeil wies auf die Pillen. Eva öffnete die Schachtel, den Blick starr auf das Herz neben dem Pfeil gerichtet, zog einen Streifen heraus und drückte die erste Tablette heraus. Sie knüllte die Packungsbeilage zusammen und warf sie in den Papierkorb. Selbst das Wasserglas hatte er bereitgestellt. Sie schluckte eine Tablette und legte sich auf die Liege in Andrés Arbeitszimmer. Hinter ihren Lidern zuckten Bilder von André und Ariane. Ein Teich bedeckt mit Seerosen, Eva tief unten auf dem Grund. Das Wasser schimmerte silbrig über ihrem Gesicht, verzerrte das Bild des Kusses, den André Ariane auf die Lippen drückte, zu einer züngelnden Flamme, die zischend im Nass verlöschte. Ophelia im Schlamm, Würmer an ihr nagend. Blütenweiße Augenhöhlen. Aus dem smaragdgrünen Blatt eine Liane sich in ihre Lunge schlängelnd. Zwei Sonnen, verblassend über schäumender Gischt. L'amour, toujours ...

Sie erwachte aus einem Dämmerzustand, der sie für einen Moment lang das Geschehene vergessen ließ. Ein roter Punkt blinkte rhythmisch auf. Mit Daumen und Zeigefinger drückte sie an der Stelle der Pupillen auf die geschlossenen Lider. Als sie die Augen aufriss, tanzte der Punkt durch den Raum. Sie konzentrierte sich, stellte sich den Bildschirm beim Augenarzt vor, auf dem sie die zufällig hin- und her hüpfenden Punkte zählen musste. In diesem Raum, an diesem Ort gab es jedoch nur einen einzigen Punkt. Hier auf dem Anrufbeantworter. Sie drückte auf den Knopf und hörte die Nachricht ab. »Je t'aime, ma chérie. Ruh dich aus.« Noch einmal drückte sie den Knopf. »Je t'aime, ma chérie. Ruh dich aus.« Sie ließ die Stimme in sich hineinfließen, ihr Herz besetzen, bis ihr Tatsachen, Fakten nur mehr eine vorgegaukelte Wirklichkeit zu sein schienen. Er hatte recht. Sie musste sich beruhigen, ihre Einbildungskraft zügeln, den Verstand, der ihr mitunter Streiche spielte, im Zaum halten.

Verdammt, warum hatte er nicht auf Eva gehört? Hausfrauengeschwätz am Pool, dachte er, als sie ihm von den Missständen bei Techfo berichtete. Über eine Freundin einer Freundin hatte sie von den geschönten Bilanzen erfahren. Er hatte das Gerede nicht ernst genommen. Hunderttausend Euro waren den Bach hinuntergegangen. Wie sollte er jetzt das Geld auftreiben, um Eva loszuwerden? Er klickte von einem Fenster zum anderen und addierte die Kontostände. Wenn er die Sparkonten der Kinder miteinbezog und die Vollmacht über sein zukünftiges Erbe beanspruchte, könnte es reichen. Er hatte ihr ein Haus versprochen, die Visitenkarten bereits drucken lassen, André, Eva, David und Leo Levy. Leo sollte der Golden Retriever heißen, den sie sich für David wünschte. Am besten mit einem blau-weiß-gepunkteten Nickituch um den Hals wie all die anderen deutschen Köter, die in den spießigen Vorgärten mit Jägerzaun herumrannten. Warum nicht gleich einen deutschen Schäferhund, Hasso oder Rex? Im Grunde waren sie alle noch Nazis. Sie wussten es nur nicht. Auf der Autobahn immer schön der Reihe nach, wie die Schafe dem erstbesten Mercedes

hinterher. Die Bank schuldete ihm einen Gefallen. Schließlich
war es einer ihrer Berater, der ihm die beschissene Investition
in Studentenwohnheime in der Banlieue aufgeschwatzt hatte.
Wer wollte schon da draußen leben? Lieber neun Quadratme-
ter in einem Dienstbotenzimmer im Quartier Latin als zwanzig in einem Viertel, in das sich nicht einmal mehr die Polizei
hineinwagte! »Na, na, na«, sagte sie, und winkte nur scheinbar
kokett mit dem Zeigefinger, »das klingt ja fast ein bisschen ras-
sistisch!« Sie hatte gut reden. In dem bayrischen Dorf, in dem
sie aufgewachsen war, hatte sie ihre ganze Kindheit hindurch
keinen Araber zu Gesicht bekommen. Sicher, die Deutschen
hatten eine andere Kolonialgeschichte als die Franzosen. Man
konnte ihr die Unbedarftheit nicht zum Vorwurf machen. Die
Anmaßung jedoch, als Nichtjüdin einen Juden von einem
Araber allein an seinem Äußeren unterscheiden zu können,
durfte er ihr sehr wohl ankreiden. Sie machte sich lächerlich,
wenn sie als Deutsche diese unterentwickelten, ungebildeten
Vorstadtidioten mit sephardischen Eliteschülern verwechselte.
Diese maßlose germanische Arroganz! Von ihr musste er sich
Rassismus vorhalten lassen? Fünfhunderttausend. Eine halbe
Million. Wo sollte er den Kredit auftreiben? Einen Teil der
Konten hatte er bereits geleert zum Besten seines Sohnes. Ariane hatte begonnen, Wohnungen zu kaufen in einem kleinen
Ort in der französischen Schweiz. Mini-Apartments, die sie
zu einem horrenden Preis vermieten würden, und hatte ihn
beteiligt. Er musste einen Kredit aufnehmen. Jetzt saß er in
der Zwickmühle. Sie strangulierten ihn. »Fünfhunderttausend? Monsieur Levy, wir haben Ihnen bereits einen Kredit
in Höhe von vierhunderttausend für die Schweiz gewährt.«
Er musste Ruhe bewahren. »Und das war eine exzellente Entscheidung. Sie wissen doch selbst, dass es mit dem Euro nur

bergab gehen kann.« Er verkniff sich eine Bemerkung über die Banlieue, die banale Tatsache, dass die Araber Frankreich durch ihre verdammte Fruchtbarkeit einnahmen, während er Eva zu einem zweiten Kind überreden musste. Wie sie sich anstellte wegen dieser lächerlichen Fehlgeburten! Fehlgeburten! Das Wort traf die Sache ganz und gar nicht. Er hatte gut daran getan, ihr nichts von den Ergebnissen der Blutanalyse mitzuteilen. Robertson-Translokation der Chromosomen 13 und 14. Balanciert. Kein Drama. Ein Drittel der Embryonen normal, ein Drittel balanciert, das heißt, lediglich hinsichtlich der Fortpflanzung können Komplikationen auftreten und ein Drittel geht sofort ab. Schluss, aus, weg damit! Die Natur regelt die Dinge von selbst. Ob er dieses Gen trug oder nicht, spielte keine Rolle! Dass die Forschergruppe im St. Vincent-Krankenhaus überhaupt die Chuzpe besaß, das Blut seiner Eltern testen zu wollen, war eine Frechheit, eine maßlose antisemitische Unverschämtheit. Wahrscheinlich vermuteten sie, dass seine Vorfahren französisches Blut kontaminiert hatten. Irgendwo mussten sie ja in ihrer katholischen Schuldgläubigkeit einen Sündenbock finden. Eva verschonte er mit der Geschichte. Es war ohnehin besser, sie im Glauben der eigenen Unvollkommenheit zu lassen. Die Deutschen waren, daran bestand kein Zweifel, anfällig für genetische Hybris. Arianes Life Coach brillierte zwar nicht mit herausragender Intelligenz, nützlich waren seine Tipps auf jeden Fall. Simpel und wirksam. Wenn André selbst sie noch verfeinerte und in sein taktisches Spektrum eingliederte, musste er unweigerlich reüssieren. Konzentriere dich auf deine Stärken, anstatt deine kostbare Zeit mit der Analyse von Schwächen zu verschwenden, betete ihm Ariane unablässig vor. Auf die Wiederholung und das salbungsvolle esoterische Gesäusel hätte er verzichten können, der strategische Ansatz jedoch war gewinnträchtig. Er musste noch einen Schritt weiter gehen und den Life Hack zu einer neuen Maxime ausbauen: Verkaufe deine Schwächen als Stärken! Setze sie zielgerichtet ein! *And on top of it all*: Ignoriere deine Schwächen und verkaufe sie als die Schwächen anderer!

Der gleichförmige Tagesablauf besänftigte sie. Das leichte Klicken, wenn sich die Tablette durch die Aluminiumfolie drückte, klares Wasser in einem bis zur Hälfte gefüllten Glas, die Zunge, die sich an der länglichen Tablette festsaugte, der Augenblick, in dem das Beruhigungsmittel die Speiseröhre entlangglitt, seine Bestandteile sich bereits in ihrem Blut ausbreiteten, das Wissen um die schwindenden Gedanken. Die Liste lag auf ihrem Schreibtisch. Er hatte sie angefertigt. Vergiss nicht wieder die Hälfte! Was ist los mit dir? Ist dir eigentlich klar, dass du letzte Woche zwei Mal die Herdplatte nicht ausgeschaltet hast? Davids Essen war verschimmelt! Du hast ihn doch hoffentlich nicht mit diesem verdorbenen Brei gefüttert? Wie lange stand er denn herum?

Was sollte sie antworten? Sie erinnerte sich nicht. Sie war im Gegenteil überzeugt davon, dass es sich anders zugetragen hatte. Davids Mahlzeiten bereitete sie jeden Tag frisch zu. André war ... Wie lange war er vergangene Woche nicht dagewesen? Sie sah in ihrem Kalender nach, versuchte sich an die Tage zu erinnern, hasste sich dafür, dass sie seine Abwesenheit verdrängte, sich nach ihm sehnte, seine Unflätigkeiten ignorierte. Sie kniff die Augen zusammen, versuchte sich krampfhaft zu erinnern. Schlampig. Aufgequollen. Was war das dritte Adjektiv? Sie hatte die Wörter geordnet, bewegte sich durch einen Wortraum wie durch einen Supermarkt. Die Regale leergefegt.

Kein Wort mehr zu finden. Zwanghaft schritt sie in Gedanken noch einmal jeden einzelnen Gang ab. Das dritte Wort blieb verschollen, es war einfach nicht mehr da.

Die To-do-Liste. Freu dich! Endlich ein Neubeginn! Ein Auftrag, ihr Auftrag. Ja, kontaktier schon mal die Makler. Wir ziehen nach Berlin! Vergiss Frankreich! Paris stirbt aus, wird zum Museum! Wer möchte hier noch leben in dieser blutleeren Stadt, in diesem Meer von Arabern, die uns eines Tages die Häuser in die Luft sprengen werden. Sie schwieg. Brennende Autos. Genüge ihr das nicht? Man könne ja jetzt schon keinen Fuß mehr setzen auf arabischen Boden. Mit diesem Namen. Levy. Frankreich sei nicht mehr weit davon entfernt, in die Hände dieser Barbaren zu fallen. Makler anrufen! Deutschland, das einzige gesunde Land hier in Europa. Wir müssen uns eine Basis schaffen, für uns und unsere Kinder. Willst du etwa nach Israel auswandern? Sie versuchte, ihm auf die Spur zu kommen, herauszufinden, wohin es ihn trieb, ihn, den »juif errant«, den streunenden Juden, wie er sich jüngst immer häufiger titulierte. Was will ich in Israel, antwortete er mit unverhohlener Verachtung. Damit sie uns in einen Kibbuz stecken und uns den letzten Cent konfiszieren? Vergiss es, dafür hängst du doch viel zu sehr an deinen Luxustäschchen und am Bordeaux! Noch ein Glas? Er öffnete die halb gefüllte Flasche und goss ihr ein Glas Haut Médoc ein. Denk an deine Tabletten! Makler anrufen. Sie wählte die Berliner Nummer. Immoprestige. Ein Haus mit Schwimmbad. Indoor-Pool. Sein Conditio-sine-qua-non. Mein Brieffreund in Stuttgart, damals als ich in der achten Klasse war, sagte er, hatte einen Pool. Sein Vater war Architekt. Ich habe mir geschworen, dass ich eines Tages auch ein Haus mit Pool haben werde. »Häuser in Grunewald mit Schwimmbad in Ihrer Preisklasse«, sagte der

Makler, »gibt es«, sie spürte das Kräuseln seiner Lippen durch das Telefon hindurch, »nur zwei!« Er schickte ihr das Exposé. Steinadler auf zwei Sockeln. Abscheuliches Walmdach und Marmorsäulen vor der Eingangstür. »Toplage, wenn auch der Stil nicht ganz Ihre Vorgaben trifft. Schönheitsoperationen unabdingbar, aber die Substanz ist gut. Nun ja, sie kennen das ja, obwohl ... Verzeihung«, er verhaspelte sich, verstrickte sich in sinnloses Geschmeichel, stapfte von einem Fettnäpfchen ins andere. »Das andere Haus entspricht uns mehr«, sagte sie, »der Bungalow mit Pool. Die Wohnfläche ist aber zu klein.« »Aufstocken,« antwortete er wie aus der Pistole geschossen, »kein Problem.« »Ich weiß nicht, wir wollten eigentlich ...« »Sie sollten sich zeitnah entscheiden, die Russen, sie wissen ja, sie machen Jagd auf den Berliner Immobilienmarkt. Russeneck und Charlottengrad, alles fest in der Hand der Moskowiter. Sie haben jedoch Glück, die Eigentümer möchten deutsche Käufer. Franzosen werden natürlich auch wertgeschätzt.« Idiot, dachte sie. Glaubt er, irgendeiner nimmt ihm das ab? Als würde auch nur ein einziger Eigentümer einen Koffer voller Bargeld wegen der Herkunft eines Käufers verschmähen! Wenn sie eines gelernt hatte in den letzten Jahren, dann war es das: Bei Geld hören die Subtilitäten auf!

Nächste Woche? Sie checkte ihren Terminkalender. »Ich werde das mit meinem Mann besprechen.« »Geben Sie mir sobald wie möglich Bescheid! Ich sagte ja bereits, die Russen ...«

In einem kanariengelben Louis-Vuitton-Kostüm mit Bastknöpfen stand sie vor ihm. Spießiger hätte es selbst Doris Day nicht hingekriegt. Ein Sechziger-Jahre-Outfit, kombiniert mit Schuhen, die sogar seiner Mutter zu flach gewesen wären. Sein abschätzig über ihren Körper wandernder Blick forderte sie zu einer Rechtfertigung heraus: »Tja, für High Heels ist so ein Tag nicht gemacht. Ins Flugzeug, Häuser besichtigen ...« Immerhin lachte sie, bleckte ihre frechen Schneidezähne, drehte sich auf dem Absatz um und trippelte mit herausgestrecktem Po auf Zehenspitzen zur Tür, ihre eigene Geschmacklosigkeit ironisierend. »So, los geht's«, sagte sie, steckte den Schlüssel in die Tasche und warf sich ihm zum Abschied inbrünstig, vielleicht eine Spur zu derb, in die Arme. Einen Moment lang vergaß er Ariane, spürte Evas unbestechliche Reinheit, die ihn vom ersten Tag an für sie eingenommen hatte. Als die Tür hinter ihr ins Schloss fiel und nur noch vereinzelte, an sie erinnernde Duftpartikel im Raum schwebten, besann er sich eines Besseren, verscheuchte seine sentimentale Anwandlung. Er musste ganz einfach profitieren von ihrem emotionalen Hoch, ihre Zukunftspläne ausschmücken und sie mal wieder ordentlich durchficken, um sie in Sicherheit zu wiegen. Er ertappte sich dabei, wie er sich manchmal nach ihrem kleinen Arschloch und dem gewölbten Venushügel sehnte. Ariane war ihm eigentlich zu platt und ihre Möse entzückte ihn nicht wirklich. Die langen inneren Schamlippen, die sich ungraziös über die äußeren wölbten, empfand er sogar als degoutant. Andererseits reagierte sie auf die geringste Bewegung mit einem Orgasmus, der ihn überschwemmte. Er leckte sich die Finger ab und dachte daran, wie sie abspritzte. Dann wählte er ihre Nummer. Er ließ es klingeln, zehnmal, zwanzigmal, konnte sich einer aufkeimenden Unruhe nicht erwehren, ob sie nicht doch zu ihrem Ex von der World Bank zurückgekehrt war. Ihre Ungeduld hatte sich verstärkt in der letzten Zeit, und sie war definitiv keine Frau, die ihre Zeit mit Zögerern und Zauderern verschwendete. Endlich nahm sie den Hörer ab. »Ja, ja, sie ist weg. Sie besichtigt Häuser, hat die Nase endgültig voll von Frankreich. Sei froh,« sagte er, »dann sind wir sie los. Um David werden wir uns kümmern, wenn es soweit ist. Meine Mutter sieht das ganz genauso wie wir. Sie ist mit im Boot. Den Kleinen fahre ich jetzt zu ihr und dann treffen wir uns.« Sie zierte sich ein wenig, bevor sie zusagte. Es war Teil der üblichen Koketterie, die er nicht uncharmant fand, zumindest reizvoller als Evas deutsche Direktheit. Dann packte er die Sachen des Kindes zusammen, besprühte sich mit »Carthusia Numero Uno«, eine Erinnerung an ein Wochenende auf Capri, und weckte seinen Sohn.

Als er mit dem Wagen am Jardin des Plantes vorbei Richtung Place d'Italie fuhr und die vertrauten Orte seiner Kindheit an ihm vorbeirauschten, war er sich seiner Entscheidung gewiss. Der Kleine musste bei seiner Mutter bleiben, bis er sich ein neues Leben aufgebaut hatte.

David juchzte, streckte die Ärmchen nach der Großmutter aus, die ihm lächelnd einen Löffelbiskuit in das zartrosa Mäulchen steckte. »Bist du sicher, dass er nicht krank ist«, fragte sie, »er sieht so bleich aus.« Sie befühlte seine Stirn mit ihrer schmalen beringten Hand, schüttelte jedoch sogleich erleichtert den Kopf. »Wundern würde mich das nicht, deine Frau ist so nachlässig, immer ohne Mützchen der Kleine, und dann diese ungesunde Nahrung.« Sie tätschelte ihm mitleidig die Wange und blickte ihn durchdringend an. »Ja, bald«, sagte er, ihre Frage erahnend, »heute ist sie geflogen. Häuser besichtigen.« Sie öffnete den Mund zum Widerspruch. Er beschwichtigte sie jedoch mit einem Hinweis auf die Immobilienpreise, die Paris in zehn Jahren in nichts nachstehen würden. »Was auch immer passiert«, sagte er, »die Investition lohnt sich allemal.« Sie schwieg, vertraute ihm, dachte vermutlich auch an den Hermès-Foulard, den er ihr per Boten hatte zustellen lassen, als sie mit einer Erkältung im Bett lag. Frauen funktionierten auf eine erschreckend schlichte Weise. Feine Seide, Schmuck, Reime, ein Copy-and-Paste erprobter Muster und die Sache ist geritzt, unabhängig von Intelligenz und Bildung. Das war das Erstaunliche: Die moralische Korrumpierbarkeit machte auch vor dem Verstand nicht Halt. Die Kunst bestand darin, dieses einfache Prinzip in allen Facetten durchzudeklinieren und der simplen Skalierung weiblicher Gefühlswelt anzupassen.

»Ein roter Leopard auf weißem Grund. Perfekt für dein crèmefarbenes Kostüm«, sagte er. »Bring ich dir morgen aus Zürich mit, Maman.«

Blank poliertes Messing. Deckenspots mit Messingfassung. Florentinische Türgriffe, gerillt, mit Messingknospen in der doppelten Größe eines durchschnittlichen Analplugs. Schleiflackmöbel vor apricotfarbenen Wänden im Schlafzimmer. Eine Zahnarztgattin mit blondiertem schulterlangem Haar und drei Steckringen von Bulgari polierte mit einem Mikrofasertuch das Messinggeländer. »Alle zwei Tage Elsterglanz«, sagte sie, »das ist das Geheimnis.« Der Zahnarzt straffte seinen Rücken und schob die Goldrandbrille auf die Stirn. Cartier mit zwei winzigen blauen Saphiren an den Bügeln. Solarien- oder mallorcagebräunte Haut fältelte sich unter einem abgerundeten weißen Kragen. Stolz zeigte er Eva das Badezimmer. Marmor, Carrara, selbst importiert. Goldene Armaturen mit Drehknöpfen im Diamantschliff. »Die Lichtinstallation stammt von mir«, sagte er, die Brust geschwellt unter dem blau-weiß gestreiften Hemd. Er betätigte einen Schalter und nach einem kurzen Surren floss fliederfarbenes Licht über den Kristallspiegel. Die Zahnarztgattin lächelte, rückte eine pissgelbe Vase mit einer pinkfarbenen englischen Rose ins lila Licht und begab sich in die Küche, wo sie ein Schälchen mit Rhabarberkompott auf die blitzblanke Arbeitsfläche stellte.

Eva folgte dem Zahnarzt ins Wohnzimmer. Sie ließen sich in cremefarbenen Polstersesseln nieder, die im crèmefarbenen Hochflorteppich versanken. Im Garten standen in Reih und Glied immergrüne Kirschlorbeersträucher. Vier depressive Fichten reckten ihre Wipfel in den preußischen Himmel. Die Zahnarztgattin bot ein Glas Leitungswasser an, während der Zahnarzt einen vergoldeten Kugelschreiber aus der Brusttasche zog und auf einem Notizblock mit goldener Prägung zusätzliche Posten notierte, aus denen Gewinn zu schlagen war. »Die Rattan-Garnitur in der Schwimmhalle würden wir Ihnen für neunhundert Euro überlassen, den Rasenmäher und den Kärcher für dreihundert«, sagte er und fügte beflissen eine neue Linie hinzu.

Unter den vorwurfsvollen Blicken der Zahnarztgattin vergrub Eva die Nägel in den Samtpolsterlehnen. Dieses Haus sollte also ihr zukünftiges Heim sein. André hatte es ausgewählt, da es einen Pool hatte und als einziges in ihrer Preisklasse lag. »Wir reißen diesen geschmacklosen teutonischen Scheiß doch sowieso heraus«, hatte er gesagt und das Exposé in den Papierkorb geworfen, »wir stocken auf und machen alles neu. Tabula rasa, ma chérie. Du wirst sehen, ein ganz neues Leben wird beginnen.«

Zierleisten auf klassizistischen Einbauschränken. Ein Klavier, dessen Funktion sich in seiner dekorativen Existenz erschöpfte. Polychrome Skulpturen. Die Kunstsammlung. Geschwungene Leiber in Blaugrün und Kirschrot in hellgrauen Lackrahmen. Moderne Nolde-Epigonen, junge Wilde im Grunewald-Format. »Wir sammeln Kunst«, sagte er und ergriff die Hand der Gattin. »Das Öl im Tank müssten wir extra berechnen.« In einen Taschenrechner, ein antiquiertes Modell aus den Achtzigern, tippte er Zahlen ein, Tageskurse, Quantitäten, multiplizierte und kotzte das Ergebnis aus. Hier mit Kind und Kegel, Hund und Katz, Katz und Maus? Abgedroschenes, lebendiges Klischee. Sie wollte durchbrennen, Tabula rasa machen. Aber es bedeutete einen Neuanfang. Er würde sie vergessen, die Andere. Mit ihr, dem Kind und einem Hund ein Leben beginnen, das sie sich doch immer ersehnt hatte mitsamt der verdammten Harmonie, die ihr jetzt schon zum Halse heraushing.

»Wir nehmen es«, sagte sie und streckte dem Zahnarzt die Hand entgegen. »Abgemacht«, sagte er und blickte ihr zweifelnd in die Augen, als ob er dem jüdischen Namen doch nicht ganz über den Weg traute.

Als sie wieder im Flieger saß, das suppige Grau des Himmels über Berlin galoppierenden Wölkchen wich, malte sie sich ihre nahe Zukunft aus. André auf einer Leiter, Lichtpaneele an der Decke der im Souterrain gelegenen Schwimmhalle befestigend. Sie, ihm ein Rhabarber-Baiser-Törtchen servierend, das Kind mit dem Hündchen spielend. Der Pool würde ihn begeistern. Rosébrauner Travertin und mattblaue Mosaikfliesen. Goldkronenluxus. No exit. Eva schüttelte sich und vertrieb den Gedanken an den beklemmenden unterirdischen Raum mit dem trockengelegten Schwimmbecken durch Erinnerungen.

Punks waren sie gewesen, irgendwann. Sie hätten diese Ausgeburt des Kapitalismus, in ihren Augen Symbol des Hochverrats, mit faulen Eiern beschmissen und abwechselnd auf die vergissmeinnichtblauen Fliesen gekackt. *Peter and the Test Tube Babies. Banned from the Pubs.* Wie hatte es nur soweit kommen können, dass sie im Vuitton-Kostümchen goldene Wasserhähne inspizierte? Die Frau im Mond. Vielleicht gab es ja auf der anderen Seite des Grunewalds eine Welt, die keiner kannte, die sich ihr erst eröffnete, wenn sie ganz fest daran glaubte. Mechanisch suchte sie in ihrer Tasche nach der Packung mit Beruhigungsmitteln, knipste eine Tablette aus dem Blister und spülte sie mit einem Schluck Champagner hinunter.

Glaubte sie wirklich, dass er sein Dasein in diesem spießigen Grunewald fristen würde? Allein beim Gedanken an Jägerzäune und Thuja-Hecken drehte sich ihm der Magen um. Sie jedoch fügte sich in dieses Bild perfekt ein. Eine deutsche Gouvernante, die seinem Sohn Pünktlichkeit und Disziplin beibringen würde. Der Wert des Hauses würde jährlich steigen und die Kosten für den Unterhalt wären niedriger, als ein englisches Kindermädchen zu engagieren und den Stammhalter anschließend auf ein Schweizer Internat zu schicken. So zumindest verliefe es nach Plan A. Je länger er jedoch darüber nachdachte und je mehr Zeit verstrich, desto mehr neigte er zu Plan B. Sein Back-up-Szenario ergab sich geradezu zwangsläufig aus ihren Verhaltensweisen und den veränderten Umständen. Als sie endlich beim Notar saßen und auf die Nocheigentümer warteten, hoffte er einen Moment lang, dass die ganze Sache platzen würde. Vielleicht hätte es sogar ein günstigeres Mittel gegeben, sich Evas zu entledigen. Statt über Alternativen nachzudenken, hatte er aus nordafrikanisch-jüdisch-patriarchalem Verantwortungsbewusstsein einen monströsen Kredit für ein Haus mit einer labilen, kontrollsüchtigen Deutschen aufgenommen. Er verfluchte sich dafür! Was, wenn nicht einmal der Sohn seinen Ansprüchen genügen würde? Fünfzig Prozent seines genetischen Materials stammten schließlich von ihr. Die Prägung durch eine fehlgeleitete Erziehung würde ihr Übriges zu einem möglichen Scheitern beitragen. Das Risiko war letztlich zu hoch. Er musste sie beseitigen, bevor sie noch mehr Schaden an seinem und seines Sohnes Leben anrichtete. »Die ist doch völlig durchgeknallt«, sagte Ariane. Sie drehte sich auf den Rücken und wedelte mit zwei Packungen Tabletten. »Lexomil, Stablon ... was schluckt die denn noch alles? Wie kannst du nur zulassen, dass die sich um deinen Sohn kümmert?« Er stand vom Schreibtisch auf und beugte sich über sie. Anstatt ihr Vorwürfe zu machen, dass sie im Nachttisch seiner Frau wühlte – formaljuristisch war Eva es schließlich noch –, betrachtete er neugierig die Schachteln und sagte: »Ich bin fassungslos. Das wusste ich nicht.« Er barg den Kopf in den Händen, presste eine Träne aus den Augen, wischte sie verschämt mit dem Hemdärmel ab und fügte mit zitternder Stimme hinzu: »Kannst du jetzt verstehen, dass ich das alles nicht mehr ertrage, dass ich um Leib und Seele meines Sohnes bange?« Sie setzte sich auf, ihre Brustwarzen noch erigiert, ein feuchter Fleck zeichnete sich auf dem blassgelben Slip ab, und strich ihm sanft über das Haar. »Armer André, das hast du nicht verdient. Wir finden sicher eine Lösung.«

Am nächsten Tag warf sie ihm mit auffordernder Geste drei Bücher auf den Schreibtisch: Wege aus der Sucht, Bipolare Störungen und irgendeinen kinderpsychologischen Klassiker. »Schau's dir an! Das ist unsere Strategie! Ihr Wahnsinn muss nur noch bewiesen werden.« Als hätte er diesen Plan nicht längst schon erarbeitet! Mit leicht zusammengekniffenen Augen und seitlich geneigtem Kopf sah sie ihn an. Sicher zweifelte sie an seiner Intelligenz. Ihre Augen sprachen Bände: Weshalb nur hast du diese Frau geheiratet? Warum bleibst du bei ihr? Wie konntest du nur ein Kind mit ihr zeugen? Und nicht zuletzt: Weshalb sollte ich, Ariane Rosenzweig, mit diesem Loser eine Familie gründen? Dabei sollte sie sich selbst an die Nase fassen. Ihren unfruchtbaren Leib und ihre weinerliche Art, das vergebliche Sehnen nach einem Kind zu ertragen, bedeuteten eine nahezu übermenschliche Herausforderung für ihn. Wenn sie sich nur endlich damit abfände, dass sie selbst unfruchtbar war, doch immerhin dazu auserwählt, sein Fleisch und Blut zu versorgen und zu behüten. Die Fünfhunderttausend, die ihr Vater André im Falle einer Heirat geboten hatte, waren eine minimale Entschädigung für das Selbstmitleid, das sich epidemisch in ihr ausbreitete, jede Leichtigkeit aus ihren Zellen schwemmte. »Verdammt, kannst du nicht einmal die Klappe halten«, herrschte er sie an, die Hand an ihrer Gurgel. Nicht einmal das törnte sie ab. Im Gegenteil. Sie drängte sich an ihn, schlang die Beine um seine Hüften, bis er ihren Slip zur Seite zog und sie penetrierte. »Schlampe«, presste er zwischen den Zähnen hervor und zog sie an den Haaren. Ob sie kam oder nicht, vermochte er nicht zu sagen. Sie stieß ein paar kehlige Laute aus und bewegte sich, wie sie es der Situation wohl für angemessen hielt. Es erstaunte ihn selbst, wie gelangweilt er sie fickte, wie sie ihn anödete mit ihrem Callgirl-Deluxe-Getue. Irgendetwas in ihm sehnte sich nach Eva oder wenigstens nach dieser kleinen geilen Stute, die er neulich in Madrid auf sein Zimmer bestellt hatte. Er brauchte einen Ausgleich, zumindest so lange, bis sie wieder ihr Gleichgewicht gefunden und sich mit der Tatsache ihrer Unfruchtbarkeit abgefunden hatte. Ausgleich und Konzentration auf das Wesentliche! Die Lebensversicherung auf Evas Namen hatte er bereits abgeschlossen. Sie musste es nicht wissen. Seine oder ihre Unterschrift, es kam schließlich auf dasselbe heraus. Dreihundertfünfzigtausend im Todesfall. Der Tarif war akzeptabel. Sogar auf eine Selbstmordklausel hatten sie verzichtet. Jean und er waren immerhin seit Jahren Kunden und zahlten ihre Beiträge mit der Regelmäßigkeit einer Stechuhr. Ariane würde die Beiträge womöglich sogar übernehmen. Im Gegenzug würde er sie zu zwanzig Prozent an den Prämien seiner Lebensversicherungen beteiligen. Das war zwar nur ein lächerlicher Betrag, wenn er auf das Vermögen ihres Vaters schaute, der symbolische Wert war jedoch nicht zu unterschätzen. Er strich ihr eine Strähne hinters Ohr, schloss die Augen und küsste sie auf den Mund. Sie schmeckte nach Listerine und einem Gloss, das er ihr am liebsten mit einem Desinfektionstuch von den Lippen gewischt hätte.

Im Flur stapelten sich die Umzugskartons. André hatte ihr die Falttechnik erklärt und anschließend mit dem Smartphone ihre Effizienz gemessen. »Perfekt«, sagte er nach dem zweiten Karton, »eine Steigerung um hundert Prozent.« Den vierzigsten schaffte sie in drei Minuten. »Die Ränder feinsäuberlich knicken«, sagte er, »und die Grifflöcher nach innen biegen. Das erleichtert den Transport.« Er entwarf Etiketten mit den Aufschriften ›Paris‹, ›Brüssel‹, ›Berlin‹, Kategorien wie ›Spielzeug‹, ›McCrowley-Eva‹, ›McCrowley-André‹, ›Lebensmittel‹. Was sollte sie in die Kiste mit der Aufschrift ›Lebensmittel‹ packen? Foie gras, Sauternes, Rillettes, Magret de Canard? Befürchtete er, in Berlin in einen kulinarischen Notstand zu geraten? Die Kisten für ›Brüssel‹ hatte er fest mit Klebeband verschlossen, zwanzig an der Zahl. Sie war versucht, sie mit einem Küchenmesser aufzuschlitzen und jedes einzelne Teil auf Verrat zu überprüfen. Lächerlich. Es war schäbig, ihm nicht zu vertrauen, seinen Willen zum gemeinsamen Aufbruch in Frage zu stellen. Warum konnte sie nicht damit aufhören, ihre Verlustängste auf ihn zu projizieren? Mit misstrauischem Blick schlich sie um die Kisten herum, überlegte, was in den Berliner Kisten fehlte, was er wohl in Belgien unbedingt brauchte. Sie konnte sich die Frage nicht verkneifen: »André, chéri, sind das alles Bürosachen oder was transportierst du da alles nach Brüssel?« Seine Augen verengten sich, die Mimik erstarrte. »Ich werde dir nicht antworten auf diese Frage«, sagte er, »ich werde deine Kontrollsucht nicht unterstützen. Mein Therapeut hat mir geraten, derartige Anwandlungen einfach zu ignorieren.« »Dein Therapeut? Was soll das? Weshalb ... Du hast mir gar nichts davon erzählt.« Sie traute ihren Ohren nicht. »Chérie, ich bin unglücklich.« Er stand auf, legte die Hände auf ihre Schultern und blickte ihr tief in die Augen: »Ich tu das für uns! Ich will unsere Ehe retten. Dafür bin ich zu allem bereit«, flüsterte er und zog sie dicht an sich.

Sie hasste sich für die Zweifel, die sie mit jedem Gedanken an Details, irrsinnige Details, nährte. Wie gebannt starrte sie auf den Bildschirm, auf André und Ariane, aneinander geschmiegt, quälte sich mit stundenlangem Googeln nach neuen Bildern, eindeutigen Beweisen, nur um sie zugleich als Gegenbeweise für ihr eigenes krankhaftes Verhalten zu verwenden. »Schlimmer als der ungläubige Thomas«, hatten sie ihr bereits im Kommunionsunterricht vorgeworfen. »Na und, was ist denn Schlimmes daran, wenn ich einen handfesten Beweis haben will«, gab sie zur Antwort, »hat Jesus Thomas vielleicht getadelt, weil er die Male an Jesu Händen zu sehen begehrte? Nein, Jesus hatte es kapiert: Erst sehen, dann glauben!«

Sie wickelte gerade Gläser in Geschirrtücher und deponierte sie in einer Kiste, als er per Skype anrief. Vor Schreck ließ sie eines der Gläser fallen, schnitt sich beim Einsammeln der Scherben in den Daumen. Verdammt! Sie öffnete die Küchenschublade, schnitt ein Stückchen Heftpflaster ab und klebte

es eilig auf den verwundeten Finger. Zwölfmal. Dreizehn.
Beim fünfzehnten Klingelton würde er auflegen. Sie hastete
zum Computer und nahm den Anruf an. Er saß auf einem
Herman Miller-Bürostuhl, der exakten Kopie seines Stuhles
in Paris, und winkte ihr grinsend zu. Stand da nicht ein zwei-
ter Stuhl neben ihm? Sein Mund dehnte sich zu einer breiten
Grimasse, die Augen blieben unbeweglich, starrten sie aus-
druckslos an. »Na, alles schon gepackt, Chérie?« Seine Stimme
klang verzerrt, unnatürlich. Imitierte er einen Tonfall? Selbst
den belgischen Akzent hatte er sich schon angeeignet! Er trug
ein bunt gestreiftes Hemd. Paul Smith? »Hast du ein neues
Hemd?«, fragte sie. Warum konnte sie sich nicht beherrschen?
Er schwieg. Bewegte sich sein Finger auf die Exit-Taste zu?
»Nein, leg nicht auf! Es tut mir leid. Ich weiß auch nicht, was
mich geritten hat.« Er schien besänftigt, ließ sie jedoch noch
ein wenig zappeln. Sie kannte das Spiel. Noch zwei, drei Sätze
und er verziehe ihr. »Chérie«, es klang gnädig, »schau dich
um!« Er drehte den Bildschirm mit der eingebauten Kamera
um hundertachtzig Grad und zeigte ihr das Zimmer. »Hier,
was siehst du hier? Akten, nichts als Akten.« Unwillkürlich
beugte sie sich vor, versuchte, den schnellen Schwenks der Kamera zu folgen. Da, in der Ecke! Ein Seidenfoulard. »Was ist
los? Was guckst du so entsetzt«, fragte er, »hast du deine Pillen
wieder nicht genommen?« »Chéri«, mühsam beherrschte sie
ihre Stimme, »kannst du den Bildschirm noch einmal herum-
drehen, bitte? Die Vase. Die türkisfarbene Vase gefällt mir so
gut. Nein, lass es, verzeih mir, ich will nichts weiter sehen. Ich
glaube dir.« Seine Hand, lag sie nicht genau an der Stelle auf
dem Screen, wo sich der Schal befand? Er wusste, sie hatte
ihn ertappt. Ariane Rosenzweig. Sie trug diesen unsäglich kit-
schigen Pferdesattel-Schal auf dem Bild, das sie im Internet

gefunden hatte. Eva schloss die Augen, presste die Lippen aufeinander. Der Schal, das Bild und der Brief. Und die Rechnungen. Arztrechnungen von einer Fruchtbarkeitsklinik. Wer hatte ihr diesen Umschlag zugespielt? Telefonrechnungen. Hundertmal dieselbe Verbindung. Anrufbeantworter. Ariane Rosenzweig. *Je ne suis pas disponible pour le moment.* »Chérie, alles okay bei dir?« Er klang sanftmütig, fast besorgt. »Ja. Ja, verzeih, ich bin nur etwas gestresst. Die ganze Packerei. Wir sehen uns dann morgen in Berlin, ja?« Jetzt ihn bloß nicht verärgern. Sonst käme er nicht. Nein, das ertrüge ich nicht! Sie hatte sich getäuscht, musste sich getäuscht haben. Diese verdammten Pillen! Sie musste die Dosis reduzieren. Der Brief. Wahrscheinlich existierte er nicht einmal. Genauso wenig wie dieser beschissene Schal neben der türkisfarbenen Vase.

André warf einen Blick auf seine Armbanduhr. Nautisches Modell mit englisch-grünem Lederband. Zufrieden stellte er fest, dass er perfekt in der Zeit lag. In Belgien hatte er die Nacht in seiner Wohnung verbracht. Ariane war entspannt. Er hatte nicht nur die aus Paris transportierten Akten, eine adäquate Anzahl an Krawatten, Hemden und Anzügen – auf dem Kauf der Wäsche hatte sie bestanden, sie hasste bunte Boxershorts – in den Wandschränken verstaut, sondern auch eine glaubwürdige Auswahl an Lieblingsbüchern einschließlich Kindheitssouvenirs. »Oh, entzückend«, flötete sie, »Original Marionetten aus den Sechzigerjahren!« Sie strich über den mürben Stoff und pustete ein Staubkorn weg. Nach kurzem Zögern, der Degout war offensichtlich, legte sie die Puppen in eine Glasvitrine, nicht ohne die abscheulichen Barbies darin neu zu positionieren. Haute Couture. Die roséfarbenen Häkelkleider sind genauso geschmacklos wie deine

Bling-Bling-Täschchen, dachte er und strich ihr zärtlich über den Oberarm. Sie schmiegte sich an ihn. Er schob ihren Rock hoch. Warum musste sie immer diese albernen Strings tragen? Sie wusste doch, dass ihn ihre Nacktheit viel mehr erregte! Er überlegte es sich anders, wandte sich ab und presste die Lippen fest aufeinander. »Was hast du, chéri«, fragte sie, beunruhigt von seiner offensichtlichen Bedrücktheit. »Nichts, nichts«, sagte er, schüttelte den Kopf und legte die Stirn in Falten. Sie ließ, wie zu erwarten, nicht locker, insistierte, ließ sich zu Beschimpfungen hinreißen: »Diese dumme Kuh! Hat sie dir das Leben wieder zur Hölle gemacht? Du musst sie endlich einweisen lassen!« »Sie ist die Mutter meines Sohnes«, stieß er betrübt hervor. »Höchste Zeit, den Schaden zu begrenzen«, entgegnete sie. Er wusste sie auf seiner Seite. In seinen Plan würde er sie dennoch nicht einweihen. Zugewandt, vernarrt in ihn war sie, formalisiert hatte er ihre Beziehung jedoch noch lange nicht. Der schwierigste Part war die Verhandlung mit dem Vater, der seine einzige Tochter garantiert nicht ohne Netz und doppelten Boden freigeben würde.

Als er im Wagen saß, den Kofferraum und die Hintersitze vollbeladen mit überflüssigem Gerümpel, das Eva ein Gefühl der Sicherheit, der Zusammengehörigkeit, vermitteln sollte, war er überzeugt, dass er das Richtige tat. Es war zu ihrer aller Besten. Vier Stunden hätte er Zeit, um die Dinge zu regeln. Schlüsselübergabe, Besichtigung des Hauses, Überprüfung des Schwimmbades. Er hoffte inständig, dass Eva nicht vergessen hatte, vom Voreigentümer den Pool befüllen zu lassen! Er musste sie mehrmals daran erinnern. Die einfachsten Dinge bekam sie nicht mehr auf die Reihe. »Oh, das hab ich ganz vergessen! Ist dir nicht klar, was ich alles zu tun habe?« Ihre Aggressivität und Verwirrung nahmen täglich zu. Wenn sie so

weitermachte, musste er nicht einmal etwas zu ihrer Unschäd-
lichmachung beitragen. Andererseits optierte er klar für das
zweite Szenario. Der Gedanke, dass sein Sohn die psychisch
kranke Mutter sonntags im Klinikum sehen sollte, behagte
ihm nicht. Nun gut, er könnte sich von einem Kinderpsycho-
logen attestieren lassen, dass der Junge von dieser Art der Be-
gegnung traumatisiert würde. Das wäre das geringste Problem.
Ein klarer Cut schien ihm jedoch die bessere Lösung: Lieber
ein Ende mit Schrecken als ein Schrecken ohne Ende. Jeder
Kilometer, den er in Richtung Berlin zurücklegte, brachte ihm
die Leichtigkeit zurück, ließ den Gedanken an ein Leben mit
Ariane erstrahlen, nicht einmal mehr als Endziel, sondern als
eine Etappe auf seinem glorreichen Lebensfeldzug. Vielleicht
begleitete auch sie ihn nur einen Abschnitt lang, ermöglichte
ihm den Aufstieg zu einer höheren Sprosse. Das würde sich
in praxi zeigen. Jetzt musste er erst einmal exakt seinen Plan
umsetzen. In Gedanken durchschritt er die einzelnen Räume,
stieg die Stufen ins Souterrain hinab, durchquerte den Hauswirtschaftsraum und öffnete die Tür zum Heizungskeller.
Immerhin hatte Eva fotografisch jeden einzelnen Raum genau dokumentiert. In dieser Hinsicht war sie gewissenhaft.
Er kalkulierte exakt zwanzig Minuten für den Vorgang. Das
war großzügig bemessen, aber eine Sicherheitsmarge musste er
einbeziehen. Das Risiko, aus Zeitmangel etwas zu vermasseln,
durfte er nicht eingehen.

Es kostete ihn Überwindung, der Maklerin die Hand zu
geben, ihr offen und freundlich ins Gesicht zu blicken. Die
Haare blondiert, den fetten Leib in knallenge Jeans und ein
Leopardenoberteil gezwängt, strömte sie ein widerliches
Odeur aus, bleckte ihre nikotingelben Zähne zwischen mit
dickem Gloss betupften Lippen. »Monsieur Levy!« Er wich

unwillkürlich einen Schritt zurück. »Sind Sie mit dem Auto angereist?« »Wie schön! Ihre Frau wird sich freuen! Sie kommt in drei Stunden mit dem Flieger, nicht wahr?« Er lächelte sie an, nahm die Schlüssel entgegen und überreichte ihr einen Umschlag. »Ach, aber, das hätten Sie doch ...« Klappe, dachte er, dir trieft doch die Geldgier aus all deinen selbstbräuner- verstopften Poren. Noch bevor er feierlich den Schlüssel in das Schloss steckte, überreichte er ihr eine Schachtel Pralinés. Vollmilch, Nuss und Marzipan. »Godiva«, darauf standen sie, diese ewig nicht gefickten deutschen Mittvierzigerinnen.

Mon Dieu, jetzt schnappte auch noch ihre Stimme über vor Begeisterung. »Aber das wäre doch nicht ... Monsieur Levy, das war doch selbstverständlich!«

Ihr Ritual an gegenseitigen Schmeicheleien zog sich eine Weile hin, bis er sie in einem opportunen Moment – das Stichwort ›Maklerethos‹ fiel – unterbrach und um die Un- terlagen zu einer soeben auf ihrer Seite entdeckten Wohnung bat. »Ach, das wäre ganz reizend von Ihnen! Nur ein Katzen- sprung?« »Selbstverständlich. Ich muss ohnehin ein paar Tele- fonate führen.« »Zwanzig Minuten? Perfekt.«

»Bin sofort wieder da«, rief sie und ließ die Tür ins Schloss fallen. Sobald sie außer Reichweite war, zog er ein paar schwarze Handschuhe und Überschuhe aus Plastik aus seiner Montblanc-Aktentasche. Er streifte sie über, atmete tief durch und begab sich in das Untergeschoss. Die zweite Tür links. Im Heizungskeller staute sich die Hitze, der Kessel brummte und schien trotz der frühsommerlichen Hitze auf Hochtouren zu laufen. Der Schaltkasten befand sich rechts neben der Tür. Der Schlüssel lag auf dem Glasgehäuse. Eine Taschenlampe! Verdammt! Warum hatte er nicht daran gedacht? Eine Neon- röhre zuckte nervös an der asbestverseuchten Decke. In einer

Holzkiste neben dem Kessel fand er schließlich eine Taschenlampe. Er betätigte den Schalter und atmete auf: Die Batterie funktionierte. Es rührte ihn fast, mit welcher Leichtigkeit sich das Glastürchen öffnen ließ. Mit der Lampe beleuchtete er die Kabel. Grün-gelbes Erdungskabel. Er schloss die Phase an, verriegelte das Glasgehäuse und legte die Lampe zurück in die Kiste. Er löschte das Licht und verließ den Raum. Ein letzter Kontrollblick in das Schwimmbad. Chlorgeruch stieg aus dem bis zum Rand gefüllten Becken auf. Das Wasser funkelte bläulich unter den Deckenspots. Zufrieden begab er sich zurück in den Hausflur.

Keine zwei Minuten später stand die Maklerin hinter ihm. Mit dem Zweitschlüssel hatte sie Tür geöffnet. »Monsieur Levy«, sie berührte ihn mit ihren widerlichen Gelnägeln an der Schulter, »geht es Ihnen nicht gut? Sie sind ja kreidebleich.« Betroffen wies er auf sein Telefon, seufzte, raffte Jacke und Tasche zusammen, stammelte drei Worte auf Französisch: »Mon père. Désolé.« Es klappte wie am Schnürchen. Sie nahm ihm die Geschichte ab. »Aber das ist ja entsetzlich! Notaufnahme? Kommen Sie, ich fahre Sie sofort zum Flughafen.«

In zehn Minuten waren sie in Tegel. Sie parkte den Wagen in der Kurzparkzone und begleitete ihn zum Schalter. Er buchte den Flug um, nicht ohne ihr ein betroffenes, von einem Hauch Verzweiflung überzogenes Gesicht zu präsentieren. »Meine Frau! Wir hatten uns so gefreut auf diesen Abend! Sie wird sehr enttäuscht sein ... Warten Sie«, er lächelte, als sei ihm soeben ein tröstlicher Gedanke gekommen, »bin sofort wieder zurück.« Sie hielt gerade einen Taschenspiegel vor ihr abscheuliches Gesicht und zog sich die Lippen nach, als er ihr ein rotes Metallherz von der Chocolaterie Leysieffer – mit dem Aufdruck »Ich liebe dich«, damit sogar sie es begriff – entgegenhielt. »Für meine Frau!« Schlampe, dachte er, hatte sie tatsächlich geglaubt, es sei für sie?

Gerührt betrachtete Eva das Herz. Die Hälfte der Pralinés hatte sie bereits verzehrt aus Enttäuschung über seine Abreise und aus Traurigkeit über den offenbar lebensgefährlichen Zustand des Schwiegervaters. Sie betastete ihre Taille, befühlte ihre Hüften. Üppiger, weicher waren sie geworden. Er würde sie dafür bestrafen, einen kurzen, abfälligen Blick auf sie werfen und sich dann zur Seite drehen. Nun, er war nicht da. Sie lag allein auf dieser Luftmatratze, die ihr die Maklerin zusammen mit einer Decke und dem Leysieffer-Herz vorbeigebracht hatte. Die Höhe der Provision rechtfertigte diesen Extra-Service, immerhin hatten sie die Transaktion im Eilverfahren abgewickelt. Für eine Besichtigung dreißigtausend Euro verdient. Eva wurde das Gefühl nicht los, dass irgendwas im Busche war. André zeigte kaum Interesse an diesem Bungalow. Ein paarmal hatte er versucht, sie zu einer befristeten Anmietung einer Wohnung zu bewegen. Das ist doch viel unkomplizierter, meinte er, in einem Jahr, wenn ich den Devisendeal eingetütet habe, suchen wir uns eine Villa vom Feinsten. Verschleppungstaktik! Das Wort kam ihr unversehens in den Sinn und nistete sich in ihrem Bewusstsein ein. Traute sie ihm nicht mehr? Sie witterte Gefahr, weigerte sich jedoch, die Dinge klar zu erkennen. Betrug! Sie musste die Sache mit dem Haus schnellstmöglich unter Dach und Fach bringen. Das Budget, bald wird die Kohle fließen, sagte er, ja, das türkische Umzugsunternehmen sei gut. Low Budget, aber pass bloß auf, dass sie uns nicht abzocken! Wenn man nicht Acht gibt, klauen sie alles, was nicht niet- und nagelfest ist. Kohle, Knete, Zaster. Er sprach von nichts anderem mehr. Die Summen wurden immer absurder, die Deadline der Deals entfernte sich immer mehr. Was drängst du ständig? Warum setzt du mich unter Druck? Bist du dir sicher, dass ... Sie gab es auf, ihn auf den Boden der Tatsachen zurückholen zu wollen. Welche Tatsachen? Manchmal fühlte sie sich, als stünde sie neben sich, als eine Art Phantom. Sie sah sich, wie sie das Abendessen zubereitete, das Kind fütterte, und war doch abwesend. Die Tabletten hatte sie abgesetzt, Schlafstörungen und Nervosität in Kauf genommen, an ihnen konnte es nicht liegen Sie hatte ihm nichts davon erzählt. Er hatte ihr ohnehin einen Klinikaufenthalt nahegelegt. In Belgien oder in der Schweiz. Eine neue Umgebung. Losgelöst. Du wirst sehen, mir hat das gutgetan in diesem Sanatorium. Du legst deine Kleidung ab, streifst eine weiße Tunika über und trinkst diesen Kräutertee, der dir das Gift aus dem Leib schwemmt, sagte er. Reinigung, Körper- und Geisteshygiene waren Fetische für ihn, Rituale, um Physis und Psyche ins Gleichgewicht zu bringen. Es klang sektenhaft, nach esoterischem Quark. Er begann seine Ernährung umzustellen, verzichtete auf Saucen, kombinierte Lebensmittel nach einem obskuren Plan, zwang sie und das Kind, einen Heiler aufzusuchen, der sie ausloten, neu ausrichten sollte. Der Heiler, weiß gewandet, vor einer großen roten Sonne im Lotussitz hockend, starrte sie an mit grünen Luchsaugen und säuselte mit einer erstaunlich weichen, fast weiblichen Stimme: »Entfache deine Glut! Finde deine innere Sonne, dein Strahlen wieder!« Die Worte träufelten durch sie hindurch, ohne eine Spur zu hinterlassen. Sie konnte mit diesem Scheiß genauso wenig anfangen wie mit Andrés Science-Fiction-Büchern und seinem neuesten Faible fürs Kartenlegen und für Machwerke wie *The Secret* oder *Die neun Tore zur Erleuchtung*. Er schwor dem Glauben an McCrowley ab und suchte sein Heil in einer neuen Religion, einer gottverdammten Paarung aus Selbstverherrlichung und Anbetung des Geldes. Götzendämmerung. Manna, Mammon, Muschi, Masel tov. Er bestritt es. Hartnäckig. Keine andere Frau. Reduziert auf die elementaren Bedürfnisse. Essen, Geld, dann erst Sex und Glückseligkeit. Eine beschissene Dreifaltigkeit. Er vögelte sie wie eine Maschine. Bonjour, Eva, *fuck machine is my name!* Der Heiler stand neben ihr mit einer Instantkamera. Er beugte leicht das Knie und nahm sie ins Visier. Flash, und schon war sie abgelichtet. Auf dem Polaroidbild zeichnete sich ihre Silhouette ab, ein Abdruck, unwirklich wie das Turiner Grabtuch. Die einzige Gemeinsamkeit, die Polaroid, das Leinentuch und sie, Eva, hatten, war der Tod. Keine Glut, keine Sonne. Als sie vor ihm auf der Couch lag, zerstäubte er eine unspezifische Essenz, grün, Aldehyde, und ließ seine Hände zwei Zentimeter über ihrem Körper schweben. Sie wechselten kein Wort. Nur ein leiser Hauch strich über sie hinweg. Die Spannung zwischen Nähe und Unberührtheit irritierte sie, erregte sie beinah, provozierte eine Wirkung, die der Heiler sicher nicht beabsichtigte. Seine sexuelle Ausstrahlung ging gegen Null. Anschließend starrte sie noch einmal in den orangeroten Sonnenteppich, während er Vermessungen an ihrem Körper und auf dem Bild vornahm. Sehen Sie, sagte er, wir haben alles wieder ins Lot gebracht. Ihre linke Körperhälfte war um drei Zentimeter verschoben, jetzt befinden Sie sich wieder im Gleichgewicht. Hundertfünfzig Euro, bitte! Noch drei Sitzungen und wir bringen Ihre innere Sonne wieder zum Leuchten!

Sie kauerte sich auf der Matratze zusammen und zog die Decke dicht an ihren Körper. Das Haus war leer. André hatte das Auto nach Berlin gefahren und war wieder abgereist. Ein

Notfall, Jean war mit einem Darmverschluss ins Krankenhaus gebracht worden. Drohendes Nierenversagen. Das Kind war bei der Großmutter. Morgen käme er zurück, spätestens übermorgen, um die Kisten mit auszupacken und das Haus einzuweihen mit Champagner und einem Bad im Pool. Sie verschränkte die Arme hinter dem Rücken und lauschte den Geräuschen. Amselgezwitscher und ganz fern die Avus, ein gleichmäßiges Rauschen, das Paris und die Lichter der Bateaux Mouches in weite Ferne rückte. Ab jetzt Stern- und Kreis-Schifffahrten auf der Spree.

Lila und weiß oder doch lieber Naturtöne? Ariane hielt ihm zwei Kataloge vors Gesicht. Irgendein lokaler Innenausstatter und Minotti. Sie hatte einen Narren gefressen an italienischen Möbelherstellern, entschied sich dann aber doch meist für eine billige Kopie. So sehr sie sich bemühte, ihre Herkunft mit Hermès-Foulards zu verschleiern, sie war und blieb die verzogene Göre eines neureichen Aufsteigers aus dem marokkanischen Souk. Konnte sie ihn nicht einfach in Ruhe lassen mit diesem Design-Kram, der ihm die Gehirnzellen verstopfte? »Wie sieht es eigentlich bei dir aus«, fragte sie lauernd, als warte sie nur darauf, ihm seine Minderwertigkeit unter die Nase reiben zu können. »Kommst du voran mit …?« Er zog sie zu sich, um ihr das arrogante, diktatorische Gehabe mit ungestümen Küssen auszutreiben. Besänftigt schmiegte sie sich an ihn und führte seine Hand unter ihren Rock. Sie kokettierte ein wenig, räkelte sich schnurrend auf seinem Schoß. Miau! Der Verlauf war ihm so vertraut wie das Abschütteln seines Schwanzes über dem Urinal. Mit einem Klaps auf den Po und einem leichten Kniff in die Taille kürzte er das Prozedere ab. Er rückte den Schreibtischstuhl zurecht und beugte sich vor. Mit leicht geröteten

Wangen stand sie auf und strich sich den Rock glatt. Sieht gut aus, Schatz, sieht gut aus! Der Deal ist bald durch und dann ... Abgespulte Sätze, runtergenudelt, ohne nachzudenken, inhaltslos, verbales Diazepam, um sie ruhigzustellen.

Als sie endlich die Tür hinter sich ins Schloss warf, klickte er sich durch seine Kontakte, blieb bei der russischen Beraterin hängen, die er auf dem letzten McCrowley-Weihnachtsfest kennen gelernt hatte. War sie nicht entzückend? Ein wächsernes Püppchen, rein, mit wasserblauen Augen, hineingetupft in ein sonniges Gesicht, umrahmt von zitternden Goldlöckchen. Die Tochter eines Oligarchen, irgendwo in einer Grenzstadt Sibiriens, oder war es Transnistrien? Er durfte keinesfalls noch einmal den Fehler begehen, nicht alle auch nur denkbaren Möglichkeiten in sein Kalkül einzubeziehen. Sie hatte ihn angehimmelt, die schneeweißen, leider etwas zu stämmigen Beine übereinander geschlagen und unbeholfen kokett – genau das machte ihn an – unter ihren künstlichen Wimpern hervorgeblinzelt. Wahrscheinlich sah sie sich schon auf den Champs-Elysées flanieren, Arm in Arm mit einem echten Franzosen, der ihr mehr zu bieten hätte als die Wodka saufenden Handlanger ihres Daddys. Sicher wäre sie – wie hieß sie noch? – bereit. Er hatte sie lediglich unter ihrem Nachnamen gespeichert. Swetlana, er fand ihren Namen in einer schmachtenden Mail, die er ihr ins Moscow Office geschickt hatte. Swetlana würde vermutlich, ohne mit der Wimper zu zucken, Seed Money lockermachen. Es wäre ein Taschengeld für sie, und letztlich hätten alle etwas davon. Win-Win. Ariane würde sich verfluchen dafür, dass sie auch nur einen Moment lang an ihm gezweifelt hatte. Swetlana. Er würde sie anrufen. Später. Zuerst musste er die leidige Angelegenheit mit Eva über die Bühne bringen.

Morgens um acht hatte sie ihn bereits angerufen und geklagt über eine schlaflose Nacht, über Schmerzen, über Sehnsucht, über Heimweh. Gejammer. Das Wort war gleichbedeutend mit Eva. Es kostete ihn Kraft, sich zusammenzureißen, ihr nicht über den Mund zu fahren, loszubrüllen, sie solle doch endlich die Klappe halten. Wisse sie denn überhaupt, woher die ganze Kohle käme? Verdammt nochmal, Transnistrien! Vor einem Jahr noch hätte er im Traum nicht daran gedacht. Schwarze Löcher. Geldwäsche. Drogen. Menschenhandel. Aber nun klang nichts mehr abschreckend in seinen Ohren. Irgendwann hatten sich die Grenzen verwischt, hatten sich die Dinge sogar gewendet. Grauzonen waren entstanden, die das leidige Gut-Böse-Schema obsolet machten. Bezahlen müssten sie dafür, diese Schlampen mit ihrer Gier nach Luxus, der Selbstverständlichkeit, mit der sie sich an ihn ketteten. Und doch war er ihnen dankbar, zumindest Ariane. Sie hatte ihn befreit aus seinem Ehegefängnis, ihm mit ihren lächerlichen Kreditkarten und ein bisschen Kleingeld eine Zukunft gewiesen. Es war nur recht und billig, dass er nun eine transnistrische Oligarchennutte für seine Zwecke verwendete.

Er wählte Evas Handynummer. Sie hatte es nicht einmal geschafft, rechtzeitig einen Festnetzanschluss einrichten zu lassen. Natürlich ging sie nicht ran. Wahrscheinlich lag sie auf der Couch oder saß in einem Café, um sich von ihrem anstrengenden Vormittag, ihrer schlaflosen Nacht zu erholen. Zwanzig Mal ließ er es klingeln. In einer Stunde würde er es wieder versuchen.

In der Zwischenzeit stöberte er in seinem Gedichte-File nach einem passenden Vers für die Russin. Irgendwas mit Stolz, damit sie verstünde, warum er sich so lange nicht gemeldet hatte. Leidenschaft und Selbstanklage. Das ist es! *Ich müsste eine*

Hölle haben für meinen Zorn, eine Hölle für meinen Stolz – und die Hölle der Zärtlichkeit. Ein Konzert von Höllen. Rimbaud. Er kopierte das Zitat und fügte es in ein relativ nüchternes Anschreiben ein, das auf seine Capital-Risk-Aktivitäten Bezug nahm und natürlich auf sein Ausscheiden aus diesem durch und durch verlogenen Moloch McCrowley.

Nach einer Stunde rief er erneut bei Eva an. Nach dem siebten Klingelton ging sie ans Telefon. »Ma chérie d'amour! Ich habe mir schon solche Sorgen gemacht«, sagte er und ließ die Litanei, die Klagen über das Umzugsunternehmen über sich ergehen. Er hatte sich mental darauf vorbereitet. »Entspann dich mal richtig«, sagte er, »weih doch heute Abend endlich unser Schwimmbad ein!« Natürlich fragte sie, wann er endlich zu ihr käme nach Berlin. »Nicht dran zu denken, leider, im Moment. Ich schaffe es nicht. Ruh dich aus und gönn dir ein, zwei Saunagänge. Bald bin ich bei dir.«

Nicht den geringsten Schimmer hatte er davon, was sie hier durchmachte! Wütend öffnete sie mit dem Küchenmesser einen Karton. Wenigstens hatten sie das Geschirr zuerst geliefert! Als Beiladung, weil einer der Mitarbeiter ohnehin einen Umzug nach Berlin durchführen musste. Den halben Tag wartete sie bereits auf die restlichen Kartons, das Bett, die Möbel. Das Schlimmste aber war, dass sie kein Wasser hatte, um das Umzugsgut zu reinigen oder sich auch nur einen Tee zu kochen. Sie drehte an den Armaturen, öffnete alle Hähne. Kein Tropfen! Und dann noch dieses verfluchte Telefon! Begriff er denn nicht, dass sie alle Hände voll zu tun hatte! Entspann dich doch! Sie äffte ihn nach, schleuderte das Staubtuch in die Ecke. Schöpf doch Wasser aus dem Pool, war seine grandiose Idee, koch dir einen Beruhigungstee aus gechlortem Wasser.

Seinen Flug hatte er inzwischen auf die kommende Woche verschoben. Er ließ sie schlichtweg hängen mit der ganzen Scheiße! Sie nahm eine halbe Lexomil aus der Packung, die griffbereit neben dem Waschbecken lag, überlegte es sich anders, knipste nur ein kleines Stückchen ab, eine homöopathische Dosis sozusagen, sie wollte schließlich aufhören mit den Pillen, ein neues Leben hier beginnen. Sie suchte ihr Handy, ignorierte die verpassten Anrufe und wählte die Nummer der Maklerin. »Sie Ärmste!« Das geheuchelte Mitleid tat ihr gut. »Selbstverständlich schicke ich Ihnen jemanden vorbei.«

Dann ging sie hinaus in den Garten und legte sich ins Gras. Sandige, braune Flecken breiteten sich wie ein Ekzem auf dem schwindenden Rasen aus. Am Himmel zog eine Armada schwermütiger Wolken vorbei, die sie die Anmut der Dürer-Landschaften ihrer Kindheit, selbst das lastende Pariser Grau schmerzlich vermissen ließ. Sie schloss die Augen, ließ die Handflächen über verdorrtes Gras streifen, auf einem Moos-hügel verharren, dessen samtige Kühle sie in einen dämmrigen Halbschlaf gleiten ließ.

Zuerst sah sie die Überschuhe. Gekräuselte Plastikhauben, über klobige Arbeitsstiefel gestülpt. Eine massige Hand um-klammerte den Griff eines Werkzeugkastens. »Frau Lövi?« Sie zuckte zusammen, weniger vom plötzlichen Auftauchen eines ihr unbekannten Riesen im Garten als von der befremdlichen Aussprache ihres Namens überrascht. ›Lévy wie die Jeans ohne ›s‹, dachte sie. Wie oft musste sie den Deutschen denn noch diese Eselsbrücke aufsagen! »Ja?« Sie stützte sich auf die Ellbogen und versuchte, mit einem Satz aufzuspringen. Sie taumelte. Violette Flecken zerstoben vor ihren Augen. Sie um-fasste den Unterarm des Mannes und ließ sich von ihm zur Hausmauer führen. Sie lehnte sich gegen die kühle Wand und atmete tief durch. Der Schwindel ließ nach. »Riedel«, sagte er, »der Klempner.« Seine Stimme schwang sich in der letzten Silbe zu einem verständnisvollen Ton auf. Sie musste vergessen haben, das Gartentor zu schließen. Hatte er geläutet?

Wo war eigentlich der Hund? Dass sie sich dieses Tier auch noch aufgehalst hatte, als seien das Kind in Paris und dieses Haus nicht schon Last genug! »Soros!«, rief sie nach der nichtsnutzigen Töle. Sie gab dem Klempner ein Zeichen, ihr zu folgen, öffnete die Terrassentür und durchquerte das Wohnzimmer. Sie strich sich die Haare glatt und rief erneut nach dem Hund. Der Klempner blickte sie verständnislos an, vermutete wohl, dass sie eine Horde von Investmentbankern bei sich beherbergte. Grotesk! Einen Labradoodle nach dem berühmtesten, von André abgöttisch verehrten Finanzmanager zu benennen, war eine Schnapsidee, die er sich jedoch um keinen Preis hatte ausreden lassen. Wahrscheinlich bereitete es ihm einen Heidenspaß, sich vorzustellen, wie Soros Pfötchen gab, ihm die Füße leckte oder besser noch: sich auf den Rücken warf und ihm die Kehle darbot. »Der Hauswirtschaftsraum ist im Souterrain hinten links.« »Danke, ich überprüf gleich mal die gesamte Installation. Funktioniert ja wohl kein einziger Hahn«, mutmaßte der Klempner, und stieg die Treppe hinab ins Kellergeschoss.

Vielleicht hatte er sich durch ein Loch im Zaun gezwängt und döste im Nachbargarten in der Sonne? Eva öffnete einen Karton mit Büchern, stapelte ein paar Bände auf dem Einbauschrank im Wohnzimmer und überlegte, nach welchem System sie ihre Bibliothek ordnen sollte.

Der Geruch irritierte sie. Eine abstoßende Mischung aus Öl, Schimmel und Chlor. Er stand einfach nur da, brachte keinen Laut hervor. Ein fast zwei Meter großer Koloss, versteinert, kreidebleich. Die ölverschmierten Hände hielt er abwehrend hoch. Sie blickte ihn verständnislos an. »Gibt es ein Problem?«, fragte sie. Wahrscheinlich überbrachte er ihr jetzt die Botschaft, dass das gesamte Rohrsystem verrottet sei und eine größere Investition anstehe. »Bitte nur die absoluten Prioritäten«, erklärte sie präventiv, damit er gleich wusste, woran er war. »Frau Levy ...« Es klang wie Lövi. »Levy wie die Jeans«, sagte sie, »Le - vy«, die beiden Silben überdeutlich betonend. »Der Hund ...«, stammelte er. Sie hob die Schultern. Der Klempner drehte sich um, ging in den Flur und bückte sich. Als er sich ihr wieder zuwandte, hielt er ein dunkles, triefendes Bündel in den Händen. Es dauerte einen Augenblick, bis sie die Situation erfasste. Soros! Auf dem sandfarbenen Boden bildete sich ein dunkler Fleck. Der Klempner atmete schwer, versuchte beruhigende Worte in ihre Richtung zu flüstern. Sie ließ das Buch, ein lächerlicher Zufall wollte es, dass es ausgerechnet Bernhards *In hora mortis* war, in den Karton fallen.

Sie drehte komplett durch. Gut, die Geschichte war so nicht geplant. Die Sache mit dem Köter war ein zugegeben unangenehmer Zwischenfall. Warum musste sie auch die Tür zum Schwimmbad offen stehen lassen? Konnte sie nicht einfach einmal seine Anweisungen ausführen, ohne Wenn und Aber, ohne Abwandlungen, die zwangsläufig unkalkulierbare Nebenwirkungen mit sich brächten? Ariane lag neben ihm, zog kopfschüttelnd an ihrem Joint. Sie hatte es sich zur Gewohnheit gemacht, abends, wenn sie nicht gerade beim Yoga war oder Patiencen legte, Gras zu rauchen. »Kannst du diese hysterische Kuh nicht endlich mal zum Schweigen bringen«, stieß sie zwischen den Zähnen hervor. Er legte die Hand um den Hörer, eine überflüssige Geste, da Eva, völlig außer Kontrolle, ohnehin kein Wort wahrgenommen hätte. »Chérie«, flüsterte er. Ariane hob den Kopf, rollte mit den Augen und blies den Rauch durch einen Kreis, den sie mit Daumen und Zeigefinger bildete. *Asshole!* Sie lächelte. Warum hatte der Klempner das Tier nicht mitgenommen? Wo entsorgten sie die Viecher eigentlich? »Vielleicht ist es besser so«, sagte er, »du hättest sowieso keine Zeit für ein Haustier gehabt. Beruhige dich doch erst einmal, leg dich hin, nimm eine Pille und morgen sieht die Welt schon wieder anders aus.« Sie hörte ihm überhaupt nicht zu, heulte, beschimpfte ihn, drohte damit, alles stehen und liegen zu lassen, wieder zurück nach Paris zu kommen. »Es gibt kein Zurück mehr!«, schrie er sie an. Sie schwieg für einen Moment, begann dann aber doch von Neuem zu zetern, faselte von Stromleitungen, Kabeln. »Was erzählst du da, beruhige dich!« Er zwang sich zu einem besonnenen Ton. »Ein Stromschlag!« Ariane horchte auf. Er winkte ab. »Du hast bestimmt etwas falsch verstanden. Bestell dir eine Pizza! Morgen sprechen wir uns wieder, ja? Ich bin doch bei dir in Gedanken. Aber ja doch, ich liebe dich!« Er legte auf. Lange ertrüge er es nicht mehr. Dass sein Plan gescheitert war, er nun auf ein Back-up zurückgreifen musste, widerstrebte ihm. »Tief durchatmen«, sagte sie und legte ihm die Hände auf die zitternden Lider, »bald bist du sie los. Ein paar Tage noch und du musst dir überhaupt keine Gedanken mehr darüber machen, in welcher Klinik du sie unterbringen willst. Das erledigt sich ganz von selbst.« Er lehnte sich zurück, spürte ihre zarte, warme Brust, den feuchten Atem, der sich auf seinem Gesicht niederließ. Sie wandte sich unvermittelt ihm zu: »Was war das eigentlich für eine Geschichte mit dem Stromschlag«, fragte sie mit eindringlichem Blick. Erwartete sie jetzt ein Zittern seiner Nasenflügel, ein minimales Anheben seines Kinns, irgendein verräterisches

Zeichen, das die unheilsamen Schwingungen bestätigen sollte, die sie vermutlich längst schon aufgenommen hatte? »Du hast doch nichts zu tun mit der Sache, oder?« Den Kopf zur Seite geneigt, lauerte sie auf eine Antwort. Er lachte, zog sie an sich und küsste sie auf den Mund. Für wie dämlich hielt sie ihn eigentlich? »Wie meintest du das eben«, fragte er, »das würde sich von selbst erledigen?« »Hast du mit dieser Stromsache etwas zu tun? Dann sollten wir uns gleich schon einmal eine Strategie überlegen, wie wir dich aus diesem Schlamassel herausholen«, insistierte sie. »Es gibt keinen Schlamassel«, erwiderte er und strich ihr besänftigend über den Arm. Sie schmunzelte, ging zum Fenster und zog die Gardinen beiseite. Mit erhobener Hand, den Rücken ihm zugewandt, stand sie da, als wolle sie ihre Untertanen begrüßen. *The King and his Queen* – T-Shirts mit diesem bescheuerten Aufdruck hatte sie ihm zum Geburtstag anfertigen lassen. Eine Tyrannin war sie, Alleinherrscherin von ihres Vaters Gnaden! Sie verachtete ihn immer mehr, diesen nordafrikanischen Parvenü, ein König ohne Reich! »Wie auch immer«, sagte sie, über die Dächer der Rue Royale blickend, »die Geschichte könnte ein schnelleres Ende nehmen als erwartet. Die Frau ist am Rande eines Nervenzusammenbruchs. Lass sie noch ein wenig hängen, und sie versetzt sich selbst den Gnadenstoß.« Sie drehte sich zu ihm, goss sich einen Portwein ein, legte sich auf die Chaiselongue und blätterte in der neuesten Ausgabe von *Paris Match*. »... Sarkozy. Dem wird noch sein blaues Wunder blühen! Carla, das ist doch eine Schlampe! Ich hab neulich auf einer Party Benjamin Biolay getroffen, du weißt doch, den Ex von Chiara Mastroianni, der ...«

Wie ihm dieses Gequassel auf die Nerven ging! Wenn sie sich wenigstens hinter den Schweiz-Deal klemmen würde. Der Kauf der Wohnungen war immer noch nicht unterzeichnet, für innenarchitektonische Details und Farbspielereien hatte sie jedoch Muße. Er schloss die Excel-Tabelle und checkte seine Mails. Swetlana! Endlich! Er überflog die Nachricht, immer auf der Hut vor Arianes neugierigen Blicken. Atomkraftwerke in Weißrussland? War das der Deal, den sie ihm vorzuschlagen hatte? Nicht ohne Risiko. Andererseits waren diktatorische Regimes de facto stabiler als so manche Demokratie. Ganz zu schweigen von der Tatsache, dass transnistrische Oligarchen garantiert über ausgezeichnete Geschäftsbeziehungen zu despotischen Machthabern verfügten. Er löschte die Anrede, entschied sich für ein schlichtes »Meine liebe Swetlana.« Es war wie so oft eine Frage der Balance. Sie durfte auf keinen Fall den Eindruck bekommen, es ginge ihm nur ums Business, was im Übrigen ja auch nicht den Tatsachen entsprach. Ihr Gesicht entbehrte nicht eines gewissen Liebreizes, und ihre Titten musste sie garantiert nicht verstecken.

»Was hältst du davon, heute Abend ins La Truffe Noire zu gehen? Wir haben doch allen Grund zu feiern, nicht wahr, chéri?«, fragte sie.

Er lächelte, tippte die Mail fertig und klappte den Laptop zu.

Noch immer zitternd, zugleich beschämt von ihrer eigenen Naivität, schickte sie den Klempner fort und blickte dem toten Tier ins leblose Auge. Der Kiefer war auf die Brust gesunken, tropfende Lefzen entblößten die spitzen Zähnchen, denen Angriff und Eroberung auf alle Zeit verwehrt waren. Eva neigte den Kopf und näherte sich dem Maul des Tieres, blähte ihre Nüstern, als wolle sie sich jedes einzelne verbliebene Lebensmolekül in den Körper fächeln. Sie streichelte Soros über den noch warmen Kopf – der Name kam ihr mit seinem Tode noch befremdlicher vor – und schloss ihm mit einer zarten Handbewegung die Augen. Dann ging sie in den Flur, checkte die Liste mit den Umzugskartons und öffnete eine Kiste mit der Aufschrift »André 7«. Die Größe passte. Sie würde das Innere mit einem seiner verfickten Hermès-Betrugs-Entschädigungstücher auskleiden und das Tier im Garten verscharren, deutsche Bestattungsvorschriften hin oder her. Sie sah das Tier bereits liegen in dieser Uhrensammler-Truhe mit Schleiflackfinish und Goldbeschlägen. Mit einem Teppichmesser entfernte sie die crèmefarbenen Polyesterpolster, die zur Präsentation und Aufbewahrung von Andrés Sammleruhren gedacht waren und legte die Truhe mit Styroporkügelchen aus. Dann stieg sie auf den geschnitzten Holzhocker, den André ihr von einem Pro-Bono-Projekt für irgendeinen afrikanischen Despoten mitgebracht hatte und fischte im Schlafzimmerschrank nach einem der orangefarbenen Kartons, in denen sie die Foulards aufbewahrte. Sie schwankte zwischen dem roten Tiger auf weißem Grund und dem streng geometrisch gegliederten, blau-rot-grünen Tuch, in dessen smaragdfarbener Ecke ein Hund neben dem Eiffelturm saß. Sie kniff die Augen zusammen, versuchte den Caniden zu identifizieren, glaubte schließlich einen Pudel in ihm zu erkennen und verwarf die Idee mit dem Tiger-Foulard.

Mit jedem Spatenstich verringerte sich ihre Wut. Er konnte nicht sie ins Visier genommen haben. Es war ein Ding der Unmöglichkeit. Hatte sie es nicht schwarz auf weiß, dass er sie liebte? Vielleicht wollte er sie auch nur befreien von diesem Tier, mit Soros' Tod einen symbolischen Schlussstrich unter ihr von Geld und Ruhmsucht verdorbenes Leben ziehen? Zu hoch gegriffen! Einen beschwerlichen Faktor eliminierte der Vorfall allerdings. Es war eine Erleichterung, nicht auch noch für ein schutzbedürftiges, verfressenes Tier sorgen zu müssen.

Was aber, wenn er tatsächlich sie beseitigen wollte? Nicht er, es war auf ihrem Mist gewachsen. Sie, Ariane, hatte ihn eingesponnen in ihr Netz aus Intrigen. Er stand unter ihrem diabolischen Einfluss. Gehirnwäsche. Vom Hemdkragen bis zur Socke, von der Wahl seiner Pflegemittel bis zur Nahrungsaufnahme, sie kontrollierte jeden einzelnen Schritt, hatte ihn sich einverleibt. Er war nicht mehr der André, den sie gekannt hatte. Die Weltgeschichte war voll von Männern, die der teuflischen Verführungskraft des Geldes und der Frauen verfielen. Und Eva, trug sie nicht selbst zu seiner Opferwerdung bei? Durch ihre Ungenügsamkeit, ihre Weinerlichkeit, ihre Lethargie, durch ihr Selbstmitleid, das jede Tatkraft erstickte? Aber nein, das zu denken, so weit durfte sie nicht gehen. Als sie das letzte Häuflein Erde auf die Kiste schaufelte, zeichnete sich ein klares Bild vor ihren Augen ab. André war Opfer, Ariane Täterin. Sein Handeln, seine Tat folgten einer allgemeinen Gesetzmäßigkeit, der Unterlegenheit der moralisch Rechtschaffenen gegenüber Kapital und Verführung. Sie musste ihn retten, aus den Fängen Arianes befreien. Sie hätte sich ohrfeigen können für ihren Egoismus, die selbstsüchtige Gier nach Aufmerksamkeit, während er in Arianes Netz verendete.

Mit der Schaufel glättete sie das Grab und breitete die Zweige der Forsythie darüber. Ein Grabstein wäre nicht notwendig, dachte sie. *Hier ruht Soros.* Wie lächerlich! Die Gnade der Verwesung würde ihm genauso zuteil werden wie Andrés belangloser Eskapade mit der Schlange Ariane das selige Vergessen. Sie musste endlich vertrauen auf die Zeit und auf das Schicksal. Ruhe in Frieden! Sie ließ die Schaufel fallen, ging zurück ins Haus, ins Badezimmer, nahm eine halbe Lexomil und legte sich auf die Couch.

Es rührte ihn, mit welcher Gelassenheit sie den Zwischenfall hinnahm. Als kostete es sie keine Anstrengung, überging sie die Klempnergeschichte, streifte das Verscharren des Hundes nur in einem Nebensatz. Sie fand sogar wieder zurück zum Klang ihrer Tscheljabinsk-Tage, flüsterte, kokettierte, bezirzte ihn mit ihrer rauchigen Stimme.

Vielleicht bedurfte es dieses Schocks, um ihr einen emotionalen Quantensprung zu ermöglichen, sie aus ihrer Rolle als verkümmertes, körperlich-seelisches Wrack zu reißen. Sie musste wieder in Kontakt treten mit ihrer ursprünglichen Vitalität, einer Kraft, die ihnen beiden, den Nachkommen kämpfender, lebenstüchtiger Emigranten zu eigen war. Swetlana strotzte vor unbändiger Energie, kanalisierte animalische Aggressivität in Streben nach Macht und Geld, verschwendete keine Sekunde ihrer Lebenszeit mit Gewissensfragen und sophistischen Spielereien. Unvorstellbar, dass sie eines Tages wie Eva in einem gedanklichen Hohlraum verschwand, der jede Tatkraft versickern ließe. Die Zukunft der Menschheit lag im Osten, dessen war er sich sicher. Swetlana war von einem anderen Schlag, hatte nichts von der degenerierten Weichlichkeit, die das alte Europa heimsuchte. Den Gipfel der Dekadenz stellte freilich Ariane dar. Dank der monatlichen Apanage ihres Vaters wähnte sie sich auf der Gewinnerseite, suhlte sich im unverdienten Erfolg, ließ sich täglich mehr hineinziehen in einen Sog aus Selbstüberschätzung, Langeweile und Verachtung. Sie mokierte sich über Andrés Herkunft, seine Tischmanieren, die Wahl seiner Ehefrau, die geballten Fäuste seines Sohnes. *Natural born killer!* Sie lächelte herablassend, warf einen zweiten Blick auf das Foto des Kleinen, streichelte André über das Haar und bedachte ihn mit einem »Der Apfel fällt nicht weit vom Stamm«. Natürlich entsprang ihre Bitternis der Tatsache, dass sie selbst zur Unfruchtbarkeit verdammt war. Je mehr Ärzte sie erfolglos konsultierten, desto mehr verbiss sie sich in den Gedanken, die Mutterrolle für sein Kind zu übernehmen. Sie bestand darauf, die Dinge zu beschleunigen, Eva ein für alle Mal in die Psychiatrie einliefern zu lassen. Sie forderte ein Adoptionsverfahren, dass sie vor den Augen aller zur Mutter von Andrés Sohn machen würde. Eine offizielle Anerkennung ihrer Zwanghaftigkeit! Während sich Eva immer mehr fügte in die ihr angestammte Rolle und zu einer mütterlichen Sanftheit fand, gebärdete sich Ariane hysterisch. Ihr neurotisches Sehnen nach Mutterschaft koppelte sich an eine unerträgliche Herrschsucht, einen Kontrollwahn, der aus ihrem Wissen um die eigene Unzulänglichkeit resultierte. Eva verdiente es ganz offensichtlich mehr, sein Kind großzuziehen als sie. Fakt war nun einmal, dass er einen Sohn in die Welt gesetzt hatte mit einer kränklichen, zu Depressionen neigenden Frau, der es jedoch nicht an Intelligenz und Demut mangelte. Verdiente nicht sie ebenso die Chance, sein Kind zu erziehen und ihrer eigenen Bestimmung gerecht zu werden? Je mehr er darüber nachdachte, desto klarer erschien ihm die Situation. Die weibliche Dreierkonstellation in seinem Leben gehorchte einem klaren Prinzip: Eva, Ariane und Swetlana fügten sich in ein Portfolio, das sich perfekt zur Gewinnmaximierung eignete. Evas Labilität verhinderte zwar, dass er sie längerfristig als stabilen Faktor einkalkulieren konnte. Zumindest aber gelang es ihr, sich vom Poor Dog zum Question Mark aufzuschwingen. Sie musste sich jedoch noch bewähren als Ehefrau und Mutter. Ariane wiederum war die Cash Cow par excellence. Auch wenn sie auf ganzer Linie versagte, hatte sie das Vermögen ihrer Familie im Rücken, um Expansionen zu gewährleisten und Neuinvestitionen zu fördern. Auf Dauer gesehen, würde sie sich als wenig pflegeintensiv erweisen, da sie aus Minderwertigkeitsgefühlen verstärkt um seine Zuwendung buhlte und keine Anstrengung unterließe, seine Wertschätzung zu behalten oder aber wiederzugewinnen. Der neue Star seines Systems war jedoch definitiv Swetlana. Sie hatte Biss, überstrahlte die beiden anderen durch ihre rücksichtslose Unzivilisiertheit, gepaart mit bedingungsloser Selbstliebe und bestechender Intelligenz. Die väterliche Rohheit manifestierte sich in ihr in einer Vitalität, die sich zweifelsohne auch in die nächste Generation fortsetzen würde. Es lag an ihm, ihre Anlagen zu entfalten und die Kräfte zu seinem Wohlgefallen zu bündeln. Nicht dass er sich berauschte an der Fülle der Möglichkeiten, die sich ihm darboten, an der Kontrollposition, die ihm ganz offensichtlich zugedacht war, es war vielmehr so, dass er endlich einen Weg gefunden hatte, die chaotischen Ströme zu kanalisieren und das Versickern wertvoller Lebenskraft zu verhindern.

Er musste Ariane überzeugen, Lebensversicherungen zu seinen und seines Sohnes Gunsten abzuschließen. Das System hatte sich bewährt, wenn ihn auch Eva durch ihre Wandlungsfähigkeit und einen letztlich vorteilhaften Zufall zu einer Neubewertung der Lage zwang. Unbeirrt würde er der Devise folgen: Drei Frauen, drei Funktionen, drei Wege zum Erfolg.

Schmerzen. Elende, kaum erträgliche Schmerzen, Kopfschmerzen, Magenschmerzen, Gelenkschmerzen. Ihre Pillendosis hatte sich seit Soros' Tod verdreifacht. Sie schaffte es nicht, auch nur einen Fuß auf den Boden zu setzen ohne den Gedanken an ein erlösendes Medikament. Es zerriss sie förmlich, dass er nicht bei ihr war, dass sie Zeit gewinnen musste, um ihn nicht endgültig zu verlieren. Sie war wechselnd Rächerin und Retterin, schwankte zwischen Mordgelüsten und suizidalen Zwangsvorstellungen. Der Tod verlor seinen Schrecken, schien sogar den Trost zu verheißen, den der Gedanke an den eigenen Sohn ihr nicht zu geben vermochte. Soros' erloschene Augen.

Was sollte sie in ihrem Leben als Gegenwart, als wirklich erachten? Eine Message, deren automatischen Versand André vor drei Stunden programmiert hatte? Drei Worte, die er vor Jahren gedacht und konserviert hatte?

Stundenlang saß sie im Souterrain und starrte auf den Bildschirm, rief Mails auf, die er ihr geschrieben hatte, Liebesgedichte, die er für sie verfasst hatte, fixierte seine *Je t'aime*, um sie für ihr immer in ihrem Gedächtnis zu verankern. Nicht einmal zu blinzeln wagte sie, um seine Worte nicht mit Skepsis zu kontaminieren. Es war Selbsthypnose, die Fesselung ihrer Vernunft durch seine digitalen Liebesbezeugungen. *Don't be afraid to let your body die*, Debbie Harry in Cronenbergs *Videodrome*, ein Mantra, das sie unablässig wiederholte, bis das Hämmern in ihrem Kopf nachließ, nur noch ein einziger schwebender Gedanke blieb.

Noch aber war ihre Zeit nicht gekommen. Ariane, endlich war sie dazu in der Lage, ihren Namen auszusprechen, musste bestraft werden für das, was sie ihr angetan hatte. André war kein Täter, Ariane hatte ihn angestiftet! Sie musste jemanden geschickt haben! Er jedenfalls war unschuldig, auch wenn ihr die Vernunft immer wieder andere Szenarien und vermeintliche Fakten vorgaukelte. Eva schüttelte sich, ballte die Fäuste, kühlte sich die Stirn an der Glasplatte ihres Schreibtisches.

Das Telefon klingelte. Sie sprach mit ihrer Mutter, dem Vater, wartete auf den Moment, in dem Davids Stimmchen ertönte. »David? Er ist doch gar nicht hier. Er ist in Paris bei deiner Schwiegermutter. Evi, was ist los mit dir?« Eva legte auf, über sich selbst erschrocken, rief zurück. »Nichts ist. Der Umzug. Müdigkeit. Bin in Gedanken. Alles gut.« Und das war es auch. Sie würde André zurückerobern, das Kind musste warten. Wenn sie André verlöre, machten sie ihr auch das Kind abspenstig und Ariane hätte gewonnen.

Sie ging hinauf ins Wohnzimmer, rückte einen Sessel ans Fenster und ließ ihren Blick hinaus in den Garten schweifen. Verkümmernde Rhododendren verbargen ihre zerbrechlichen Äste unter zusammengerollten Blättern, versuchten einen Rest Feuchtigkeit zu speichern, bäumten sich auf gegen Trockenheit und Tod. Nur das Unkraut schoss aus dem Boden. Efeu, Brennnesseln und Giersch krochen den morschen Lattenzaun hoch, erkämpften sich unmerklich den Raum der schwächlichen Kulturpflanzen. Es war, als bestätigte die Natur das erbarmungslose Gesetz der Marktwirtschaft. Wer sich nicht anpasste, war dem Verfall preisgegeben. Sie stand auf, ging in die Garage und kramte in den zahllosen, ungeordnet aufeinander gestapelten Kartons nach einer Gartenschere. Auf einer Ablage neben Unkrautvernichtungsmitteln und Dünger fand sie schließlich eine Rosenschere. Sie umfasste den grellroten Griff, öffnete den Sicherheitshaken und ließ die verrosteten Hebel aufschnappen. Mit dem Zeigefinger fuhr sie über die Klingen, befühlte den Abdruck, den sie auf ihrer Haut hinterließen. Dann ging sie hinüber zum Kirschlorbeer, begutachtete nicht ohne Mitleid dessen pilzzerfressene, durchlöcherte Blätter und begann, einzelne verdorbene Triebe zu kappen. Zunächst zögerlich, bedacht darauf, den angegriffenen Pflanzen nicht noch mehr zuzusetzen, beschleunigte sie schließlich den Rhythmus, zerrte an den harten Ästen, knipste energisch jedes auch nur von einem Schatten überzogene, jedes auch nur am Rande vergilbte Blatt ab, bis nur noch schwarze, verkrüppelte Figuren aus dem Boden ragten. *Don't be afraid to let your body die,* flüsterte sie und blickte hinauf zu dem quadratischen kleinen Fenster des Nachbarhauses, hinter dem sie das Gesicht einer Frau zu erkennen glaubte. Kopfschüttelnd zog diese den Vorhang zu. Eva ließ die Schere ins Gras fallen und ging ins Haus zurück.

Es war Augenwischerei. Er hatte sich blenden lassen von ihrem Geld, ihren Connections, der Leichtigkeit, mit der sie Opportunities entdeckte und in gewinnträchtige Unternehmungen verwandelte. Zu verwandeln schien. Arianes Dasein war ein einziges frivoles Spiel ohne wirkliche Risikofaktoren für sie selbst. Ihn, André, ihren ach so sehr geliebten André und Gott bewahre zukünftigen Ehemann, ließ sie ins Verderben stürzen. Hunderttausend hatte er ihm geliehen, diesem ehemaligen Offizier der französischen Armee, Adelstitel und Golddekor inklusive. Wofür? Damit er sich vollstopfen konnte mit Foie gras, damit Sauternes und Taittinger in Strömen flössen. Diese Ratte hatte ihn geteast mit Business Opportunities, Leaseback-Geschichten mit dem Staat. ›Mais oui, der Premierminister: seit der ENA schon mein bester Kumpel! Letzte Woche, Sarkozy hat sich köstlich amüsiert über diese Schwachköpfe, hat mir die Nummer zwei des Geheimdienstes die Infos auf dem Silbertablett serviert …‹ Er, André, war ihm auf den Leim gegangen, hatte sich als debile Vorhut benutzen lassen für High-Risk-Geschäfte und seine Zeit mit Salonplaudereien im Kreise der immer gleichen langweiligen Nutten aus Strauss-Kahns Clique verplempert. Und Ariane? Nicht ein Wort der Unterstützung! Nicht einmal einen Anwalt empfahl

sie ihm, damit er zumindest einen Teil seiner Kohle zurück-
bekäme. Ein lakonisches »Selbst schuld. Hab ich dir gesagt,
dass du ihm vertrauen kannst?« war alles, was er zu hören bekam. *Merde*, er war ein Freund ihres Vaters, kannte sie von
Kindesbeinen an! Schulterzuckend wandte sie sich wieder der
Auswahl ihrer Teppanyaki-Platte zu, während er nicht einmal
wusste, wie er die nächste Rate für das Haus in Berlin berappen
sollte. Er musste sie noch einmal bitten, würde eventuell die
Konten manipulieren. Was auch immer er aber unternähme,
es wäre nur ein Tropfen auf den heißen Stein. Er brauchte
so schnell wie möglich siebenhunderttausend Euro. Der Deal
mit Arianes Vater, fünfhunderttausend bei der Hochzeit,
unbegrenztes Darlehen, sofern er sich nicht selbst scheiden
ließe, rückte in immer weitere Ferne seit Evas Überleben. Zudem war er sich nahezu gewiss, dass Ariane der eigentliche
Störfaktor seines Systems war und eliminiert werden musste.
Siebenhunderttausend. Die Lebensversicherungen, die er im
Falle von Evas Exitus abgeschlossen hatte, beliefen sich auf
dreihundertfünfzigtausend. Es wäre unglaubwürdig, ja ver-
dächtig, jetzt die Summe zu erhöhen. Eva selbst verdiente
keinen Cent, lag ihm mit ihrer parasitären Existenz auf der
Tasche, die andererseits durch ihre Mutterfunktion langfristig
abgegolten werden würde. Die Versicherungsbeiträge allein
beliefen sich auf mehrere tausend Euro, die er nur zu decken
vermochte, indem er Ariane als Begünstigte zu fünfzig Prozent
in die Verträge eintragen ließ. »Chérie«, hob er an, »was hältst
du davon ...« Sie schaute kurz auf, kräuselte die Lippen und
blätterte, noch ehe er seinen Satz vollenden konnte, wieder
in ihrem Küchenkatalog. Widerwillig stand er auf und setzte
sich neben sie auf die Couch. »Du weißt, dass die Scheidung
wegen eines Formfehlers noch nicht rechtskräftig ist?« Sie zog

die Unterlippe zwischen die Zähne und stützte den Kopf auf dem rechten Ellbogen auf. »Erzähl doch mal«, sagte sie und strafte ihn mit einem verächtlichen Blick, den sie speziell für ihn perfektioniert zu haben schien: Was für eine Kacke ist jetzt schon wieder am Dampfen, du Loser! Er besänftigte sie mit einer Art Opferseufzen und einem Beschwichtigungsstreicheln über ihre sperrigen Hüften. Sie maunzte noch ein wenig, die Körperspannung ließ jedoch bereits nach. Er verstärkte den Druck seiner Hände und zog sie an sich. »Schhh«, hauchte er, »es ist alles nur eine Frage der Zeit.« Er neigte den Kopf, als überlege er, und auch, um seiner Aussage mehr Gewicht zu verleihen. »Wir sollten«, sagte er schließlich feierlich, »uns gegenseitig unsere Wertschätzung bezeugen, den Bund, den wir beide so sehr ersehnen«, er küsste sie auf die Schulter, »möglichst bald besiegeln. Thailand schön und gut, aber Symbole sind nicht alles«, und dachte mit Grausen an die kitschige Barfuß-Zeremonie, die nach irgendeinem buddhistischen Ritual in patchouliverseuchten weißen Leinentuniken auf Koh Samui an ihnen exerziert worden war. »Ja, ich weiß, mein Herz, Koh Samui, ein Traum!« Er ließ die Worte wie billigen Schaumwein über seine Lippen sprudeln. »David wird dein Sohn sein, du seine Mutter.« Sie schwelgte ganz offensichtlich in Erinnerungen an den Puderzuckerstrand und sah bereits Babyhändchen Sandburgen in Saint-Tropez bauen. »Wir brauchen dich«, flüsterte er und hauchte ihr ein *Je t'aime* ins Ohr, David und ich. »Seine leibliche Mutter, oh Gott, wie sehr ich mich dafür hasse, ist psychisch krank, gefährdet sich und vor allem David. Du weißt das.« Er hob ihr Kinn mit Daumen und Zeigefinger an und blickte ihr tief in die Augen. »David sollte zumindest abgesichert sein, wenn uns etwas passiert. Hier«, sagte er, »auf meinen Namen hab ich bereits eine Versicherung abgeschlossen.« Er zog eine Mappe aus der Schreibtischschublade und öffnete sie. »Sieh, hier ist meine Lebensversicherung.« Er war selbst erstaunt, wie echt das Dokument wirkte. »Und hier«, er zog zwei weitere Dokumente aus der Mappe, zögerte einen Moment, entschied sich dann aber doch für die pathetische Formel, »dein Beitrag zu unserem Glück.« Den Stift hatte er – unter anderen Umständen hätte es voreilig wirken können – schon gezückt. Er wusste, dass sie unterzeichnen würde. Als ihr Blick auf den Stiefkind-Adoptionsvertrag fiel, wandelte sich ihr Gesichtsausdruck. Das spröde Lächeln machte einer mütterlichen Vorfreude Platz. Ariane Rosenzweig. Sie setzte ihre Unterschrift ohne zu zögern unter den Vertrag. Eine Million. Dreihunderttausend prospektives Investitionsvolumen.

Ein schlichter Umschlag aus braunem Recyclingpapier, beschriftet mit schwarzer Tinte. Die Handschrift feminin. Mit zitternden Fingern öffnete Eva den Brief. Kein Anschreiben, nur drei Rechnungen. Ein Lieferschein für das Doppelbett einer belgischen Nobelfirma. Die Telefonrechnung eines belgischen Anbieters samt einer Liste der geführten Gespräche einschließlich Telefonnummern. Sie überflog die Zeilen, die Zahlen gruben sich in ihr Gedächtnis. Ihr Widerstand war sinnlos. Zwanzigmal hatte er sie angerufen. Vor einer Woche. Am Tag zuvor hatten sie sich getroffen, in einem Gästehaus in Blankenese. Dreimal hatte er umdisponiert. »Sie kontrolliert mich. Versteh bitte, es darf uns jetzt kein Fehler unterlaufen. Ich muss dich sehen, chérie, aber sie hat mich im Griff. Nicht einmal deinen Namen darf ich aussprechen in ihrer Gegenwart.« In knapp drei Stunden war sie hochgerast nach Hamburg mit röhrendem Motor, kein Öl, keine

Reifen kontrolliert, begierig, ihn zu sehen, ihn endlich in die Arme zu schließen. Er lag bereits da auf dem Bett in diesem winzigen Raum mit dem leuchtend orangefarbenen Stuhl und einer Sonne, die warm und hell das vertraute Gesicht beschien. Keine Finsternis mehr, ein Licht so hell wie der Tod. Er schmiegte sich an sie wie ein Kind. Einen Moment lang glaubte sie Tränen auf ihrer Brust zu spüren. Sie beruhigte ihn mit sanften, sinnlosen Lauten, bis sie beide einschliefen. Als sie aufwachte, war er nicht mehr da. Nur sein *Je t'aime*, dahingekritzelt auf einen Notizblock des Gästehauses und die sich verflüchtigenden Duftnoten seines Parfums zeugten von der gemeinsamen Nacht. Sie raffte ihre Sachen zusammen, duschte, zog sich an und machte sich im Flur einen Kaffee. Er hatte bezahlt, das Auto aus der Garage geholt und am Straßenrand geparkt. Zurück in Berlin nahm sie einen seiner Pullover aus dem Schrank, hüllte sich ein in seinen Geruch und fiel in einen traumlosen Schlaf. Warum rief er Ariane an am nächsten Tag? Zwanzigmal hatte er ihre Nummer gewählt. Zwanzigmal nach einer Nacht der Innigkeit und Liebe. Nichts war geheuchelt. Liebe. Sie hasste sich für die erneut aufkeimenden Zweifel, kratzte sich den Arm blutig aus Zorn über ihre eigene fatale Ungläubigkeit. Tränen auf ihrer Brust. Sicher wollte er ihr Normalität vortäuschen, damit sie ihnen das wiedergefundene Glück nicht zerstörte. So musste es sein. Dachte Ariane tatsächlich, dass sie mit einer Rechnung für ein Doppelbett und einer Liste von Telefongesprächen Zwietracht säen könne? Die dritte Rechnung stammte von einer Fruchtbarkeitsklinik aus Belgien. Konsultation, Hormonbehandlung, Transfer zweier Blastozysten. Das Herz klopfte ihr bis zum Hals. Blastozysten. Sie öffnete ihren Mac und googelte das Wort. *In-vitro-Fertilisation. Transfer eines Embryos im*

Blastozysten-Stadium, d.h. vier Tage nach der Befruchtung im Reagenzglas. Bei knapp 42 Prozent der Frauen kam es einer in Belgien durchgeführten Studie zufolge nach einem Blastozysten-Transfer zu einer nachweisbaren Schwangerschaft.

Fuck! Kein Wort hatte er darüber verloren. Ein Kind? Was für ein Kind, hatte er ihr entgegnet, gescherzt über die Absurdität ihrer Mutmaßungen. Ariane als Mutter? Kannst du dir eine Nutte als Mutter Theresa vorstellen? Seine Scherze waren geschmacklos, pubertär. Es musste an diesem verdammten französischen Schulsystem liegen, dass er Humor mit derben Stammtischsprüchen verwechselte. Drei Termine. Was, wenn sie doch schwanger war? Würde er dann zu ihr zurückkehren? Ariane war in der Pole Position. Mutterschaft und Geld würde sie, Eva, nicht überbieten können.

Sie rief ihn an. Er nahm nicht ab. Sie wählte erneut seine Nummer. *The person you have called is temporarily not available.* Nach dem fünften Anruf erhielt sie seine SMS: »Mon amour, ich bin erschöpft. Ein Arzt hat mir Schlafmittel verschrieben, die mich die nächsten vierundzwanzig Stunden außer Gefecht setzen. Melde mich! Bonne nuit, chérie!« Vierundzwanzig Stunden! Wollte er sie verarschen? Welcher Arzt? Wahlwiederholung. Besetzt. Was nun? Besetzt oder abgestellt? Wahrscheinlich saß sie neben ihm und er wagte es nicht, das Gespräch anzunehmen. Mit wem telefonierte er? Warum um Himmels Willen quälte er sie so?

Ablenken. Nicht denken. Safari. Blastozysten. *Um die Zahl von Mehrlingsgeburten und die damit verknüpften Risiken zu senken, wird der Transfer einzelner Embryonen empfohlen. Im Blastozysten-Stadium ist die Erfolgsquote am höchsten.* Mehrlingsgeburten! Unvorstellbar, wenn es ihr gelänge, gleich drei Bälger in die Welt zu setzen und ihren Sohn seines angestammten Platzes zu berauben! Risiken! Sollte sie doch krepieren an *den damit verknüpften Risiken*! Warum konnte sie sich nicht einfach damit bescheiden, ihr den Ehemann, einem Kind den Vater zu entreißen. Alles musste sie haben, diese Schlange!

Sie klickte sich von Bild zu Bild. Trophoblasten. Embryoblasten. Entwicklungsstadien. Ultraschallbilder, die sie an David, an das eigene unvollkommene Wesen, erinnerten, das herangewachsen war in ihrem Leib, bis es schreiend als blutverschmiertes Knäuel auf ihrem Bauch lag. Pah! Durchstoßen mit der Injektionsnadel, den lächerlichen Zellhaufen vernichten und seinen Wirt Ariane daran zugrunde gehen lassen!

Ovarielles Hyperstimulationssyndrom (OHSS): Zustand, der durch die reproduktionsmedizinische Behandlung verursacht werden kann (…). OHSS kann selbst bei gesunden Frauen einen lebensbedrohlichen Zustand herbeiführen. Es passte wie die Faust aufs Auge. Seit mehr als einem Jahr traktierte sie ihn mit Frauenarztbesuchen, Fruchtbarkeitskliniken. Kein Arzt, keine Einrichtung war ihr gut genug. »Ein französisches Krankenhaus? Kommt überhaupt nicht in Frage! Hast du den Schimmel an den Wänden gesehen? Die ganzen Illegalen, die im Flur herumlungern?« Und dann ihr Körper! Es war eine Zumutung, wie sie sich in ihre inzwischen viel zu engen Jeans quetschte, die Bauchdecke schlaff über dem Bund hing, die Schenkel aufquollen und das Gesicht seine Konturen verlor. Pickel! Mon Dieu, von einer Kosmetikerin zur anderen rannte sie, um das Malheur in den Griff zu bekommen. Erfolglos natürlich. Er lehnte sich zurück, verschränkte die Arme im Nacken und dachte nach. Die Bezugsquellen waren nicht das Problem. Robert würde ihm die Hormone besorgen. Schließlich hatte er ihm bei diesem Abrechnungsskandal aus der Patsche geholfen. Wegen Betrugs und Urkundenfälschung wäre er jahrelang hinter Gitter gewandert, seine Approbation hätte er ohne Andrés Hilfe obendrein verloren. Auf Robert war Verlass. Zu tief steckte er in der Scheiße. Die Dosis würde er selbst bestimmen. So weit ging sein Vertrauen dann doch nicht, dass er einen korrupten Arzt in seine Pläne einweihte. Alles keine Hexerei! Er musste lediglich darauf achten, dass sie garantiert in Stadium vier landete. Er las noch einmal die Details nach. *Durch die Überproduktion ovarieller Hormone wird die Durchlässigkeit der Blutgefäßwände erhöht. Eiweiß und Flüssigkeit treten in den Bauchraum und das Gewebe ein. Wasseransammlungen in der Lunge sind eine mögliche Konsequenz.* Mögliche Konsequenz. Mögliche! Die einzig mögliche! Er durfte sich keinen Fehler mehr erlauben. *Das Blut wird dickflüssiger.* Klar, wenn sich der Wasseranteil verringert! Für welche Idioten verfassen sie eigentlich diese Artikel? *Die Gefahr von Blutgerinnseln und einer Lungenembolie steigt. Et voilà,* endlich kommen sie zur Sache! *Nierenversagen kann eintreten.* Kann, kann, kann! *Starke Schmerzen und Atemnot sind die Begleiterscheinungen.* Na, das ist doch mal eine elegante Formulierung! *Nach der Schwere der Symptome kann man vier Stufen unterscheiden. Mild, moderat ...* Blabla. Kritisch, das ist das Stichwort! Die moderate Form kann sich zur schweren oder kritischen entwickeln. *Lebensgefährliches oder gar tödliches Multiorganversagen und Thromboembolien sind Kennzeichen dieser Phase.* Sachlich, nüchtern, *to the point!* Tödlich! Er konnte folglich unter günstigen Bedingungen handeln. Die aufgeführten Risikofaktoren trafen größtenteils auf Ariane zu. Polyzystische Eierstöcke! Sie war gestraft mit diesem verkrüppelten Körper! Es wäre ihre dritte In-vitro-Fertilisation. Jeder könnte ihre

Verzweiflung nachfühlen, die Hoffnung, durch zusätzliche Hormongaben endlich einen Embryo in ihrem Leib wachsen zu spüren. Zehntausend Internationale Einheiten humanes Choriongonadotropin als Spritze wie bereits bei den letzten beiden Malen, dann noch zusätzliche Stimulation. Der Vorteil war, dass ihre Eierstöcke stark reagierten und sich eine hohe Anzahl von Follikeln bildete. *Das Risiko erhöht sich bei zusätzlichen Hormongaben in diesem Falle deutlich.* Perfekt!

Er stand auf, zufrieden mit seinen Recherchen, erleichtert darüber, mit welcher Geschmeidigkeit er seine Planungen vorantrieb, und schenkte sich ein Glas Whiskey ein. Zwei Finger hoch. Zur Entspannung, ohne den Kopf zu verlieren. Dann nahm er seinen Laptop, machte es sich auf dem Sofa bequem, klemmte sich ein Kissen in den Nacken und googelte noch ein wenig. Auf einem eurasischen Züchterportal blieb er hängen. Blastozysten. Es wurmte ihn, dass er die Entwicklungsstadien, die Fachbegriffe aus Schulzeiten vergessen hatte. Morula. Maulbeerkeim. Das Google-Ranking erstaunte ihn immer wieder. Blastozysten tauchten meist gekoppelt an Trächtigkeitskalender für Hunde auf. *Einnistung der Embryonen in der Gebärmutter. Manche Hündinnen leiden unter Fressunlust.* Er lachte verächtlich auf. Schön wär's! »Kannst du mir nicht mal Calissons bei Puyricard kaufen? Ach, nein, warte, lieber Vanille-Macrons! Aber von Dalloyau, bitte!« *Die trächtige Hündin schützt ihre Flanken und lässt andere Hunde nicht mehr an sich heran.* Die Natur regelt die Dinge immer noch am besten. Letztlich war die menschliche Spezies doch ziemlich degeneriert. Er klickte auf ein Filmportal. *Gattaca.* Nicht der schlechteste Ansatz. Mit einer vernünftigen Präimplantationsdiagnostik ließen sich so viele Unannehmlichkeiten vermeiden. Er überlegte, ob er nicht doch in dieses Klon-Start-Up investieren sollte und goss sich einen zweiten Whiskey ein. Zunächst aber brauchte er frisches Geld. Gonadotropine, Sexualhormone. Er war auf dem besten Wege zum Erfolg.

Lungenembolie. Ein absurdes Schuldgefühl erfasste sie, ganz als hätte sie den Tod durch ihre Verwünschungen hervorgerufen. Voodoo. Follikelpunktion. Der Gedanke an eine Nadel und nun ist sie tot. Nicht auszudenken, wenn sie ihre Mordwünsche laut ausgesprochen hätte. Dann stünde sie womöglich unter Mordverdacht. Wer weiß, was sich die Polizei da alles zusammenkonstruiert hätte! Dabei war es schlichtweg Glück im Unglück.

Ariane war einfach nicht mehr da, es schien, als wäre alles nur ein böser Spuk gewesen. Endlich durfte sie diesen Abschnitt ihres Lebens löschen. Er war nicht wirklicher als eine Episode aus *Desperate Housewives*. Nie wieder würde ihr dieses neureiche Miststück mit ihrem Vermögen, ihrer maßlosen Arroganz und ihren fünfzigtausend Blastozysten das Leben versauen. André war auf Irrwege geraten. Na und? Wem war das nicht schon passiert? Sie musste Großmut beweisen, die eigenen kleinen Befindlichkeiten zurückstellen. In Berlin würden sie ein neues Leben beginnen oder besser noch das Haus verkaufen, Tabula rasa machen und in Amerika, nein besser noch in Asien, in Russland – warum nicht? – ein ganz neues Leben beginnen. Mit dem Deal, den er gerade abgeschlossen hatte, wären sie die Könige des Ostens. Er dachte an die Krim. Die besten Connections zu russischen Oligarchen hatte er inzwischen wohl. Die warteten doch nur darauf, ihre Rubel in lukrative europäische Geschäfte zu stecken. Und wollte sie nicht schon immer einmal mit der Transsibirischen Eisenbahn durch die Weiten Russlands fahren? Tscheljabinsk war lange her, vergeben und vergessen, und ging es jetzt schließlich nicht um ihr eigenes Business? Oder doch die Schweiz? War André dort nicht Teilhaber an einer Wohnungsbaugesellschaft, die er mit Ariane gegründet hatte? Eva sprühte destilliertes Wasser auf ein Hemd und begann den Kragen zu bügeln. Obwohl er nicht da war, wusch sie seine Hemden, bügelte sie, genoss die vertrauten, beruhigenden Gesten. Es gab ihr das Gefühl, dass er bei ihr war, sich abends neben sie legte, dass er David eine Geschichte vorlas. David! »Gedulde dich«, sagte er, »lass mich die Dinge regeln. Skype mit meiner Mutter. Nur noch vier Wochen! Ich muss dieses Minimum an Trauerzeit einhalten.« Was sollte das? Trauerzeit? Mit wem war er verheiratet? Mit Ariane oder mit ihr? Und was sollte das Gerede darüber, dass keiner Verdacht schöpfen solle? Sie mussten sich nicht verstecken. Ariane hatte die ganze Chose selbst zu verantworten. Wahrscheinlich hatte sie zu viel gekifft, irgendwelche Schlankheitspillen eingeworfen oder sie war ganz einfach an ihrer Boshaftigkeit erstickt! Sie knöpfte das Hemd zu und legte es zusammen. Dann zog sie den Stecker des Bügeleisens raus und ging in den Garten. Kalte Luft schlug ihr entgegen. Der Boden war karg, zerklüftet. Wühlmäuse hatten die Erde durchlöchert, der Wein war von weißen Blattläusen übersät. Sie sprühte Insektengift auf die Blätter und schloss die Tür zur Waschküche auf. Es roch muffig. Aus den in einer Ecke aufgeschichteten Holzscheiten drang ein scharrendes, knirschendes Geräusch. Mäuse, die sich hinter dem Stapel verschanzten? Sie beugte sich vor und inspizierte die Borken der Scheite. Aus winzigen Löchern krochen blauschimmernde Käfer, breiteten ihre Flügel aus und flatterten ihr mit unregelmäßigen, trunkenen Bewegungen ins Gesicht. Sie kniff die Augen zusammen, verzog den Mund und lief mit klatschenden Händen aus dem Raum. Mit geschlossenen Augen lehnte sie sich einen Moment lang an die Mauer und atmete tief durch. Ihr eigener Atem schien ihr vergiftet, von einem schlammigen Odeur durchsetzt. Es war wie verhext. Ihr Leben, ihre Umgebung, ihr Leib, alles schien durch und durch verrottet zu sein. Ein schlechtes Omen jagte das andere. Käfer, Ungeziefer, tote Embryonen in blutkotzenden Leibern. Sie musste sich zusammenreißen, die ganze heillose Vergangenheit ein für alle Mal aus der Welt schaffen!

Sie nahm das Grillrost aus dem Kamin, begab sich noch einmal in die ungezieferverseuchte Kammer und stapelte die durchlöcherten, summenden Scheite im Kamin. Dann knüllte sie lose Zeitungsblätter zusammen und warf sie zusammen mit Reisig in den rußgeschwärzten Kaminschlund. Einer auf der Sitzbank liegenden Schachtel entnahm sie ein Streichholz, entzündete es an der Reibefläche und hielt es an das Papier. Bläuliche Flammen züngelten die dürren Zweige empor, fraßen sich in die Borken der dickeren Scheite und lockten die Käfer aus ihren Höhlen. Zunächst panisch, von der Hitze zu hektischer Betriebsamkeit gezwungen, verloren sie schließlich jede Orientierung, zappelten, mit den winzigen Füßen auf ihrem knackenden, brüchigen Chitinpanzer liegend, die Beinchen und Flügel versengt. Mit dem Schürhaken stocherte Eva in den Löchern herum, bohrte die verkohlte Spitze in die gespreizten Hohlräume, bis auch noch die letzten, vergeblich sich zu retten versuchenden Käfer auf dem Scheiterhaufen ihrer Artgenossen verendeten.

Nicht ein einziges Hindernis. Seine Erwartungen wurden sogar übertroffen. Arianes Vater war nicht mehr wiederzuerkennen. Aus dem Marseiller Großmaul war ein weinerlicher alter Mann geworden, der sich André an den Hals warf und seinem

Schmerz freien Lauf ließ. Der Verlust der Tochter stimmte ihn André gegenüber milde und melancholisch. Es kostete André Stunden, ihm mit brüchiger, trauererfüllter Stimme Details aus ihrem gemeinsamen Leben zu erzählen. Er ertappte sich sogar dabei, wie er sich, von der eigenen Erzählung gerührt, Tränen aus den Augenwinkeln wischte. »Tapfer«, sagte der Alte, »sei tapfer, wir stehen das durch!« Das Trostpflaster war, dass er die Angelegenheit mit der Versicherung beschleunigte und Andrés befristeten Aufsichtsratsposten in einer seiner Firmen auf unbegrenzte Zeit verlängerte. Treffen in regelmäßigen Abständen waren einzuplanen. Er würde sie allmählich ausschleichen lassen wie eine nötige, aber auf Dauer schädliche Kortisongabe, es sei denn der Alte siechte vollends dahin und übertrüge André die zentralen Geschäftsbereiche. Sein Sohn war ohnehin ein Loser, der seine Zeit mit Thaischlampen und Koks verplemperte. Nach dem letzten Reinfall mit der Gründung einer orientalischen Enthaarungskette würde er ihm garantiert keinen Cent mehr leihen. *Exceeding expectations.* Der alte McCrowley-Spruch erfüllte sich wie von selbst. »Jetzt, da es zu spät ist!«, dachte er. Ach was, warum diesen Idioten hinterhertrauern? Sie hatten ihn nicht gewollt. Sie hatten ihn nicht verdient! Er würde es ihnen beweisen, welch kapitalen Fehler sie begangen hatten.

Er blickte auf seine Armbanduhr, Jaeger-LeCoultre, Sonderedition, Arianes letztes Geschenk an ihn, und lehnte sich zurück. Die Lounge kam ihm schäbig vor. Das Personal zeigte sich im Abstand von zwanzig Minuten. Extrem dürftig angesichts der Anzahl der Passagiere! Wann hatten sie hier zuletzt renoviert? Vielleicht brauchten sie einen starken Partner, oder sie sollten das lukrative Privatjet-Business ausbauen. Ariane hatte doch diesen Studienkollegen, der … Einen Augenblick lang war es ihm entfallen, dass sie keine Rolle mehr spielte, dass sie, nun ja, tot war. Herzrasen, Atemnot, es war kein schöner Anblick gewesen, das Timing jedoch perfekt. Er hatte sofort den Notarzt gerufen, Baby-Zeitschriften und einen grünen Smoothie auf dem Beistelltisch dekoriert.

Er konnte es nicht leugnen: Er freute sich auf Eva. Am Telefon war sie fast kindlich aufgeregt, stellte ihm tausend Fragen zu seiner Geschäftsidee. »Transnistrien? Gibt es denn da überhaupt Hotels?« »Lass dich überraschen, chérie! Dich erwartet etwas ganz Besonderes.« In der Tat! Auf jeden Fall machten sie erst einmal gemeinsam Station in Chişinău. Swetlana hatte ihm ein Boutique-Hotel empfohlen. Es klang entzückend, wie sie es mit ihrem slawischen Zungenschlag artikulierte. Boutique-Hotel! Mon Dieu! Ein Toilettendeckel mit der Venus von Botticelli und ein verschrumpeltes Omelett als Westimport Deluxe! Nun, vielleicht nahm sie es mit Humor. Immerhin riss sie sich die letzte Zeit gewaltig am Riemen. Kein Gemecker, kein Gezicke, immer noch ein bisschen naiv zwar, aber das machte ja gerade ihren Reiz aus. Andererseits war es schwer vorstellbar, dass sie ihm die ganze Geschichte ohne Verdacht zu schöpfen abgenommen hatte. Nicht ein Wort des Zweifels, keine einzige Frage, warum eine kerngesunde junge Frau plötzlich an einer Embolie stirbt. Sicher ahnte sie das wahre Geschehen, wollte ihn aber nicht durch Mitwisserschaft in die Bredouille bringen. Wahrscheinlich war sie einfach nur froh, dass die Nebenbuhlerin vernichtet war, glaubte tatsächlich, dass sie den Thron besetzen könne. Sie waren doch alle gleich! Er lächelte einer Kellnerin zu, die gerade sein Glas abräumte. »Noch eine Madeleine, Monsieur?« »Sehr gern«, sagte er, froh darüber, dass er sich nicht länger Arianes strengem Regime unterwerfen musste.

Er schloss die Augen und genoss die rhythmischen Klopfbewegungen des Massagesessels.

Als er aufblickte, stand sie vor ihm. Nahezu perfekt sah sie aus. Wie früher. Knielanger Bleistiftrock, eine schlichte weiße Bluse und Heels. Dezentes Make-up. Sie beugte sich zu ihm hinab, lächelnd, zärtlich, strömte diesen warmen, eleganten Duft aus, den er so sehr an ihr liebte. Wie hieß er doch gleich – »Eau du Soir«? »Bin gleich wieder da«, sagte sie, stellte ihre Tasche ab und begab sich in Richtung Toilette.

Er würde die Zeit mit ihr genießen, und auf Swetlana war ohnehin Verlass. Sie war begeistert von seinen Geschäftsideen. *K-OSMOS* hielt sie für genial. Außerdem stand es in seiner Macht, durch eine Fusion mit Rosenzweigs Immobilienpark die transnistrische Westexpansion zu ermöglichen.

Er öffnete noch einmal Google Maps und warf einen letzten Blick auf die Strecke von Chişinău nach Tiraspol. Siebzig Kilometer, circa anderthalb Stunden. Sie standen bereits in den Startlöchern, um *ihm* den Weg zu bereiten in ein neues Leben; in eine strahlende Zukunft, in der westliche Degeneration keinen Platz mehr haben würde.

www.septime-verlag.at